Sonya
ソーニャ文庫

JN150612

愛に堕ちた軍神

石田累

イースト・プレス

contents

第一章　神童と軍神

　盛夏の焼けつくような太陽が、ロドリコ大聖堂のある西に向かって傾こうとしている。この地方独特の抜けるような青空の下、荘厳な柱廊《ちゅうろう》に囲まれた大聖堂前の広場には、黒山の人だかりができていた。

　そこでは今、法皇が主催する年に一度の馬上槍試合《トーナメント》が行われている。これは、馬上の騎士が騎士槍《ランス》などの武器を用いて武術を競う試合で、このフォティア国を始め、イネリア半島で最も人気のある催事である。

　一番見晴らしのよい場所には二段組の貴賓席が設けられ、半島中の君主と高名な貴族達が孔雀《くじゃく》の羽根でできた扇を打ち振っていた。競技場の周りには観覧席が円状に組み立てられ、各地から押し寄せた見物客達がその周囲に蟻のようにむらがっている。

　満場の観客の熱狂は、トーナメント前半戦の終わり、真紅の日除け幕がはためくロドリコ大聖堂のバルコニーから、法皇アンキティオ六世が顔を出した時に最高潮を迎えた。

「アンキティオ様、万歳！」

「アンキティオ様、万歳！」

撫でつけられた灰色の髪、柔和な皺が刻み込まれた穏やかな顔。歴代法皇の中で、最も親しみやすく、最も賢人だと評されているアンキティオ六世は、この時まだ四十九歳。既に老域に入ったかのような貫禄《かんろく》を醸し出している若き法皇は、ゆっくりと手を振って歓声に応えた。その背後には、十二人の枢機卿が緋の法衣を纏《まと》って並んでいる。

「カミッロ様！　カミッロ様！」

「どうぞ我らをお導きください！」

法皇の次に多くの声援を受けているのは、副官房職に就《つ》くカミッロ枢機卿である。齢二十七、流れるような銀髪に澄んだ空色の瞳。彼が微笑んで手を振ると、場内の歓声がひときわ高く、喧《やかま》しくなる。

聖職者だけに国籍が与えられるここフォティア国の、彼らは政治・軍事・経済の全てを掌握する最高指導者達であった。同時に法皇は世界最古にして最大の信者を持つデュオン教会の首長であり、枢機卿はその最高顧問である。

いわば本日の主役らの登場に、イネリア中のあらゆる階層が集まった広場は熱狂の坩堝《るつぼ》と化した。しかしそれは、これから始まる特別試合を予感した興奮でもあった。

「いよいよ、フォティアの神童の登場だ」

「俺はあの方のお姿を見るために、わざわざビレーネから馬を飛ばしてきたのだ」

沸き立つ群衆は、つい先ほどまで気にかけていたことなどすっかり忘れてしまったようだった。それは観覧席の一角に陣取る、黒い頭巾《ドミノ》を被った集団のことである。

この祭りのような騒ぎの中、まるで死者の群れのように、無言で構えている彼らの様はいかにも不気味なものがあった。もしやあれは、先月フォティアを追放されたセトルキアン元枢機卿の嫌がらせではないか――そう囁《ささや》く者もいたが、今は、その存在さえ熱狂の渦にのみ込まれてしまっている。

太鼓と銅鑼《どら》が響く中、競技場の入り口が音を立てて開かれた。怒号のような歓声に包まれて、二頭の騎馬が入場する。輝くような白馬に跨《また》がっているのは、白銀の甲冑に身を包んだ華麗な騎士。もう一人は黒馬に跨った黒鋼《くろがね》の騎士。二人共華奢で小柄なのは、互いにまだ子供だからだ。

白銀の騎士が兜《かぶと》を脱ぐ。赤みがかった短い金髪に灼熱の太陽が燦然《さんぜん》と映えた。凛として気高い目鼻立ち、鳶色に輝く切れ長の瞳。微笑んで手を振る落ち着き払った姿は、とても十二歳とは思えない。

「アディス様だ！　おお、なんと凛々しいお姿だ！」

「あれぞ『軍神ルキア』の生まれ変わり、千年に一度の奇跡の子だ！」

フォティアの神童、アディス・ブランディーニ。初の女性聖職者であるこの少女は、昨年、史上最年少でカルー区大司教の座に就いた。このイネリア半島で最も有名な子供であり、最も未来を嘱望された聖職者である。

そんな彼女はアンキティオ法皇の私生児の一人で、イネリア最大の富豪、ブランディーニ家の相続人でもある。その恵まれた血脈に加えて、彼女には神が与えた奇跡としか思えない天分があった。

神童——法皇庁の公式発表によると、アディスは生まれてすぐに人語を解したという。三歳で聖書をそらんじ、五歳で十カ国語を習得。七歳で男子のみ入学が許されるピサン神学校に招かれると、すぐに優れた論文を発表し、半島中の神学者や哲学者を驚嘆させた。

さらに彼女は、武術でも男子に勝る才能を見せた。こと馬上槍試合ではどんな大会でも敵なしで、十五歳以下では右に出る者がいないと噂されている。

凜々しい容姿と優れた頭脳、天賦としか思えぬ武術の才能、世にも珍しいストロベリーブロンド。それらは民に、かつてデュオンを守って異教徒と戦ったと言われる伝説の女騎士、『軍神ルキア』を想起させた。フォティアに『神童』あり。軍神ルキアの再来との噂は、たちまちイネリア半島を越えて中大陸にまで広まったのである。

そして今年から、馬上槍試合に新たなプログラムが加えられた。軍神アディスの模範試合である。十五歳以下の部の優勝者とアディスが、一騎打ちの試合を行うのだ。

しかしそれには、観衆には知らされぬある事情が隠されていた。

「それにしてもアディス様の相手は何者だ？　あんな貧相な馬でよく優勝できたものだ」

「武具も馬具も、とても貴族が身に着けるものとは思えん。この大会を舐めているのではないか？」

観覧席の君主や貴族達が、そう囁き合って眉を顰《ひそ》めているのは、十五歳以下の部で優勝した、黒鋼の鎧《よろい》を纏う少年騎士のことである。

「どうやらあれは北部者らしい。北部貴族の息子で、まだ年は十だそうだ」

「北部の田舎者がいい気になりおって。アディス様と戦って南部の洗礼を受けるがいい」

今や、広場に押し寄せた観衆全てが、アディスの勝利を信じ、期待し、熱狂していた。なにしろ、ここに立つ少女は天が遣わした『軍神』であり、『神童』なのだ。デュオン教の総本山、聖なるフォティアで、そのアディスが負けるなど考えられない。

——そうよ……。私に負けることなど許されないのよ。

兜を被り直したアディスは、すぐに顔から微笑みを消して眉根に力を入れた。

喉はカラカラで、胃の奥はヒリヒリしていた。それでも兜を被ると、少しだけ気持ちが楽になる。泣こうが喚《わめ》こうがどんな顔をしようが、もう誰にも見られることがないからだ。

この日のために特別に作らせた外国製《フレメル》の甲冑。莫大な金をかけて手に入れたイネリア一の駿馬。これほど金をかけた支度は、半島広しといえど、法皇を父に、そしてブランディーニ家を生家に持つアディスにしかできないだろう。

片や相手となる少年の馬は、連戦のためか明らかに疲弊している。馬具・武具は驚くほど粗末なもので、それを纏う少年の背丈は見るからに低い。アディスが平均より長身だというのもあるが、この少年はそのアディスより二歳も年下なのだ。

（アディス、あの子供の正体はゴラド王国の王子だ）

試合前に、父であるアンキティオ法皇に打ち明けられたことがふと脳裏に蘇った。

ゴラド王国――地図でしか見たことがないが、半島の北にある雪国である。そこに暮らす者は『北部人』と呼ばれ、その生活や暮らしぶりは一切が謎に包まれている。

（領地から滅多に出ない北部人が、何故フォティアにまでやってきたのかは判らない。しかも馬上槍試合に出るなど、万事控えめな北部人の気質からは考えがたいことだが）

父は難しい目になって首を振り、そして続けた。

（むろん相手が誰であれ約束は約束だ。試合に負けた時は潔く槍を捨てよ。お前が一番よく判っていると思うが、お前は『軍神』などではないのだ）

父がそんなことを言う理由は判っている。法皇庁の厚い壁に守られている限り、アディスが『神童』であり続けることはできるが、『軍神』は無理だ。いずれ強い相手に出逢って負ければ、簡単に鍍金《メッキ》が剝がれてしまうからだ。

とはいえ、様々な虚構で塗り固められた経歴の中で、槍術は、アディスが血の滲むような努力で磨いた唯一無二の才能であった。父との約束は約束だが、そう簡単には捨てられない。

――北部人だろうがなんだろうが、私がこんな子供に負けるはずがないわ。

アディスは自分に言い聞かせた。不安なのはあらゆる点で自分が有利であるということ。貧相な相手を叩きのめすことへの躊躇《ためら》いが胸のどこかで燻《くすぶ》っているということだ。

「軍神ルキアの加護を、私に」

迷いを振り払うように呟くと、アディスは大きなかけ声を上げて馬腹を蹴った。同時に、黒鋼の少年騎士も馬を走らせる。白と黒の騎馬が同じ弧を描いて疾走を始めた。アディスが槍を閃《ひらめ》かせると、相手も同じように槍を掲げる。

馬上槍試合は、むろん真剣勝負ではない。競技者に怪我を負わせないため、騎士槍は軽く折れやすい素材で作られ、先端には樹脂の覆いまでつけられている。

その騎士槍を叩き落とすか、または相手を落馬させれば、勝負はつく。

歓声の中、二頭の馬が交差するように激突する。自分より小さい相手と初めて槍をぶつけ合った時、アディスはそれまで経験したことのない深い衝撃を味わった。

一撃が重い。――そして鋭い。

よろめきながらも急いで体勢を立て直したが、手から肩にかけてが、痺れるように痛かった。動揺しながら馬を大きく旋回させ、次の一撃までの時間を稼ぐ。

しかし、相手はそれを許さなかった。痩せ馬のどこにそのような力があるのか、ぐんぐんと間合いを詰められ、はっとした時には、振り下ろされた槍が目の前に迫っている。

それを間一髪で防いだ時、不穏なざわめきが満場の観客に広がった。勝つと信じて疑わなかった『神童』の劣勢を、誰もが肌で感じたのだ。

ぶつかり合った槍が三度目の火花を散らした。歯を食いしばったアディスは引かずにそれを押し戻す。間近に迫る相手の兜が、まるで悪鬼のようだった。細い隙間から覗く双眸《そうぼう》に全身がそそけ立つ。この子供は本気だ。本気で私を殺そうとしている――

「ええいっ」

双方同時に突き出した槍が、音を立てて空《くう》でぶつかった。砕けた欠片《かけら》が兜を叩く。互いに馬から身を乗り出して、再度激しく槍を交える。互角——間髪容れずもう一度攻撃の体勢を取った時だった。

「危ないっ、離れろ！」

誰かが叫び、いきなり馬が激しく嘶《いなな》いて棹立ちになった。観衆の叫び声が洪水のように押し寄せてくる。兜越しの狭い視界の中、何が起きたか判らないアディスは咄嗟に手綱にしがみつこうとしたが、甲冑に覆われた手は虚しく馬の背を滑った。もんどりうって地面に転がり落ち、激しい痛みと衝撃で息が止まる。

——なに……？　何が起きたの……？

呼吸が戻ると同時に跳ね起きたアディスは、這いつくばったままで取り落とした槍を探した。相手の少年の姿が垣間見えたのはその時だ。少年は馬上で、地を這うアディスを悠然と見下ろしている。これが試合の最中だったことをアディスはようやく思い出した。

いかなる事情があれど、落馬は試合の負けを意味する。——負けた……。

「見たか！　軍神を語る偽者め！」

面当てをはね除けた子供の声が、凛として青空に響いた。

「軍神とは我が父のこと、我が祖先のこと。それを冒瀆《ぼうとく》する者は法皇とて許さぬ。二度とルキアの生まれ変わりなどと偽りをほざくな！」

数秒の空白の後、いきなり場内の音がアディスの耳に戻ってきた。

「ええい、何をしている。試合は中止だ、アディス様をお救いせぬか」

怒号、悲鳴、叫び声。狭い観覧席を、右へ左へと逃げ惑う観客達。

「門を閉めろ！　誰一人ここから出すな！」

「あの黒衣の連中だ、追え、追え、追え！」

呆然と顔を上げたアディスの視界に、地面に突き刺さった一本の槍が見えた。

それはアディスと馬上の少年の、丁度中間に突き立てられていた。よほど強い力で投げられたのか、黒い長槍はまるでそれ自体が生き物のように、今なおお小刻みに震えていた。


「もういい加減、泣くのはおやめになられたらいかがですか」

呆れたようなナギの声に、アディスは涙でぐしゃぐしゃになった顔を上げた。

ロドリコ大聖堂のすぐそばにある法皇宮《グラペリオン》。ここは父であるアンキティオ法皇の住まいで、アディスは四歳からこの宮殿に私室を与えられている。

ナギ・エレンは法皇宮の僧兵で、アディスが幼い頃からの護衛役だ。二十七歳。槍術の達人で、アディスにとっては師でもある。いかにも僧兵らしく耳下で切り揃えられた黒髪と、細い切れ長の目を持つこの青年の笑った顔を、アディスはまだ一度も見たことがない。

「だってナギ、負けたのよ、私」

「あれは負けではありません。途中で邪魔が入り、試合は中断されたではありませんか」

「私は馬から落ちて、あの子は落ちなかったわ。しかもその後なんて言われたと思う？」

「異国の子供の戯れ言を真に受けてどうします。今頃厳しく叱られているはずですよ」

「でも負けたのよ？　お父様との約束を賭けたあの大切な試合で――」

一度は止まった涙が、みるみる瞳で膨らんで頬を濡らす。再び長椅子に突っ伏したアディスは、クッションを何度も拳で叩いた。

「悔しい！　悔しい！　悔しい！　悔しい！」

「何度も申し上げていますが、勝負事に勝ち負けはつきものです。もう幼い子供ではないのですから、負けるたびにわあわあ泣くのはいい加減おやめください」

きっと顔を上げたアディスは、手あたり次第に摑んだクッションを投げつけた。

「これはただの試合じゃないのよ！　私はもう二度と剣も槍も握れないの！　冷血人間のナギに私の気持ちが判るわけないわ」

競技場を出る時の抑え込んだ感情が蘇り、アディスは顔を覆って泣きむせんだ。あれだけ毎日訓練をしたのに、あれだけ必死に努力したのに、絶対に負けが許されない試合で敗北してしまった。よりにもよって、二つも年下の子供相手に――。

「……ごめんなさい」

涙が収まると、アディスは恐る恐る顔を上げた。言いすぎたことに、遅ればせながら気がついたのだ。

「言いすぎたわ。ナギは……優しいわ。冷血人間なんかじゃない」

ナギは細く切れ上がった目を少しだけ和らげたが、すぐに表情を消して、散らばったクッションを拾い集めた。

「法皇様が武術をやめろと言うのは、アディス様を思ってのことなのです。確かにアディス様はそのあたりの貴族の子息よりはお強いでしょう。けれどそれは、世間で言われるほど特別なものではありません」

「知ってるわ。どうせ私は物覚えの悪い生徒だったもの」

「その通りです。けれど誰より熱心に努力をする生徒でした」

膝をついたナギの目に淡い微笑みが浮かんでいる。アディスは驚いて顎を引いた。ナギが――笑った？　今日は雪でも降るのかしら。

そのナギが、不意に真剣な表情になってアディスを見つめる。

「いずれにしてもこれが潮時です。もう二度とアディス様は、今日のような場所に出るべきではありません」

「……どういう意味？」

「今日の試合で何があったかもうお忘れですか。試合の最中に投げ込まれたあの槍は、一歩間違えていればアディス様のお命を奪っていたのかもしれないのですよ」

「あれは黒衣の連中がやったんでしょう？　まさか、まだ捕まっていないの？」

「捕まらないどころか、その正体も判らぬままです」

試合の最中に、観覧席から投げ入れられた一本の槍。それはアディスと少年の馬の、丁度中間地に突き刺さった。それに気づかず馬を進めようとしたアディスは落馬し、少年は素早く馬を逃がしたのだ。

「司祭達が噂していたわ。あれはセトルキアンが、お父様への意趣返しにやらせたんだろうって」

「憶測で滅多なことを言うものではありません」

ナギは厳しい声でぴしりと言った。

「セトルキアン様は偉大な聖職者です。そのような真似をするお方ではございません」

「……でも」

ナギの真剣な目を見て、アディスは喉まで出かけた言葉をのみ込んだ。

元枢機卿のセトルキアンは六十歳。父アンキティオ法皇の政敵とも言える存在である。八年前に法皇選挙に敗れて以来、何かにつけて父と対立していたそうだが、先月、枢機卿職を罷免《ひめん》され、一族郎党を率いてフォティアを出て行った。いずれセトルキアンが復讐に戻ってくるのではないかとは、フォティア中で囁かれている噂である。

「いずれにせよ、あの距離から槍を放った者は、並の技量ではないでしょう。アディス様の人気は今やお父上である法皇様以上。警戒すべきはセトルキアン様だけではございません。法皇庁の中にも、」

「待って。またお兄様の話なら聞きたくないわ」

話が嫌な方向に流れていくのを感じ、アディスは顔をしかめるようにして遮《さえぎ》った。

「心配しすぎよ。確かにお兄様はお父様と不仲だけど、私にはいいお兄様――、っ」

勢いあまって口の中を噛んでしまったアディスは、小さな悲鳴を上げて肩をすくめた。口中には深い傷ができていて、少し触れるだけで飛び上がりそうに痛いのだ。

「もう一度水で冷やしましょう。痛むのは口と右足だけですか？」

「左の膝も……。それから、左の手首も……」

唇を腫らし、額に青痣を作り、ドロワーズとシュミーズといった姿で足を投げ出すアディスを、先ほど馬上にいた少女と同一人物と思う者はいないだろう。泣きながら侍者に当たり散らしていた姿などは、年齢より幼く見えたかもしれない。

けれど、規則ずくめの法皇庁で、誰もが期待する神童を長年演じ続けてきたアディスにとって、この私室は、唯一素でいられる場所だった。そして唯一本音をぶつけられる相手が、幼い頃からずっと一緒だったナギなのである。

「心配しすぎよ、ナギ。お兄様は間違っても私の命など狙いやしないわ」

「……そうですね。疑り深いのは私の悪い癖のようです」

「ねえ、ナギ。いつかお兄様がお父様の跡を継いで法皇になるわ。その時は、私、もう神童のふりなんかしなくていいのよ」

手を止めたナギが、不思議に静かな眼差しでアディスを見る。

「その時は、約束よ、ナギ。私を遠い異国に連れて行って。誰も私のことなんか知らない場所を、馬に乗って旅して回るの。世界中よ。ナギと私の二人きりで」

「そうでしたね」

どこか寂しげに答えたナギが、水をもらうために部屋を出て行く。一人になったアディスは、両足を投げ出して長椅子に寝っ転がった。

そして眉を顰めたまま思っていた。どうしてお父様もナギも、お兄様の話となるとひどく怖い顔になるのかしら――と。

アディスの兄――カミッロ枢機卿。本名カミッロ・マルゴは、アディスと同じくアンキティオ法皇の私生児である。母親は小貴族の出だが、その家は既に没落してしまっている。

美しくて聡明な異母兄《カミッロ》に、アディスは昔から仄《ほの》かな憧憬を抱いていた。

カミッロと初めて出会ったのは今から三年前――アディスがまだ九歳の時だ。

その年、七年ぶりに留学を終えてフォティアに戻ってきたカミッロを、まるで天使のようだとアディスは思った。白磁の肌、海よりも深いコバルト色の瞳。白銀の髪は煌めく絹糸のようで、彼が微笑んだだけで周囲に花が咲くようである。

(アディス、困ったことがあれば、なんでも私に相談しなさい。母は違えど我らは兄妹、しかも互いに母を早くに亡くした身だ。これからは仲良くしていこう)

そんなカミッロが、瞬く間に社交界で人気を得たのは言うまでもない。数多《あまた》の貴族がその後ろ盾となり、帰国した翌年には枢機卿職にもついた。――が、それにただ一人、頑迷に反対した人物がいる。父であるアンキティオ法皇である。

父と兄は明らかに不仲だった。当時のアディスにその理由までは判らなかったが、周りの者の噂では、それはカミッロが『聖十字会』に入っているからだろうということだった。

聖十字会——それはフォティアに古くからある組織で、教会至上主義を謳《うた》ういわば秘密結社である。構成員は公《おおやけ》にされていないが、多くの貴族や有名聖職者が名を連ねているとも言われている。

ここ数年、イネリアでは教会に力を持つ人物の不審な死が相次いでおり、それらはいずれも聖十字会の仕業ではないかと囁かれていた。

(聖十字会は他教の信仰を許さず、異教国家との戦争も辞さない過激派です。絶対に関わってはいけません)

(——ただし、法皇様がカミッロ様を疎《うと》んじておられるのは、なにも聖十字会だけが理由ではありません。カミッロ様生来の傲慢さ、気性の残忍さを嫌っておいでなのです。いいですか。決してカミッロ様に近づいてはなりませんよ)

ナギは再三警告してくれたが、アディスには、その言葉の全てを信じることはできなかった。あの天使のような兄が残忍であるはずがない。兄はどんな時でも優しく、法皇宮でのアディスや父の立場を、いつも思いやってくれているのだ。——

(アディス……。お前はいつも辛そうな顔をしているね。お前の微笑みがこの私には泣き顔に映る。何か、人に言えない悩みがあるのではないか？)

悩みなら、物心がついた頃からずっとある。自分が生まれながらにして周囲を、民を欺《あざむ》いているということだ。

アディスは、決して巷《ちまた》で言われているような『神童』ではない。幼い頃から勉強漬けの日々ではあったが、三歳で聖書をそらんじたこともなければ、論文を書いたこともない。全ては父と法皇庁の幹部らが作った偽りなのである。

そのからくりを知った後でも、アディスが『神童』であり続けたのは、幼いながらも、教会や父の置かれた苦況が判っていたからだ。

世界各国で王制が成立し、強大な軍事力を持つようになったこの時代、教会の権威はこれまでになく失墜していた。力を持った王達は教会をも支配下に置こうとし、デュオン教会を脱会して、新たな国教を設ける王さえ現れた。デュオン教総本山であるフォティアにさえ聖十字会が現れ、勢力を拡大しつつあるこの時代にあって、教会の人気を支えるアディスの存在は、ある意味法皇庁の切り札だったのである。

(女のお前に聖職者の座はさぞ荷が重いだろう。しかしそれも父のため、教会のため。お前の人気が父や教会を支えている。そう思って耐えるのだ)

兄の言葉はアディスを癒し慰めた。実際、その頃のアディスは父に課《か》された厳しい課題に疲労困憊していた。歴史、地学、天文学、哲学、物理、そしてありとあらゆる古今東西の言語。父はあたかもこの世の全てをアディスに教えこもうとしているかのようだった。

いや、この世のものだけでなく、この世にあらざるものまでもだ。今では誰も知る者がいないという古《いにしえ》の言語――デュオン生誕前の言語であるヨラブ語。法皇になった者だけが学ぶことを許されているというそのヨラブ語を、父は自らアディスに教えてくれたのだ。

もちろん教本など存在しないから、父の口述を聞き取り、紙に書き写しながら覚えていくしかない。父はアディスの好みそうな英雄物語をヨラブ語で語ってくれた。その舞台は、フォティア建国の時に起きた異教徒との聖戦である。

千年の昔、デュオンが、イネリア半島の南に神の国《フォティア》を作ろうとした時、各地で激しい反発が起きた。新たに生まれた宗教への弾圧は凄まじく、デュオンの信者達もまた、デュオン最初の弟子である『十二使徒』を中心に必死の攻防を繰り広げた。その戦いで、軍神ルキアを始め、数多の英雄伝説が生まれたのである。

父の語る聖戦の物語は面白かった。武闘派の聖職者からなるアンセル騎士団の物語。その騎士団と十二使徒との対立。

中にはアディスの全く知らない物語もあり、どこまでが父の創作か判らないが、アディスはわくわくしながらヨラブ語を学んだ。だが、正直言えば恐ろしくもあった。

どうして、法皇しか知ることが許されない言語を、父は私に教えるのだろう。

まさか、私に将来法皇になれとでも言うのだろうか？　女法皇などフォティア千年の歴史の中で存在したためしがないし、そうなれば生涯を偽の神童のまま法皇宮で過ごさなければならなくなる。――それだけは絶対に嫌だ。

ある夜、思いあまったアディスはついに兄に真実を告白した。長年周囲を騙し続けてきた苦悩と孤独を打ち明け、泣きながら懺悔した。兄は驚きも騒ぎもせずに黙って話を聞き、最後にこう言ってくれたのだった。

(可哀想な妹よ。いずれこの兄が、必ずお前を自由にすると約束しよう。それまでは辛抱して、皆が思う神童であり続けなさい。人々には判りやすい信仰の拠《よ》り所が必要だ。父はお前にその大切な役目を課したのだ)

それが今から半年ほど前のことで、その日のことはナギにも父にも言っていない。いや正確には、今、ほんの少しだけナギに打ち明けてしまったが。

――あの子……そういえばどうして、私のことを偽者だと言ったのかしら。

ふとアディスは、馬上槍試合で戦った子供に言われた言葉を思い出していた。

(軍神とは我が父のこと、我が祖先のこと。それを冒瀆する者は法皇とて許さぬ。二度とルキアの生まれ変わりなどと偽りをほざくな!)

軍神ルキアは聖戦で生まれた英雄だが、あくまで伝説上の――いわば後世に創作された架空の人物である。なのに何故北部の子供は、あんな嘘を堂々と言ったのだろう。

「……馬鹿なの?」

呟いたアディスは、首を傾げてから起き上がった。きっとそうだ。大方誰かに聞かされた作り話を真に受けたに違いない。

「まさか北部には、あんな無知な子供がゴロゴロしてるんじゃないでしょうね」

その時くうっとお腹が鳴った。起き上がったアディスは、ナギがテーブルの上に用意してくれたお菓子の皿に手を伸ばした。

ヴァニラの香りがする甘いお菓子を口いっぱいに頬張っていると、次第に悲しい気持ちも収まってきた。そして持ち前の強気と好奇心がむくむく膨れ上がってくる。

父は槍を捨てろと言うけれど、隠れて訓練する分には何の問題もないだろう。いずれナギを負かすほどに強くなれば、もう文句は言わないだろうし言わせない。――それより北部だ。ゴラド王国のある北部とは、一体どういうところだろう。

半島と中大陸を結ぶ付け根にあるその地方の情報は、南部には殆《ほとん》ど流れてこない。ただ、年中雪に閉ざされて、住人は青白い顔をした巨人《トロル》のようだと噂で聞いたくらいだ。

大人は巨人――そして子供といえば礼儀知らずの乱暴者。ぞっとした。よりにもよって軍神ルキアを祖だと言い張るなんて、どれだけ無知な連中なんだろう。

扉の開く音がした。ナギが戻ってきたと思ったアディスは、口の中に焼き菓子を放り込みながらうそぶいた。

「ナギ、私、北部の人とはこの先二度と関わったりしないわ。ええ、金輪際、無礼な北部者とは戦ったりするものですか」

「ふぅん、これがフォティアの神童の正体か」

ぎょっとしたアディスは、口にお菓子を詰めたままで扉の方を振り返った。

黒のマントで肩から下を覆った少年が立っていた。髪はくすんだブルネットで、夜行性の獣にも似た輪郭の鋭い目をしている。

――ゴラドの子供……！

ふっくらとした頬と形のいい鼻筋が、野性的な顔立ちの中にも一片の気品を感じさせた。

痩せてはいるが、身の丈は想像していたよりも案外高い。

「おい女、お前に言いたいことがある」

少年が、革靴の音も高らかに歩み寄ってくる。アディスは固まったまま長椅子の背凭《もた》れに張りついた。なに、なんなの？　これって悪夢？　ここは難攻不落の法皇宮、別名迷路宮と呼ばれるほど複雑な建物だ。それをどうして最深部にある私室にまで――

「ルキアの髪は燃え上がるように赤いんだ。それをこんな中途半端な髪色で……」

憎々しげに呟き、アディスの前で仁王立ちになった少年は、ぐっと顔を近づけてきた。

「お前のように弱い女が、軍神ルキアであってたまるか。次にそんな嘘をついてみろ。今度こそ、お前を叩きのめしてやるからな！」

なに……なんなの、この子。なんだって北部の小国の王子が私にこんな口を――

なおも口を開いた少年は、そこで何故か、うっと言葉に詰まったようになった。彼はちょっと眉を顰めて目を逸らし、そして再び口を開いた。

「――で……、南部の女は、昼間からそんな格好なのか？」

はっと口を開いたアディスがみるみる顔を赤くした時だった。

「ラウル――、貴様は一体、何をしている！」

「本当に申し訳ございませぬ。槍試合に続くこの無礼、なんともお詫びのしようもなく」

「よいよい、ハンニバル。幼き子供のしたことじゃ」

法皇アンキティオ六世が鷹揚《おうよう》に手を振った。賢者を思わす穏やかな横顔に夕暮れの黄昏《たそがれ》が映えている。ここは法皇宮の最奥——歴代法皇の私室である。

肘掛け椅子に座るアンキティオの前には、闇よりも濃い黒髪と口髭を持つ男がかしずいていた。紫の司祭衣《ダマルティカ》に着替えたアディスは、父の傍らに用意された椅子に、居心地の悪い気分で座っている。

「ラウルはまだ幼く、物事の道理も判らぬ愚か者。何卒お許しくださいませ」

言葉だけは丁寧だが、男はそう言った端から同座する息子の頭を殴りつけた。息子——アディスと戦った少年、ラウル・ヴァレンはぐっと唇を引き結んだままでその衝撃に耐えている。しかしその顔は青黒く腫れ上がり、口や鼻には今も赤黒い血がこびりついていた。

彼を殴った父親は、ゴラド王国の国王ハンニバル・ヴァレン。見た目は、まさに噂通りの『北部人』である。見上げるほどに背が高く、色白の顔は彫り深い。髪も髭も濡鴉《ぬれがらす》のような漆黒で、肌の白さは青みさえ感じるほどだ。

——なんて怖い、本当に噂通りのトロルだわ。

(ラウル——、貴様は一体、何をしている!)

そのトロルの父親は、そんな声と共にいきなり部屋に飛び込んできた。そして、アディスの前で息子を散々に殴りつけ、蹴り飛ばし、剣の柄《つか》で打ちのめした。さらには、ボロ布のようになった息子を引き起こすと、床に頭を叩きつけるようにして謝罪させた。

恐怖で声も出なかった。父親の激しい怒りの理由の一つに、自分の服装が関係していることは判っている。下着姿の女の部屋に、まだ十歳とはいえ息子が入り込んでいたのだ。

アンキティオは、難しい目になってため息をついた。昼間の試合が中止された後、長い間枢機卿らと会議をしていた父は、珍しく顔に疲れを滲ませていた。

「しかし、ハンニバル。何故息子をあのような試合に出したのだ。北部騎士の実力は知っている。そしてそれを決してひけらかさぬのが北部人の気質というのも知っている」

「法皇。我らも、息子が試合に参加していることを途中まで知らなかったのです。まさか旅商人から衣装や馬まで勝手に調達していたとは……」

ハンニバルは苦く言って言葉を切った。

「むろん後で厳しく罰しますが、無謀な真似をした理由はお察しください。息子は愚かで無知ですが、私より北部の気質を強く受け継いでいるのです」

小さく唸ったきり何も言わない父を、アディスは微かな不審を抱きながら見上げた。ハンニバルの言い訳の意味も判らないが、何故、父はラウルという子供の虚言を糺《ただ》さないのだろう。相手がまだ幼い子供だからだろうか。

再度嘆息したアンキティオが、小さく手招きして、ハンニバルをそばに寄せた。

「こたびフォティアに立ち寄ったのは、件《くだん》の調査のためか」

「はい。血の盟約が絵空事ではなくなった今、どうしてもそれを確かめたいのです」

――血の盟約……？

「結果がどうあれ、盟約は必ず私が果たすと約束します。どうか、お聞き入れください」

二人の囁き声は、そばに座るアディスにしか聞こえなかっただろう。眉を顰めるアディスの傍《かたわ》らで、少しだけ声を大きくしてアンキティオは続けた。

「いずれにせよ今日は間が悪かった。一部の枢機卿らは試合を妨害した者をそなたらの仲間と決めつけておる。審議が終わるまで法皇宮を出すわけにはいかん」

「存分にお調べを。当方とはなんら関わり合いのない者どもゆえ」

「そうだろう。——ハンニバル。北に春の恵みを」

何故かその言葉に、はっとハンニバルが目を見開く。しかし彼はすぐに視線を元通りに伏せ、なんでもなかったように立ち上がった。同時に、背後のラウルも顔を上げて立ち上がる。アディスの部屋でもこの部屋でも、彼はどれだけ父親に殴られようと一切の不満を漏らさず、ただ燃えるような目で前を見つめ続けていた。

「あの……！」

アディスは思わず立ち上がっていた。ラウルの無礼は許せない。絶対に許せない。が、一言だけ、謝らなければいけないことがある。己の立場や、尊敬する父の前で——と思うと顔から火が出そうだが、逆にその父の前で、ラウルは男らしく沈黙を守ったのだ。

「ハンニバル国王、私室とはいえあのようななりをしていたのは私の気の緩みです。あれは……私の過ちでございました。あの場で、何も申し上げられなかったことも」

耳に火がついたかと思うほどに熱かった。奥歯を噛みしめてアディスは続けた。

「それでご子息を責めておられるならば、どうぞご容赦くださいませ」

わずかな沈黙の後、思いのほか穏やかな声が返された。

「アディス様、息子の無礼はそれ以前の問題です。あなた様には何一つ非のないこと」

アディスの前に歩み寄ると、ハンニバルは恭《うやうや》しく膝をついた。

「あなた様に幾久しいデュオンのご加護を――。いずれ我が息子が命を賭《と》してあなた様をお守りすることで、今日の非礼が赦《ゆる》されることを願っております」

やがて異国の父子が去った後、アディスは憤懣やる方ない気持ちで父を振り返った。

「お父様、あの者達はなんなのです。お父様も聞いたでしょう、あの子供が試合の場でなんと言ったか。どうしてそれを一言も戒められないのですか」

「アディス、彼らの言うことは嘘ではない。あの者達は『法皇の盾』なのだ」

――法皇の盾？

「ゴラド王国の王家、ヴァレン家。あの者達こそ、軍神ルキアの血を受け継ぐ末裔だ」

「ど、どういうことですか。だって、軍神ルキアは伝説の中の、」

「真実はいずれ判る。お前が法皇となる時が来れば」

――え……？

「その時まで、お前はなんとしても生き延びねばならぬ。――ナギ！」

父の声に応じて、ナギが室内に入ってきた。アディスは目を瞠《みは》った。ラウルとの騒ぎの後から姿を消していたナギの服装が、旅に出る人のそれだったからだ。

「ナギ、北部の客人には異変を告げた。すぐに法皇宮を脱出するだろうから、できるだけ手助けをしてやるように」

「かしこまりました」

「あの者達の血を決して絶やしてはならぬ。頼んだぞ、ナギ。カミッロがその正体を知る前に、なんとしても無事に逃がすのだ」

厳しい形相で命じた父は、表情に優しさを戻してアディスの前に膝をついた。

「アディス、すぐに支度をして法皇宮を出なさい。行き先はナギが知っている」

「——……、法皇宮を出る?」

父が何を言っているのか判らなかった。ここでどうして兄の名が出てくるのかも。けれど慈愛のこもった大きな瞳に見つめられ、言葉がなにも出なくなる。

「お前が知るべきことはまだ沢山あるが、私にそれを伝える時間は残されていない。——アディス、何を忘れてもいいが、私が教えたヨラブ語だけは忘れるな」

父の灰色の目に薄い水の膜が張った。

「万に一つもこの危機を乗り越えることができれば、必ずやお前を迎えにいこう。それまで待っておいで、私の可愛いアディス……私の愛しいアッミーラ……」

第二章　花嫁は復讐を胸に抱いて

行列を見守る民衆の熱狂は、天使に扮《ふん》した少年達に先導された、法皇カミッロサンドロ一世が現れた時に最高潮を迎えた。

「法皇様！　法皇様！」

「法皇様！　法皇様！」

即位から八年、その年三十五歳になったカミッロサンドロ一世は、馬上から優雅に手を振った。銀髪に冬の陽光が煌めき、コバルト色の瞳に雪原の白が映えている。

金と銀の刺繍を施した純白のマント、銀の鎧と翡翠《ひすい》の刀剣。頭にはミトラの代わりに銀の兜を冠している。『闘う法皇』の登場に、民衆は涙し、ひれふし、次々と花を投げた。

その後方に金紫《きんし》の宝飾を施した馬車が続き、中から一人の女性が顔を出して手を振った。

「アディス様だ」

「民を騙した偽りの神童だ。――しかし罪を悔い改められた。今は還俗《げんぞく》し、異教徒を皆殺しにするために、北へ嫁いでいかれるのだ」

「異教徒に罰を！」

「異教徒に罰を！」

アディス・ブランディーニ。法皇の妹で、かつてのカルー区大司教。八年前、『神童』と偽って民を騙し、神の前でその罪を贖《あがな》った娘である。

民を謀《たばか》った彼女に対する目は今でも冷たい。しかしその姿を間近で見た者は誰でも心惹かれずにはいられないだろう。路上に詰めかけた群衆も例外ではなく、馬車から顔を出した二十歳の娘に熱狂的な声援を浴びせかけた。

「なんとお美しい……。さすがは法皇様の妹君だ」

「やはりアディス様は特別なお方だ。これほど美しい女性を俺は見たことがない」

透き通るような白い肌と、哀しげに潤む鳶色の瞳。珊瑚の唇に浮かぶ微笑みは憂いを帯びて、イネリア半島でも数人しかいないという赤みがかった美しいブロンドは、彼女の華奢な首と肩を覆い、胸元で柔らかく巻かれている。

八年前、短い髪を太陽に燦然と輝かせ、馬上で槍を振るっていた『軍神』の姿を、この冬の花のような儚《はかな》げな女性からは誰も思い出せないだろう。それどころか、故アンキティオ元法皇に同情的な立場の者から見れば、彼女の辿ってきた道は涙を誘わずにはいられない。彼女は五日前に兄の法皇と共にフォティアを発ち、北に向かって行進をしているのだ。ゴラド王国の王家——軍神ルキアの末裔、ヴァレン家に嫁ぐために。

「聞け、デュオンに導かれし我が子達よ！」

先頭を行く馬上のカミッロサンドロ一世が声を上げた。本名カミッロ・マルゴ。カミッロサンドロ一世とは法皇に即位した時につけた法皇名である。

「我が妹は、今日、北部のゴラド王国へ嫁ぐ。雪に閉ざされた凍《い》てつく大地、山を越えればそこは異教徒が支配する東国《トウ》だ。いつ攻められるか判らぬ上に、フォティアとゴラド王国は八年絶縁状態にある――。そのような危険な国に、妹は犠牲となって嫁ぐのだ！」

睫毛を伏せたままで、アディスはその声を聞いていた。

「何故か！　それはゴラド王国こそ、フォティア千年の悲願、異教徒討伐の要となる地だからだ。ゴラド王家が、かつて異教徒と戦った軍神ルキアを祖とすることが明らかになった今、フォティアとゴラドが手を組むことこそが、神の定められた未来だからだ」

カミッロは高々と手を突き上げた。

「デュオンを守り、半島の盾となって命を散らした軍神ルキアの血は、ゴラドに脈々と受け継がれている。その軍神の血とフォティアが手を組み、異教徒の王が住む東国を攻め滅ぼすのだ！　それこそが、神の望まれる聖戦なのだ！」

法皇の演説に、泣き喚くような歓声と共に民衆が再び声を上げ始めた。

いつ聞いても兄の演説は耳触りがいい。よく通る柔らかな声、判りやすく威勢のいい言葉、そして神をも思わせる優雅な美貌。

「窓を閉めて」

アディスは侍女に命じ、なおも聞こえる外の声を遮断するように目を閉じた。

昔、父がアディスを『神童』として喧伝《けんでん》した気持ちが今ほど判る時もない。無知な民衆は、いつの時代も判りやすいものや美しいものに惹かれるのだ。そして物語の中の『英雄』がこの世に現れ、貧しい日々に救いをもたらすと信じている。彼らを苦しめているものの正体が、過重な教会税や聖戦のための徴兵であることも忘れて。

行進を見るために集まった群衆の声が遠ざかった頃、アディスが乗る馬車にカミッロを乗せた馬が近づいてきた。

「アディス、この峠を越えればもうゴラド王国との国境だ」

「まぁ、もうそんなになるのですか」

再び窓から顔を出したアディスは、薄雲に覆われた空を仰《あお》ぎ見た。今朝、馬車で出発した時には小さくちらついていた雪が、今は細かな雨のように灰色の空に舞っている。地面を白く覆う雪は、南国のフォティアでは絶対に見られない光景だ。

「残念ながら、お前を見送ってやれるのはここまでだ。国境から先は花嫁一人でというのが、婚姻の際の取り決めなのでな」

「判っております。どうかご安心ください。お兄様」

アディスは微笑んで、兄を見上げた。

「私は両国の和睦のために嫁ぐのです。両国の関係を修復し、ゴラドの民にお兄様を信じてもらうために。次は王城シュベルク城で、お兄様のお越しをお待ちしています」

「無理をしなくてもいいのだ、アディス」

カミッロの美しい眉に、悲しみにも似た色が微かに浮かんだ。

「今はゴラドとの関係を元に戻すのが何よりだが、よりにもよってお前を和睦の条件にするとは。――ハンニバル国王には、いずれ己の立場をわきまえさせてやらねばならぬ」

手袋を取った兄の指が、優しくアディスの頬に触れた。

「アディス、賢いお前は理解しているだろうが、ハンニバル国王は、かつて神童としてあがめられていたお前を当然利用する気でいる。あの国は内部に様々な問題を抱え、一枚岩のようでいて、その実もろい岩盤の積み重ねのようなものなのだ」

「お兄様、還俗した私は、もはやただの娘でございます。そのような期待をされても、何もお応えすることはできません」

「それでいい」

カミッロは満足そうに頷《うなず》いた。

「お前が再び民を偽り、かつてのような振る舞いをすれば、今度こそお前の命を絶たねばならぬことになる。もしそれにゴラドという国が加担するなら、聖なる火でまずはゴラドを焼き滅ぼさねばならなくなる」

美しい目の奥に光る人外の光。これこそがカミッロという男の正体だ。どうしてそのことに、八年前は気がつくことができなかったのだろう。

「たとえゴラドで何が起ころうと、お前は知らぬ顔で過ごしていればいい。東国との聖戦が始まれば、必ずこの兄がお前をゴラドから救い出そう。——約束してくれるな」

アディスは微笑んで頷いた。冷たく忌まわしい悪魔の手を肌に感じながら、目を閉じて自分に言い聞かせる。

——もちろん待つわ、六年間じっと待っていたように。

ただ殺すだけならいつでもできる。けれどそれでは、お父様もナギも浮かばれない。

「約束します。アディスはどこにいても、お兄様のご健勝と成功を祈っております」

胸の裡《うち》で、暗い火の塊が燃えている。

カミッロサンドロ。いつかお前を殺してやる。お前が私の大切な人にした仕打ちの全てを、何倍にもして返してやる。そのためなら、ゴラドだろうが東国だろうが、どこにだって嫁いでやるわ。


長い間止まっていた馬車が、唐突に動き出した。束の間うとうとしていたアディスは、はっとして顔を上げた。

頭の中に、目が覚めてもなお消えない闇がある。また、あの夜の夢を見ていた。泥を蹴散らして疾駆する騎馬の群れ。顔を濡らす冷たい雨。血の匂い。——

(——アディス様、ここでお別れです)

「どうかなさいましたか、アディス様」

その声でようやく現実に戻ったアディスは、周囲に視線を巡らせた。

暗い馬車の中、ランプに照らし出された女達の顔が、じっとアディスを見つめている。暗褐色の目と髪の色。色白で鼻が高いのは北部人の特徴だろう。誰の目も険しく、まるで修道院の監視者のように冷徹だ。

不意にぞっとしたアディスは、表情を取り繕うのも忘れて身構えた。ここは既にゴラド王国の領内で、今乗る馬車の中にも外にも、味方は一人もいないのだ。

「ご心配をおかけしましたが、大木は無事取り除き、ようやく出発できるようです」

隣からそう声をかけてくれたのは、エスミと名乗った若い侍女だった。

玲瓏《れいろう》として美しい女で、暗い髪色ばかりの女達の中で、唯一明るいプラチナブロンドの髪を、きっちりと結い上げている。

国境で乗り換えたこの馬車で、彼女だけが唯一アディスに話しかけてくれたが、ただ、その態度にも声にも、小さな棘のような冷たさがあった。

「この峠を越えればシュベルク城が見えてまいります。あと少しご辛抱くださいませ」

国境を離れた馬車が不意に止まったのは、夕闇も濃くなろうという時間だった。雪に流された巨木で道が塞がれてしまったという話だったが、動かない馬車に閉じ込められている時間はひどく不安で、そして足の先が凍えてしまうかと思うくらいに寒かった。

今、その遅れを取り戻そうとするかのごとく疾走する馬車の外からは、猛々しい蹄《ひづめ》の音がする。時折そこに北部訛りの怒声が聞こえてくる。

「急げ急げ、日の入りが近いぞ！」

「山の民の襲撃に気をつけろ。奴ら、どこから襲ってくるか判らんぞ」

山の民――？　初めて耳にする言葉だが、山賊か夜盗の類《たぐ》いだろうか？

なんの情報もないだけに、不安だけが強くなる。しかし、昼間見たゴラド軍の物々しい姿と圧倒的な数量が、少しだけその不安を和らげた。

国境を真っ黒に埋め尽くした人馬。天を突く無数の槍と、高々と掲げられた国旗。何しろ、あのカミッロが何もできずに逃げ帰ってしまったのだ。今はその軍勢が、この馬車を守ってくれているのである。

また、兵士一人一人の迫力も、南部の騎士とは桁違いだった。長い外套と鎖鎧のついた黒い軍服。荒い鼻息を吹き出す巨大な黒馬。騎士達の肌は青白く、身体の大きさはとても人とは思えない。

カミッロは氷のような双眸でゴラド軍を見つめ、やがて純白のマントを翻して去って行った。蛇よりもなお執念深い兄は、今日の屈辱を決して忘れないだろう。いや、そもそも兄にとって和睦とは名ばかりの時間稼ぎだ。いずれ東国との聖戦が始まれば、兄がどのような行動に出るか想像するのも恐ろしい。

フォティアとゴラド。いがみ合う両国の因縁の始まりは、今から八年前の『フォティアの政変』と呼ばれた出来事に遡る。

八年前――アディスがナギと共に法皇宮を出た直後、フォティアではカミッロ率いる聖十字会による反乱が起きた。

念入りに用意された武装クーデターは、堅牢な法皇宮を一日で陥落させ、アンキティオ六世を始め、彼に味方する聖職者や貴族達は次々と投獄、処刑された。彼らの財産は全て法皇庁に没収され、アディスの生家、ブランディーニ家もそれによって滅亡した。

北部の王族父子がその政変に巻き込まれたのは、不運としか言いようがない。悪しくも政変勃発の折、ゴラド王ハンニバルとその息子ラウルは法皇宮に身柄を拘束されていた。ラウルだけはかろうじてフォティアを脱出したが、国王ハンニバルは捕らえられ、そのまま法皇宮の地下牢に投獄されたのだ。

二年後、フォティアに潜入した味方の助けで、ようやく自由の身となった北の王は、すぐに反撃を開始した。

彼は、法皇カミッロサンドロを父殺しの簒奪者《さんだつしゃ》として糾弾し、その退位を激しく迫った。カミッロはただちに法皇軍を編成し、ゴラド攻めを開始した。しかしその結果は、彼が美しい顔を歪めるほどに惨たるものだった。

雪に慣れない法皇軍を、ゴラド軍が圧倒したのだ。カミッロは、合わせて五度のゴラド討伐を行ったが、王城に辿り着くことさえできなかったのである。

そんな両国が手を結ぶ時は、唐突にやってきた。

年々勢力を伸ばしつつあった異教国――東国が、ゴラドとイレネー山脈を隔てて隣り合うフレメル共和国を侵略し、その領土の大半を奪ってしまったのだ。

その知らせはフォティアにもゴラドにも、等しく衝撃をもたらした。

もし東国がイレネー山脈を越えて攻めてきたら、半島に閉じ込められたフォティアに逃げ場はない。また十万とも二十万とも言われる東国の軍勢を、ゴラド二万の軍だけで迎え撃つのも不可能である。

つまり東国の侵攻を止めるには、デュオン教の信者全てが団結し、その国境の地であるゴラド王国で、東国の軍を迎え撃つしかなくなったのだ。

異教徒との戦いは、千年の昔、デュオンがフォティアを建国した折にもあった。デュオンを弾圧する多国籍軍と、デュオン教徒の戦いを、後の人は『聖戦』と呼んで神話化し、その中で伝説の英雄『軍神ルキア』も生まれたのだ。

カミッロとハンニバルは一年近く書簡で協議を重ね、ついに和睦の証《あかし》としてアディスがゴラド王国に嫁ぐことになった。その際カミッロは、ハンニバル・ヴァレンこそが、軍神ルキアの血を引く子孫であると正式に公表した。

その事実は、驚きと共に世界中に広がった。本名も出自も不明ではあるが、ルキアという名の女騎士は確かに実在し、聖戦中に私生児を産み落としていたのだ。その子が北部に渡り、ゴラド王国を建国していたのである。

カミッロは、それらの事実を法皇庁が隠蔽《いんぺい》していた理由も明らかにした。ルキアは、デュオン教初の——そしてアディスがそうなるまでは唯一の——女聖職者だったのだ。

つまり、結婚できないのはもちろん、子をなすこともできない。今では聖職者が私生児を持つのは当たり前だが、数百年前までは死罪に値する大罪だった。故に法皇庁は、ルキアの存在を歴史から消し去ったのである。

真実はこうして公にされ、ゴラド王国と法皇の妹との婚姻の大義名分も立った。

かつて異教徒と戦った軍神ルキアが実在していたこと、その血がゴラドで繋がれていることに群衆は沸き立ち、異教徒討伐の機運は否が応にも高まったのである。

とはいえ、アディスがゴラド王国でどう扱われるかは未知数である。立場は妻という名の人質だし、よくて幽閉、悪くて地下牢行きもあるだろう。最悪の事態も想定されるこの婚姻は、しかし、ようやくアディスに一縷《いちる》の希望をもたらしたのだった。

結婚が公表される数日前、修道院で暮らすアディスの元に、一通の手紙が届けられた。一体どのような経路を経たのか、月に一度の礼拝の朝、こっそりと上衣に入れられたその手紙は、開いてみるとセトルキアンのサインが記されていた。

セトルキアン元枢機卿。かつて父と反目してフォティアを去り、今でも行方知れずとなっている老聖職者である。アディスは激しく戦《おのの》きながら、手紙の文字に目を通した。

〝――アディス様。カミッロは人皮を被った悪魔です。残虐非道で信仰心の欠片もなく、あなたの父上はあの者が幼い頃より、その野心の激しさ、傲慢さ、性格の歪さに不安を抱いておられました。

あの男の野心は、フォティアのみならず異教国の領土にまで向かっています。異教徒への憎しみや不安をあおり立てることで、宗教戦争を世界中に広げていくつもりなのです。

今、カミッロは世界各国に招集をかけ、東国と戦う『聖十字軍』の志願兵を募っています。戦が夥《おびただ》しい死と悲劇を生む前に、なんとしてもカミッロを止めなければなりません。聖戦が始まる前に、ゴラドの軍事力を利用してカミッロを討《う》つのです。——〟

その手紙は、半ば死んだように生きていたアディスの胸に、再び火の塊を滾《たぎ》らせた。

〟——まだ名は申せませんが、ゴラド王国には私の仲間がいます。フォティアとの和睦を破棄し、カミッロを暗殺しようという同志です。いずれその者がアディス様に接触してくるでしょう。——〟

その後、二度とセトルキアンから手紙はこなかった。いや、そもそも本当に行方知れずのセトルキアンからの手紙だったのか。本当にそうだとしても、真意は手紙にある通りなのか——正直言えば、セトルキアンという人そのものが、アディスにはよく判らない。

けれど、そんなことはどうでもよかった。ゴラドを利用してカミッロを討つ。その一文が、望まぬ結婚に自害さえ覚悟していたアディスの心を蘇らせた。

カミッロを殺す。私自身の手で大切な人達の敵《かたき》をとる。そのためには、まずゴラド王家の信頼を得るのが何よりだ。

しかし、そもそも私は、王族達と会えるような立場に置いてもらえるのだろうか。——

「……エスミ、ラウル様は私をどう思っておいでなのかしら」

「アディス様のお着きを、それは楽しみにしておられますよ」

「ラウル様とは、以前、フォティアでお会いしたことがあるの。その時の私はまだ子供で、とても無礼な態度を取ってしまったから……」

　エスミは、榛色《はしばみ》の瞳を意外そうに見開いてから、少し冷めた風に微笑んだ。

「そのようなことをお気になさる必要はございません。その頃も今も、身分はアデイス様の方がお高いのです。ラウル様もそれは判っておいでtoo」


　いや、絶対に判っていなかったし、今だって夢にも思っていないに違いない。

　とはいえ礼儀を欠いたのはアディスも同じで、しかも相当みっともない姿を見られている。あの日のことを思うと、今でも怒りと恥ずかしさで、顔から火が出そうになる。

（お前のように弱い女が、軍神ルキアであってたまるか。次にそんな嘘をついてみろ。今度こそ、お前を叩きのめしてやるからな！）

　彼は、自分達の祖である軍神を冒瀆されたと思い、私に戦いを挑んできたのだろう。

　もちろんそれは、何も知らなかったとはいえ私が悪かった。ただ、――それでも彼は無礼極まりなかったし、短気で礼儀知らずという評価を変えるつもりはない。

　とはいえ、そのラウルの寵愛をなんとしてでも得なければ、この結婚はなんの意味もないのだ。まずはラウル、そしてその父親のハンニバルの信頼を得なければ。

「エスミ、もう見えるなら、外からお城を見てみたいわ」

　エスミは頷き、すぐに馬車の窓を開けてくれた。刺すような冷風が車内に入ってくる。目を細めたアディスは、次の瞬間、喉の奥で小さな声を上げた。

　馬車を取り囲む騎馬の向こう、そそり立つ崖の上に灰色の石城が姿を見せていた。巨大な三つの塔が天に向かって突き出し、その周囲を石壁が取り囲んでいる。

それはこれまで見たことのない、絶界の光景だった。

──これが……今日から私が暮らす城……。

息をのんだアディスは、粉雪が顔に吹きつけてくるのも忘れて、その光景に見入っていた。そして改めて、自分がひどく遠い場所に来てしまったことを思い知らされていた。


北部の日暮れが早いというのは、噂には聞いていたが本当だった。城門をくぐる時はまだ姿を見せていた夕陽はあっという間に山裾に沈み、大半が闇に沈んだ城内では、至る所で蝋燭と松明《たいまつ》が燃えている。

城に着いたアディスには、休む間もなく婚礼の支度が待っていた。身体を清め、乳香を肌にすり込ませる。化粧をし、婚礼の衣装を身に着けてから、髪を北部風に結い上げる。

不気味なのは、その間、城中が静まり返っているように感じられたことだ。南部では、婚礼の夜というのは大なり小なり賑やかなものだが、北部では違うのだろうか。それとも、婚礼とは名ばかりで、すぐに地下牢に閉じ込められてしまうのだろうか?

そんな不安をよそに、婚礼の支度は慌ただしく進み、いよいよ式が行われる聖堂へ移動になる。式の段取りと作法はその移動の間に、エスミから教えられた。

「式の間は顔を上げてはならず、口をきいてもいけません。王族や諸侯への顔見せは、一連の儀式が終わった後に改めて行われます」

彼女の態度は最初と変わらず、どこか棘を含んだよそよそしいものだったが、修道院時代の修道女達に比べれば、アディスには天使のように優しく思えた。

それに、立ち振る舞いの隙のなさや、敵国から来た自分に警戒を怠らない態度にも好感が持てる。冷淡だが的確な物言いは、ほんの少しだけ――ナギを思い起こさせる。

「エスミ。その一連の儀式というのは、いつ終わるの？」

「七日後です。儀式は七日間続きますから」

えっ、と、アディスは驚きをのみ込んだ。七日間？　七日も何をするというのだろう。

「では国王様とお会いするのは随分先になるのね。今夜ご挨拶するのは難しいのかしら」

エスミの視線がつっと逸らされた。

「――アディス様、実はハンニバル様は、今日のお式にはご出席なさいません」

「……え？」

「七日後には婚礼の宴が予定されておりますが、それにもおいでにはならないでしょう。国王は、今、体調を崩して臥しておられるのです」

「体調を？　では、どこか身体を悪くされているの？」

「大したご病気ではございません。けれど念のため、別棟で静養されているのです」

いきなりつまずいたような気分だった。本当に大したことがないのなら、息子の結婚式に顔くらいは出すだろう。多分病気が重いか、結婚式に出たくないかのどちらかだ。

「それから式の後は、すぐにラウル様――王太子の館に移動して床入りとなります」

はっと息をのんだアディスは、少しだけ狼狽《うろた》えて視線を下げた。

床入り。——もし今夜の運命が地下牢行きでないなら、それが最大の試練になる。

もちろん閨房の所作は全て頭に入っている。ただ、実際にそのような行為をあまねく夫婦がしているというのは、驚き以外のなにものでもなかった。

あのおぞましい——奇妙な——男女の交合。男の槍に、身体の中心を刺されるという野蛮な行為。それが夫婦の始まりの儀式なら、最初から女は男に殺されることになる。なんと不条理な肉体の差なのだろう。

そこまで思ったアディスは、ふと眉を寄せて顔を上げた。

「エスミ、さっき婚礼の儀式が七日続くと言ったのは……」

「お床入りが七日続くということです。その七日間で生まれた子は立派な王になると言われ、アディス様の身も安泰です。どうぞ、首尾良くなさってくださいませ」

——え……？　七日？　七日も？

「こちらが聖堂です。足は止めず、頭だけを皆様に向かってお下げください」

エスミの声で、動揺したままのアディスは、円形の室内に目をやった。

この陰気な城にも、このように華やかな場所があったという驚きと、少なくとも式だけは本当に挙げるのだという安堵が、同時に押し寄せてくる。

——そうよ。床入りくらい、これまで経験してきたことに比べればなんでもないわ。

アディスは自分に言い聞かせた。むしろその床入りを上手く利用して、ラウルの気持ちを摑むことを考えなければ。

祭壇の前には数人の男女が紫色の礼服を纏って立っていた。一際背の高い女性は、王妃だろうか。その隣に立つ恰幅のいい男性は誰だろう。まさか、あの人がラウル？――

「アディス様、お顔を下げて」

背後からエスミに囁かれ、アディスは急いで面を伏せた。その刹那、別の方角から祭壇に歩み寄る男性の姿が、掠めるように視界をよぎった。

ヴァレン家の紋章の入った黒いマント。心臓が強い音を立てた。顔を下げたまま、アディスは視線だけでその男の背中を追った。

背が高く、肩幅は広く手足が長い。髪はうねりを帯びた漆黒で、大きな背中は、どこか近寄りがたい威圧的な雰囲気がある。

男は一人祭壇の前に立ち、周囲の者達は動かない。――つまりこの男が私の夫で、あの時の子供なのだ。なんて大きくなったんだろう。八年前は私より小さかったはずなのに。

エスミに先導されて男の隣に立つと、その大きさがいっそう強く感じられた。斜め前から差す灯りが、彼の影を長く伸ばし、アディスの全てを覆っている。

「ラウル・ヴァレン。デュオンの子、軍神ルキアの神聖なる後継者。汝はデュオンとルキアにかけて、アディス・ブランディーニを生涯の妻として愛し慈しむことを誓うか」

視界の端に、逞しいふくらはぎを覆う黒のホーズと、剣に添えられた長い指が見えた。

「誓います。デュオンとルキアとゴラドの全ての英霊にかけて」

そう答えたラウルの指が剣の柄を握りしめた時、今夜この男の妻になるということが不意に生々しく押し寄せてきて、アディスは息をのむようにして視線を下げた。

式の後は、大勢の騎士達に取り囲まれるようにして、二人は揃って聖堂を出た。エスミの姿はいつの間にか消え、アディスはラウルの後について歩き続けた。

やがて行列は雪の降りしきる回廊に出る。寒さで足が震えたが、前を行くラウルの背は振り返らず、一言も口をきかない。顔を見て確かめたかった。まだ目の前の男が、あの日アディスを罵倒した子供と同じ人物だという実感が湧かない。

行列は、折れ曲がった回廊を、来た道とは別の方角に進んでいく。式の支度をした塔も、聖堂があった塔も遠く離れ、周囲の景色は寂しくなり、中央の灯《ともしび》が遠いものになっていく。

一度は消えた不安が再び胸に湧き上がってきた。今夜私を待っているのは、この男との床入りだろうか。それとも日の差さない地下牢だろうか。

「あの……」

「なんだ」

いきなり返された声に、アディスはドキリとして言葉をのみ込んだ。聖堂で聞いた硬い声とは違う。深みを帯びた、よく響く男らしい声だ。

「ラウル様は、私のことを覚えておいででしょうか」

「むろんよく覚えている」

「本当でしょうか。嬉しゅうございます。私も、ラウル様のことを」

その時、長い回廊が途切れ、石造りの頑丈そうな建物が現れた。簡素な外観で周囲が鉄柵で覆われている。その柵を囲む武装兵達を見た時、さっと全身がそそけ立った。

ここは牢獄だ。わざわざ結婚式まで挙げておいて、私を牢に閉じ込めるつもりなのだ。

騎士達は館の手前で左右に割れ、中に入るラウルとアディスを見守っている。足がすくんだが、この展開を全く予想していなかったわけではない。こうなった以上、全てを受け入れますという従順な態度を見せ、機会を待つしかない。

暗い石階段を上がり、覚悟を決めて部屋に入ると、木製のテーブルとその前後に並んだ粗末な椅子が見えた。壁際には巨大な暖炉があり、焔《ほのお》がバチバチと燃えている。室内は暖かく、壁や棚には人形やタペストリーが飾られている。

ここが牢獄――？　と訝《いぶか》しく思った時、頭を下げる侍従や侍女達の姿が飛び込んできた。その中央にいるのはエスミだ。

「お帰りなさいませ。ラウル様、アディス様。式が無事に終わって何よりでした」

頷いたラウルが歩き出したので、アディスも急いで後に続いた。まだ状況が上手くのみ込めないが、ここは本当に彼の館のようだ。うっかり泣き言を口にしなくて何よりだったが、ますます疑問は深まるばかりだ。ここが牢獄でなかったら何？　一国の王太子がどうしてこんな寂しい場所に居を構えているの――？

蝋燭だけが頼りの薄暗い部屋には、香を焚《た》きしめてあるのか、どこか甘い匂いが立ち込めていた。すぐそばには群青色の天蓋がついた大きな寝台。目をやらないようにしても、どうしても意識してしまう。この部屋で今日から七日間、ラウルと二人きりで過ごすのだ。

それよりも意識してしまうのは、ラウルの足下に置かれた長剣だ。それは南部の騎士が用いるものより幅広で、ずっしりとした重厚感がある。彼はそれを自ら腰かけた椅子に立てかけ、いつでも手に取れるようにしているようだ。

室内には他にも、寝台のすぐそばの壁に長槍が数本立てかけてある。――ここが夫婦の部屋なのか牢獄なのか、再びアディスには判らなくなった。

壁際に置かれた円卓には、皿に取り分けられた料理や果物、そして飲み物が入った瓶が用意されている。降る雪の音が聞こえるのではないかというほどの静けさの中、アディスは瓶を取り上げ、ラウルの方に差し出した。

「……どうぞ」

瓶から杯に注がれる液体からは、強い酒の匂いがした。アディスはそれだけで酔いそうだったが、ラウルは殆ど表情を変えず、まるで水でも飲むように杯を空けていった。

夜の影が、ラウルの表情を完全に覆い隠している。部屋に入ってから、彼は一言も口をきかない。不機嫌なのか、警戒しているのか、はたまた緊張しているのか――黙って酒を飲む彼の横顔からは何の感情も伝わってこない。

蝋燭に照らし出される彼の指と唇を見ながら、アディスは自分に言い聞かせた。――大丈夫――落ち着いて。とにかく少しでも、この人の心を開かせなければ。

「もしラウル様にお会いできたら、あの日のことを謝りたいと思っておりました」

酒瓶を置き、アディスは思い切ってきり出した。

「私の無礼と無知、また兄が国王様にした仕打ちを、どうぞお許しくださいませ。あの日の私は幼く、傲慢で、そして己の立場を判っていなかったのです」

杯が卓上に置かれる硬い音がした。驚いて顔を上げると、薄闇の中、目尻の切れ上がった夜のような双眸がまっすぐにアディスを見つめている。

「あなたは、誰だ？」

アディスは息をのんで押し黙った。被っていた仮面が剝がれ、嘘の全てを見抜かれているような気がした。いや、そうではない、私の不安が、そんな風に思わせているだけだ。

「お疑いになるのも尤《もっと》もです。確かに私は変わりました。八年は長うございますから」

「そうだな。確かに八年は長い」

ラウルは静かに相槌を打ち、再び杯を取り上げた。

「二年、逃げられていたと聞いた」

「はい」

「その後、自らカミッロサンドロ法皇の元に戻られたそうだな。どうしてその決心を？」

これは尋問だ――。アディスは反射的に微笑んだ。法皇宮でも修道院でも、何百回も繰り返された尋問。それに答えるのにもう演技すら必要ない。

「悔い改めたのでございます。己の罪深さにようやく気づくことができたのです」

「その罪とは？」

「神童と偽って民を欺き、フォティアに混乱と失望を招きました。その罪の重さは、とても口では語りきれません」

「カミッロサンドロの元へ戻られたあなたは、民衆の前で自らをただの娘だと告白し、あなたと父親の罪を懺悔されたという。それはまことの気持ちからなされたことか」

自分の目の奥に虚ろな紗がかかるのが判った。この話になるといつもこうなる。心は不思議と静まり返り、ただ言葉だけが機械仕掛けの音楽のように流れ出す。

「まことでございます。その日の罰が、罪深い私を救いました」

（出て行け悪魔め、二度とフォティアに戻ってくるな！）

フォティアの政変は、カミッロが起こしたクーデターだ。しかしカミッロは、己を正当化するために、アンキティオの罪を大々的に暴き立てた。汚職、不正、贅沢な暮らしぶり――その中で最も民を怒らせたのが、アディスを神童だと偽っていたことである。

当代法皇を、拷問の末虐殺するという、前代未聞の罪を犯したカミッロに対する嫌悪は、そのスキャンダルで忘れ去られた。アディスが逃亡している二年の内に、いつしかフォティアの政変が起きた原因そのものが、アディスがついた嘘だったという風潮になっていた。

六年前、両手を縛られ、民衆の前に引き出されたアディスには、二つの道があった。

己をあくまで神童と言い張り、父の名誉を回復させて死を選ぶか。それとも、父と己の名誉を貶《おとし》めて生き延びるか。

「私は神童ではなく、むろん軍神でもございません。――そう呼ばれて傲慢になっていた、愚かな娘でございます」

アディスは幾万回聞かれた問いへの答えと、同じ答えを繰り返した。

「ではアンキティオ法皇の死は、当然だとお考えなのだな」

「――はい。民を欺いた罪は重く、私もまた同じ罪を背負っています。そんな私を救い、赦してくれたのがカミッロサンドロ法皇なのです」

「そうか――もういい。よく判った」

ラウルは手を振ってアディスを遮り、アディスは夢から覚めたように我に返った。今の答えは彼を満足させただろうか？　あるいは不快にさせただろうか。

どう思われようと、今はこれで正解だ。カミッロに警告されるまでもない。二度と神童のふりをする気はないし、本心を明かすつもりもない。信じれば――裏切られる。

「服を脱げ」

――え……？

「服を脱いで、俺の前に立ってみろ。身体を検《あらた》めさせてもらう」

「ここで……でございますか」

「ここでだ」

一体なんの真似だろう。アディスは戸惑ってラウルを見た。彼の表情は変わらない。石のように冷徹で、目は暗い翳りを帯びている。

「これも……、先ほどのご質問の続きですか？」

「そう思っていただいて結構だ」

まさか私が、武器でも隠し持っていると疑っているのだろうか。八年前ならいざ知らず、もうそこまで愚かでも浅はかでもないというのに――

「承知いたしました。私に邪心がないことを、どうぞお確かめくださいませ」

幾枚も重ねた上衣を脱ぐと、冷気が剝き出しになった肌に触れた。さすがに動揺が手元を狂わせたが、アディスはベルトを解き、腰のボタンを外した。これまで幾度かあった試練の中で、今が最悪であるはずがない。――大丈夫、大丈夫。

シュミーズの紐に手をかける前に、結い上げてあった髪を解いた。せめて髪で身体を隠すつもりだったが、ゆるやかに解けた髪が胸元に落ちた時、逆に自分を守っていた何かを失ったような気持ちになった。

ジジ……と燭台の蝋燭が燃える音がする。ラウルは身じろぎもしなかった。

「……それで終わりか」

「いいえ」

素肌が冷気でそそけ立つ。様々な感情で気持ちは千々に乱れていたが、取り乱してしまったらそこで負けだ。この人は私を試しているのだ。

目をつむってシュミーズを肩から下ろそうとした時、ラウルが立ち上がる気配がした。

「もういい」

立ちすくんでいると手首を掴まれ、その場から引き離される。目の前に迫る寝台に、アディスは身体を強張らせた。

どうしよう。想像していたよりずっと怖い。どうなるんだろう、どうするんだろう。

天蓋の覆いを払うと、ラウルはアディスを寝台の上に俯《うつぶ》せに押し倒した。恐ろしさで身震いがする。身体が固まって、石のように動かない。

「――そのままの姿勢で、決して俺を振り返るな」

肩に置かれた大きな手。頭上から聞こえる低い声に、心臓が激しく高鳴った。

「あなたも恐ろしいだろうが、俺もそうだ。交合は、男を恐ろしく無防備にするというが、知っているか」

「い、……いえ」

「……そのまま両膝を立てられよ」

燭台で蝋燭が淡い光を放っている。私も初めてならこの人も初めてなのだ――そう思いながら、アディスはぎこちなく膝を立てた。

まるで四つ足の動物のような体勢。次に何をされるか判らない恐怖。心臓がどくどくと鈍い音を立てている。一刻も早くこの時間が過ぎて欲しい。この期《ご》に及んでもう願うのはそれだけだ。

寝台が軋《きし》み、衣ずれの音がした。背後で膝立ちになった彼が、自身の衣服をくつろげている。すぐに大きな手が腿に触れ、シュミーズの裾が躊躇いもなくたくし上げられた。

冷気にさらされた尻が微かに震えた。間を置かず、それを覆う最後の下着の紐が解かれる。思わず足を閉じようとしたが、その間に彼の膝が入ってきた。

「——動くな」

これは床入りの儀式で、夫婦なら誰でも通る道なのだ。アディスは必死に自分に言い聞かせた。耐えなければ——耐えなければ——

「あっ……」

その時、内腿の間にぬるっとしたものが入り込んだ。

「……あ、……な、何でございます、か」

戸惑いながら口にした時には、アディスにもその正体がわかっていた。ラウルの指が内腿の間——自分でも触れたことのない肉の狭間に入り込んでいるのだ。

——きっと、そこが槍を刺す場所なんだわ。でも……なんだか……。

女性の入り口は、普段は閉じているけど、いざとなれば開くものらしい。閨房の所作を教えてくれた老女はそう言ったが、でも——

粘着性の液体でもつけているのか、硬くて太い指がぬるぬると腿の間で動いている。柔らかな肉と柔毛をかき分けて狭間に沈み、その底にあるものをクチュクチュと優しく弄る。

その未知の感触は、決して気持ちのいいものではないのに、どこか淫靡で罪深かった。

指の先端が深みに沈む。それが抜かれてまた沈む。次第に腰が疼くような浮遊感が身体の奥から湧き上がってくる。

――い、いや……、これ、いつまで続くの？

「辛いか」

「ん……、い、……いえ」

ラウルが大きく息を吐く。次の瞬間、それまで躊躇いがちに狭間を行き来していた指が、驚くほど奥に押し込まれた。骨に響くような鈍い痛みに、アディスは眉を顰めて敷布を握りしめる。

「……、っい……」

一変して優しさを失った指の動きに、忘れかけていた恐ろしさが蘇った。痛い、怖い。もっとゆっくりしてと頼みたかったが、年上の自分が弱音など吐きたくない。ああ、でもこれがいつまで続くんだろう？　いつまで――こんな……拷問みたいな時間が……。

目をつむり、膝を震わせながら、アディスは苦痛に必死に耐えた。ラウルの指は容赦なく狭い壁を押し開き、さらにその奥を割り開くようにして内壁を穿《うが》ち続ける。

寝台の微かな軋みと濡れた音。少し乱れた自分の息。耳を凝らすとラウルの呼吸がそこに交じっているのが判る。荒い――？　どこか乱れている？　判らない。辛いのは私だけのはずだが、彼もまた辛そうに思えるのは気のせいだろうか？

ようやく指が内腿から離れる。思わず肩の力を抜くと、今度は腰を両手で抱えられた。

あっと思った。先ほどまで指が埋まっていた場所に、硬い異物が当てられている。その大きさと硬さに全身が凍りついた。

「……少しの間、我慢されよ」

散々指で穿たれた入り口に太いものが割り入ってくる。アディスは目を閉じ、歯を食いしばった。痛いのは最初だけで、それはさほど長く続かないと聞いた。大丈夫。大丈――

「あっ……」

下肢を構成していたものがメリメリッと音を立てて壊れたような気がした。恐ろしく質感のある異物が、狭路を躊躇いもなく押し破って通過する。想像を超えた激しい痛みに、全身の血の気が一気に引いた。

――いっ、痛い……っ。

腰を引き寄せられ、やや前屈みになった彼の下肢と密着する。逃げ場のなくなった身体が悲鳴を上げた。意識が遠のいてしまいそうだった。

あ、苦しい。だめ、だめ、こんなの無理。いや、こんなの――

強烈な圧迫感で息ができない。全身が異物を拒否するように強張り、震えているのに、彼は一切構うことなく、自身のものを全て埋め込み、叩きつけるように動き始める。

痛い、怖い、気持ちが悪い。痛みは全身を引き裂くようで、冷や汗が滲んで頭の中が白くなる。一方で、腰を抱く彼の手に力がこもり、首の辺りに感じる呼吸も速くなる。

この人もまた、苦しいのだろうかと、虚ろに揺すられながらふと思った。よく判らないが、この一連の行為にもし何かの意味があるのだとすれば、この苦痛と恐怖を二人だけで分かち合っているということなのかもしれない。

　やがて凶暴な痛みと不安から解放されたアディスは、精も根も尽きて寝台に倒れ伏した。

　終わった――

　破瓜は想像以上に痛かったし、交合そのものも恐ろしい行為だった。けれど、終わってみれば、それほど怯えることでもなかった気がする。

　もう二度と嫌だけど、女なら誰でも経験することを成し遂げた誇らしさもある。何より、父とナギの復讐を果たす第一歩を、これで踏み出すことができたのだ。

　ひどく喉が渇いていることに気づいたアディスは、掛布で身体を隠すようにして半身を起こした。淡い蝋燭灯りの下、ラウルは背を向けて衣服を直している。

　その背中を見た時、どうしてだか胸がふと熱くなった。多分それは、交合をしたからだ。生々しい息を吐き、互いに表では決して見せない姿を見せ合った。男女が肌を合わせるというのは、想像以上に不思議な力を持っているのかもしれない。

「……ラウル様、お水をお持ちしましょうか」

　どこか気恥ずかしい気持ちで訊《き》くと、ややあってラウルがこちらを見るのが判った。

「いや、俺が持ってこよう。あなたは休んでいるといい」

「いえ、私が。少しお待ちくださいませ」

　急いで衣服を探そうとしたが、脱いだ服は最初に座っていた椅子のそばに置いてある。躊躇っていると、ラウルが少しだけ表情を和らげた。

「無理をされるな、お辛かったのは判っている」

思わぬ優しい言葉に、心臓が微かな音を立てた。いやだ、私、どうしたんだろう。今の今まであれほど非道《ひど》いことをされていたというのに。

その時、ふと悪寒のような胸騒ぎがした。二年の逃亡生活で培った経験からくる、何か忌《い》まわしいものが近づいてくる予感――顔を上げた刹那、いきなり表情を変えたラウルが、アディスの腕を摑んで抱き寄せた。

――えっ……？

頭を庇《かば》うように抱きかかえられた瞬間、ドーンと地鳴りのような轟音が鳴り響いた。燭台が音を立てて倒れ、寝台に沈む込む。闇に包まれた室内で、窓ガラスがビリビリと震え、そこに何かが音を立ててぶつかってきた。何？　一体何が起きたの？

「あなたは、ここに」

アディスを脇に押しやったラウルが、天蓋の覆いをはね除けて外に出る。

恐怖で立ちすくんでいたのは一瞬で、すぐにアディスも我に返って外に出た。何が起きたのかは判らないが、外で異変が起きたことは間違いない。闇の中、咄嗟に槍を摑み取ると、アディスはラウルの姿を目で探した。ラウルは、椅子に立てかけてあった剣を取って引き抜いている。

「――何事でございますか」

「判らない。あなたはひとまず部屋にいろ」

寝室の扉の向こうからは、悲鳴だか歓声だか判らないような声が聞こえてくる。彼が扉に手をかける前に、ドンドンッとそれが外から叩かれた。

「ラウル様、奥方様、ご無事でしょうか」

「問題ない。何が起きた」

「ホウではないかとエスミ様が。今、騎馬の準備をしているところです」

「俺も行く。すぐに馬の準備をしろ」

――ホウ？　それとも東《トウ》の聞き間違い？

「敵襲ですか？」

「そうではない。もしホウならばこの館は安全だ」

苦く言ったラウルが振り返る気配がする。その時になって、初めてアディスは自分が槍を手にしていることに気がついた。しまった、私としたことが――。

こんな姿を見られれば警戒されるのは間違いない。蝋燭が消えたせいで室内は暗かったが、ラウルは気がついていただろうか。

急いで槍を足下に置いたアディスのそばに、ラウルが歩み寄ってくる。緊張するアディスの前で足を止めると、彼は脱いだ上着を差し出した。

「すぐに護衛をここにやる。その前に早く服を着るように」

頷いて上着を受け取ろうとした手を摑まれる。驚いて手を引こうとしたが、ラウルはそのまま離さない。何か物言いたげな目で見つめられ、再び心臓が高鳴った。

――ラウル様……？

その時、外で彼を呼ぶ声がした。我に返ったように手を離したラウルは、踵《きびす》を返して闇に消える。すぐに扉が開閉する音がして、アディス一人が静けさの中に取り残された。

今頃になって、膝が細かに震えてきた。ホウって何？　今の音は一体何？

けれどその不安の中には、これまでになかった別の感情も潜んでいた。——ラウルがいなくなったことを、どこかで心細く思う気持ちだ。

これこそが交合の効能だろうか？　いや、だめだ。私が彼にこんな感情を抱くのは間違っている。自分はあくまで冷静に——彼だけを私に夢中にさせるのだ。

それでも、彼の上着に不思議な愛おしさを感じている。異変が起きた時、咄嗟に抱き寄せてくれた逞しい腕。夫となった人に本能で守られたことが、胸を仄かに熱くさせる。

上着を椅子の背にかけたアディスは、自分の衣装を纏って窓辺に立った。暗い窓の下には幾《いく》つもの松明が揺れ、その間を騎馬の群れが大声で喚きながら駆けていく。

不意にその光景が——舞い狂う粉雪が、叩きつけるような雨に変わった。

(追え、追え、こっちに逃げたぞ！)

一時、凍りついたようにに固まったアディスの前に、再び吹雪と現実が戻ってくる。

——ナギ……、大丈夫、私はまだ生きているわ。

交合も無事に終わり、私はこの国の王太子妃になった。

これが、この国での最初の夜で、私の新しい戦いの始まりなのだ。そう自分に言い聞かせながらアディスは揺れ動く松明の火を睨《にら》むように見続けていた。

第三章　血と雨の記憶

翌日——殆ど眠れずに迎えた朝、館の中は異様なくらいに静まり返っていた。

扉の前に張りついていた兵士達はいつの間にか姿を消している。婚礼の儀式が中止になったというのは、朝の沐浴の時にエスミから聞かされた。

幼い頃から侍女達に身体を清められることに慣れていたアディスだったが、その朝ほど、エスミの視線を苦痛に感じたことはなかった。下肢に鈍く残る痛みもそうだが、自分の身体が昨日とはまるで違ったものになったような気がしたからだ。

そのエスミの姿が、朝食が終わったあたりから見えなくなる。

何を聞いても「エスミ様にお尋ねください」としか言わない他の侍女達との会話を諦め、アディスは昨夜の部屋に戻った。明るい日差しの下で見る部屋は、上品なタペストリーや造花、絵画などが至る所に飾られており、温かで柔らかい色彩に満ちている。

大きな暖炉のそばには心地よさそうな肘掛け椅子。座るとふんわりと身体が沈み込んで、そのまま眠ってしまいそうになる。何より驚いたのは、書棚に置かれていた数冊の本だ。それらは、かつてフォティアで読んだ戦記や英雄伝ばかりだったが、修道院で一切の読書を禁じられていたアディスは、数年ぶりの文字に心躍らせた。

これを用意したのはラウルだろうか――まさかと思うけど、私のため？　いや、それはさすがにないだろう。きっと彼も、本を読むのが好きなのだ。

そんなことを思いながら本を開いた時、部屋の外からエスミの声が聞こえてきた。

「では、ラウル様がご不在なのを知っての上で宴を行うと？」

「仕方がないだろう。皆、一日も早く、花嫁との顔見せを済ませて自領に戻りたいのだ」

「なれど、昨日の今日で……しかも、婚礼の儀式もまだ済んでいないというのに」

アディスが部屋から出ると、エスミと鉢合わせになった。彼女の傍らには長身の騎士がいる。驚いたように目を見開いたエスミは、すぐに取り繕ったような笑顔になる。

「これは奥方様、昼食はもうお済みになられましたか？」

奥方様。今朝から誰もがそう呼ぶが、どうも慣れないし気恥ずかしい。その時、エスミの隣にいた騎士がいきなり豪快な笑い声を上げた。

「よりにもよって儀式の最中にとんだ邪魔が入ったものだな！　麗しい花嫁との七夜の床入りを前にして、ラウルもさぞかし無念だったろう」

そこで笑うのをやめた騎士が、胸に恭しく手を当てた。

「アディス様、俺はジェラルド・ヴァレン。近衛隊長でラウルの叔父だ。初めまして――

と言いたいところだが、実は八年前に、そのご尊顔を拝している」

――八年前……？

眉を寄せたアディスは、次の瞬間、その意味に気がついてはっと頬を染めた。

「直接お会いすることは叶わなかったが、俺もあの折、フォティア行きの旅に随行していてな。全く感慨深いものだ。あの槍試合で戦った二人が、よもや夫婦になろうとは！」

年は四十前くらいか。北部人には珍しく髪を短く刈り込み、苦み走った精悍な目をしている。ラウルの叔父――つまり、この男は国王の弟なのだ。

「い、いえ……あの折は大変失礼いたしました。お恥ずかしいところをお見せして」

アディスの言葉を遮るように、ジェラルドはからからと大笑した。

「無事に床入りを済まされたそうで、何よりだ。昨夜は相当お辛かったろう。なにしろラウルは筋金入りの無骨者。閨の作法を教えるといっても、耳を貸しもしないのだ」

「……は、はぁ……」

あまりにあけすけな発言にさすがに耳が熱くなる。しかし男の次の言葉は、さらに驚くものだった。

「エスミ、お前は失恋確定だな。どうだ？　ラウルより年はいっているが俺なんて」

「――いい加減にしてくださいませ」

ぴしりと言うエスミは眉一筋動かさない。ジェラルドは楽しそうに笑って顎を擦《こす》った。

「さて、俺は警備の準備があるので本殿に戻る。エスミ、アディス様の支度は頼んだぞ」

「お待ちください、やはりラウル様がご不在では承諾できません」

「そうは言っても大公閣下のご意向だ。王妃様が承諾された以上、拒否権は誰にもない。残念ながら、ラウルにもだ」

「なんとかしてくださいませ！　あなたは国王の弟でしょう」

「あー、悪いが俺は、政治も折衝も苦手なんだ。だから今の地位にいる」

頭をかきながら踵を返したジェラルドが、ふと気づいたように、アディスを振り返った。

「アディス様、改めましてこの国にようこそ。困ったことがあれば何でも相談してくださされ。我ら近衛軍がアディス様のお味方であることをお忘れなく！」

まるで南部の太陽のようなジェラルドが去ると、エスミはたちまち表情に険しさを戻してアディスを振り返った。

「奥方様。今夜、急きょ婚礼の宴が行われることとなりました。諸侯らが初めて奥方様に謁見する大切な場ではあるのですが、ラウル様はご出席なさいません」

「……ラウル様は、今どこに？」

「イレネーの北側の麓《ふもと》、ハミル砦《とりで》においでです。昨夜その近辺で雪崩《なだれ》が起きたのです」

「雪崩？　……では、昨夜のあの音はなんだったの？」

アディスが聞くと、エスミは凛々しい目をわずかに翳らせた。

「実は、あれが雪崩の音なのです。南部の方には想像もできないでしょうが、イレネーでは古より、ごく希《まれ》に、爆発を伴う不可思議な雪崩が起こることがあるのです」

「爆発を伴う雪崩……？」

　イレネーとは、イネリア半島と中大陸を分かつ巨大な山脈の名称である。半島の最北にあるゴラド王国は、そのイレネーを挟んで東国と隣り合っているのだ。

　地図で見る限り、イレネーはこのシュベルク城よりさらに北にある。あんな遠くの山で起きた雪崩の音が、この城にまで届くなど信じられない。

「昨夜の仔細はまだ判りませんが、イレネーで何十年かに一度に起こるその奇怪な雪崩を、この国の者はホウと言って恐れています。……昨夜が、ホウでなければいいのですが」

　俯《うつむ》いて語るエスミの表情はいつになく暗かった。

「ホウの威力は凄まじく、何メイルにも渡ってあらゆるものを吹き飛ばすといいます。今、ラウル様は被害の全容を調べておいでで、とても戻ってこられるとは思えません。――奥方様、宴には出られない方が賢明です。体調が悪いということでお断りしましょう」

「エスミ、宴に出るくらいなら、私一人でも大丈夫よ」

「奥方様。先ほどジェラルド様が言った大公閣下というのは、諸侯の中で最も力の強いゴッサム家の当主のことです。領地の名をとってギデオン大公と呼ばれており、国王様が病に倒れてからは、この城に居を構えるようになりました」

　アディスは微かに眉を顰めた。つまり王の病とは、昨日今日始まったわけではないということだ。

「ギデオン大公は、フォティアとの戦で身内を亡くしたせいもあり、今でも和睦に納得しておりません。むしろ戦の継続を望んでおり、この結婚にも当初から反対の立場でした」

一瞬驚きで息をのんだアディスの脳裏に、セトルキアンから届いた密書の一文が蘇った。

(──まだ名は申せませんが、ゴラド王国には私の仲間がいます。フォティアとの和睦を破棄し、カミッロを暗殺しようという同志です)

不意に胸が鈍く鳴り始めた。いた──こんなに早く、その可能性のある人物が。

「ギデオン大公が城に居を構えたのは、奥方様に害をなすためだと専《もっぱ》らの噂です。この館も、大公との接触を避けるためにラウル様がご用意されたもの。ここは元々ラウル様が訓練時に使っていた仮住まいで、騎士の兵舎も近く、城内で最も安全な場所なのです」

それで王太子にはふさわしからぬ住まいの謎が解けた。つまり、それくらいラウルは、ギデオンを警戒しているということだ。

今夜の宴は、そのギデオンが強引に開催を決めたらしい。それは罠？　それとも私と接触するため？

南部との和睦に反対し、カミッロを殺して東国との戦を止めようとしている者。もしギデオンがその人だったら？　それに、ゴラド各地に居を構えている諸侯らとも、顔を合わせる機会は今日だけかもしれないのだ。

迷ったのは数秒で、すぐにアディスは腹を決めた。行くしかない。ここで行かなければ、なんのためにこの国に嫁いで来たのか判らない。

「宴には出るわ。せっかくの機会だから、私も皆さんの顔を見ておきたいの」

「――先ほどのジェラルド様の冗談を、よもや気にされてはいないと思いますが」

顔を上げると、エスミは険しい目でアディスを見つめていた。

「私がラウル様を、命より大切に思っているのは本当のことです。宴では何が起こるか判りませんが、ラウル様のお立場が悪くなるような真似だけは、お慎みくださいませ」


婚礼の祝いというからもう少し賑やかなものだと思っていたが、広間は驚くほど静かで、末席までぎっしりと埋まったどの顔にも笑顔はなかった。

「フォティアから来られた、カミッロサンドロ一世の妹君、アディス様だ」

中央に座す、紫の礼服を纏った男がアディスをそう紹介した。

ギデオン大公ジュドー・ゴッサム。縦にも横にも大柄な男は、癖のある赤褐色の髪と口髭を持つ、極めて尊大な人物だった。

年は四十半ばだろうか。いかにも戦で名を馳せた人のような、ぎらぎらした好戦的な目をしている。しかし、ギデオンがアディスに関心らしい関心を向けたのは、最初に挨拶を交わした時だけで、後はすぐに愛妾らしき女と仲睦まじげに語らい始めた。

――……この男ではないのかしら。

顔を背けアディスは失望の嘆息を漏らした。とはいえ、仮にこの男が手紙で言うところの同志だとしたら、あまり信用できそうもない。いや、そもそも現状では、セトルキアンを信じていいかどうかさえ判らないのだ。

諸侯に一通りの挨拶を終えると、今度は別の気がかりが頭から離れなくなった。この宴に出る前に、エスミと交わした会話である。

(私がラウル様を、命より大切に思っているのは本当のことです)

あれはどういう意味だろう。ラウルが好きだということだろうか。身分制度の厳しい南部ではとても考えられないけど、北部ではそれは自然なこと?――

そもそもエスミは幾つだろう。私より幾分か年上だろうけど、既婚女性とも思えない。

――なんだろう。よく判らないけどもやもやする。

気づけば、静かだった宴の席もそれなりに砕けた雰囲気になり、次々と運び込まれる酒樽が開けられる音と共に、陽気な笑い声もあちこちから聞こえてくるようになっていた。

「――アディス様。宴は始まったばかりですが、私はそろそろ退室しようと思います」

顔を上げると、別のテーブルにいたはずの王妃イザベッラが、目の前に立っていた。

アディスはドキッとして立ち上がった。

ゴラド王国の王妃、イザベッラ。冷たい灰色の目と意志の強そうな四角い顎を持つ女性である。黒髪は固く結い上げられ、背はアディスより頭一つ高い。

給仕も、挨拶にやってきた諸侯やその家族達も、イザベッラの前では明らかに緊張しているようだった。今も、彼女が立っているだけで、広間に緊張が広がっている。

「ご無礼をお許しを。ご承知でしょうが、今は夫が病に臥していのです」

「もちろんです、王妃様。――ぜひ私も、国王様のお見舞いに伺わせてくださいませ」

「ありがとうございます。けれど夫には過ぎたお気遣いです」

イザベッラは恭しく頭を下げてから、ドレスの裾を翻した。

態度こそ慇懃だったが、目ははっきりと拒絶の意を示していた。顔合わせの時から感じていたことだが、彼女のアディスを見る目は、息子の妻ではなく『敵国の人質』だ。

エスミは言わなかったが、王妃もまた、この婚姻に反対していたのだろう。その意味では決して相反する立場ではないのだが、こうもはっきり拒絶されると、話の糸口さえ思いつかない。

「イザベッラ様は、怖い女でしょう」

不意に声をかけられ、顔を上げると、杯を手にしたギデオン大公が隣に立っていた。酔いが回っているのか、最初より随分と機嫌が良さそうに見える。

アディスはさっと緊張したが、ギデオンに勧められるままに席に座り直した。

「ハンニバル王は、かつて二年もフォティアに捕らえられていましてね。イザベッラ様はその間、諸侯を率いてカミッロサンドロ一世と戦った女傑なのです」

どうぞ――と、果実酒の注がれた杯を差し出される。アディスは躊躇いながらそれを受け取り、一口だけ口にした。頭の芯がくらっとするほど強い酒だ。

「ギデオン様、北部では、女も戦場に立つのですか」

「いえ。イザベッラ様が特別なのです。あの方の実家は数々の英雄を輩出したタイル家。王との床入りに、イザベッラ様が懐刀を持ち込んだというのは有名な話ですよ」

それでラウルは、あれほど交合を警戒していたのかしら、――とふと思った。

けれど男には肉体の槍がある。女だけ何も持たないのは不公平というもので、きっとイザベッラも同じ不満を抱いていたのだろう。そこには、少しだけ親近感を覚える。

そういえば、そのイザベッラとギデオンの仲はどうなのだろう。宴では二人は一言も口をきかず、席も意図的に離してあるようだ。

多分不仲だ。イザベッラにしてみれば、夫のいない間に国政の実権を握られていることが面白くないのだろうし、ギデオンは女に従うことを快く思ってはいないのだろう。イザベッラのことを語る口調にも、「女だてらに」とでも言いたいような侮蔑の響きがある。

そんなギデオンが、今、一体何を目論《もくろ》んで、私に話しかけているのだろう。

「……ギデオン様。フォティアとの戦では、お身内を亡くされたとお聞きしましたが」

「ああ――倅《せがれ》ですよ。まだ十五の、てんで子供でね」

その残酷な内容にも、不意に陰鬱になった口調にもドキッとする。

しかしギデオンは、機嫌の良さそうな目で広間を見回した。

「それより今夜は、あまりに静かな宴に驚かれたのではないですか？　本来、婚礼の宴は賑やかなものですが、今夜は皆、別のことで頭がいっぱいになっておりましてね」

「……別のこと、と仰いますと？」

「昨夜のホウですよ。あの騒ぎが、アディス様のお耳には入りませんでしたか」

アディスはわずかに眉を寄せた。

「知っています。……けれど、まだホウと決まったわけではないとも聞きました。それをラウル様が、調べているのではないですか」

鼻から息を吹くようにして笑ったギデオンは、運ばれてきた新たな杯を取り上げた。

「噂とは恐ろしいもので、今や城中の者が、昨夜ホウが起きたと信じています。ホウは凶事の先触れとされ、その後に大きな戦争や飢饉が起こると言われておりましてね。そのホウが、よりにもよってアディス様がおいでになられた日に起きてしまった。——皆が、この結婚そのものを不吉だと思い始めているのです」

さすがに言葉が出ないまま、アディスは困惑して息をのんだ。それは正真正銘私にはなんの関係もない。言ってみれば言いがかりのようなものだ。

その時、新しい酒樽が運び込まれてきた。

「さぁ、これは王妃様より、騎士の方々への振る舞い酒だ！」

威勢のいいかけ声が遠くで聞こえる。

「あの、馬小屋のような館の住み心地はいかがですかな」

嘲笑するようなギデオンの声に、アディスは微かな反発を覚えて顔を上げた。

「とても快適です」

「そうですか。ならば結構。しかし館はともかく、あの館に住み着く者どもにはご用心なさい。特に王太子のそばにいる女——エスミという若い女のことですが」

ドキッとした。どうしてそこでエスミの名が出るのだろう。

「あの女は山の民。しかも流浪の娼婦の娘です。この城で最も汚れた存在ですよ」

——え……？

その時、魂消《たまぎ》るような悲鳴が室内に響き渡った。

驚いて立ち上がったアディスの目に飛び込んできたのは、円を描くように散った人の輪だ。その中央に赤黒い塊が転がり、血の輪のようなものが勢いよく広がっている。

「うわおおおっ」

「馬だ！　馬の死体が入っているぞ！」

生臭い匂いが鼻をついた。酒樽から転がり出た馬の首と共に広間は血色に染まっている。

その傍らでは剣を手にした騎士達が真っ青になって震えている。

運び込まれた酒樽の中から、切断された馬の首が出てきたのだ。そのむごたらしい様と腐臭にアディスは思わず立ちすくむ。

「血に触れるな！　たたられるぞ！」

誰かが叫び、その場は一気に恐慌に陥った。

「やはりこの結婚は間違っている。南部《よそ者》の血が混じることにルキア様がお怒りなのだ！」

「昨日もホウが起きた、フォティアとの間違った和睦に、天がゴラドを罰したのだ！」

テーブルが倒れ、椅子が蹴散らされた。逃げ惑う人々が一気に押し寄せてくる。

アディスは身の危険を感じて周囲に視線を巡らせた。辺りは駆けつけた侍女や騎士達でごった返していて、館からついてきた騎士達を見つけることができない。

「誰か、アディス様をお守りしろ！」

　ギデオンの声で、たちまち騎士達がアディスをぐるりと取り囲む。その周到さに不安を感じ、反射的に輪から逃げようとしたが、腕を摑まれて引き戻された。

　驚いて声を上げようとした途端、背後から布のようなもので口を塞がれる。つんっと鼻をつく匂いがして頭の芯が重く痺れた。

　――いやっ、な、何……？

　意識がみるみる薄れていく。担ぎ上げられる感覚を最後に、アディスは気を失っていた。


「――お目覚めになりましたかな」

　遠くからぼんやりと響くような声がする。アディスは薄目を開けてから、瞬きをした。

　ここは――どこ？　私は一体何をしているの？

「先ほどは驚かれましたかな。馬は、ゴラドでは最も高貴な動物でしてね」

　耳障りなだみ声が、少しずつ大きくなる。

「馬を殺すのは禁忌であり、殺された馬に触れただけで呪われると言われています。北部では子供でも知っていることですが、南部のあなたには意味が判らなかったでしょうな」

　ギデオンの声だ。はっとした時には、ぎらぎらした目が殆ど鼻先にまで近づいていた。

「残念なことに、これであなたは不吉な花嫁と呼ばれるようになるでしょう。なにしろ婚礼の夜にホウが起き、宴は馬の血で汚された。凶事の先触れが立て続けに起きたのです」

見慣れない天井――ラウルの部屋で見たものより何倍も美しい装飾が施されている。寝台に漂う甘ったるい匂い。頭がぼんやりして、口も上手く動かせない。

ただ、とても恐ろしい状況に自分が置かれたことだけは判る。これは罠だ。いや、宴そのものが罠だったのだ。

「そのような不吉な花嫁を、ゴラドの次期王妃にさせるわけにはいかない。まことに残念ながら、それが私の結論です」

その時、遠くから別の足音が聞こえた。

「――ギデオン様、今、王太子の使いが外に」

「追い返せ。女の行方など知らんと突っぱねろ」

アディスは声を上げようとしたが、壊れた笛のような声がかろうじて出ただけだった。これも意識を失った際にかがされた薬物のせいなのか、手にも足にも力が入らない。

それでも、懸命に起き上がろうとすると、いとも簡単に寝台にねじ伏せられる。

「ここはヴァレン家の居城ですが、この館だけは我がゴッサム家の領域でしてね。王妃でさえ、許可なく踏み込めぬ取り決めとなっています」

絶望が胸をよぎった。上から見下ろすギデオンの笑顔に、恐怖で全身がそそけ立つ。

「そんなに怯えなくとも、私は南部女にまるで興味はございません。むしろ憎しみを抱いている。顔を見るだけで、なぶり殺しにしてやりたいと思うほどに」

暗い声音と共に顎を掴まれ、顔を無理矢理上げさせられた。

「しかし今夜はその恨みを忘れ、なすべきことを冷静に実行するまで。ルキアの血統を引くヴァレン家に、南部の血を混ぜることだけは許されない。それを阻止するのは、北部の名門貴族である私の務めなのです」

「……、何を、なさるおつもりなのですか……」

ようやく掠れた声が出た。ギデオンがにやりと笑う。

「『キャサリン妃の悲劇』をご存じありませんか？　北部では不貞は最大の禁忌です。王妃といえど不貞の烙印を押されては、死ぬまで牢獄で暮らすしかない」

キャサリン妃の悲劇？　一体何の話だろう。それに不貞？　この男は私に、誰かと不貞をさせようとしているのだろうか。

「幸い私のところには、フォティアとの戦の折に捕らえた南部兵がいる。まずはその者どもとの間に子を作りなさるといい」

意味が判らないでいる間に、扉が開き、複数の足音が近づいてくる気配がした。

「さぁ、貴様らがあがめ奉っていたフォティアの神童だ。好きに犯し、孕ますといい！」

今度こそ恐怖で全身が総毛立った。嫌だ、それだけは絶対に嫌。

馬鹿だった。エスミの警告を聞くべきだった。ギデオンとセトルキアンは無関係だ。いや、そもそも、ろくに知りもしない人物の手紙など信じるべきではなかったのだ。――

近くなった足音が寝台の周囲で止まる。そこで再びギデオンの声がした。

「さっさとしろ！　貴様らを騙していた嘘つきの神童だ。既にフォティアでも寄る辺《べ》をなくし、こうして北部に売られてきた。誰にも咎《とが》められることはないぞ！」

ごくり、と唾をのみ込む音がする。

「やるしかねぇ。……やらなきゃ俺達がギデオン様に殺される」

「し、しかし、現法皇の妹だぞ。いくらなんでも神罰が下るのではないか」

「いや、俺はフォティアの政変の後、この女の捜索隊に加わっていたことがある」

その言葉で、半ば恐慌に陥っていたアディスは、全身が凍りついたようになった。

「相手はフォティアの神童だ。誰もが恐れ戦いたが、奇跡など起こらなかった。一人、鬼神のように強い僧兵が護衛についていたが、最後はよってたかって串刺しにされた」

息が止まり、見開いた目を閉じることもできなくなった。

頭の中の暗闇で、あの夜の雨の音がする。

「俺は恐ろしくて近寄れなかった。けれどあの僧兵に槍を突き入れた全員が、大金をもらっていい暮らしをするようになった。それが現実だ」

次の瞬間、寝台が軋み、身体が重みで押し潰された。次々と伸びてきた手で衣服が容赦なく剝ぎ取られる。獣のような男達の顔の中に、にやにやと笑うギデオンの顔があった。

「それにしても、あのフォティアの神童が堕ちたものだ。——ほう、それでも乳房は処女のように清らかではないか」

ギデオンの手が触れている場所に、昨夜ラウルが一度も触れなかったことが、意味もなく思い返された。意識が、この現実から逃げ出すように薄らいでくる。頭の中に広がる真っ黒な闇。雨……、疾駆する騎馬の群れ……、血と夜と死の匂い……。

「さぁ、誰が最初に南部の雌馬の上に乗る？　まずはその槍で雌馬を鳴かせてみせろ！」

膜がかかったような意識の向こうで沸き上がる歓声。その中に、眠りかけていた全ての感覚を呼び覚ますような、ひどく異質な音が交じった。

喚き声が頭上で飛び交い、身体から重みが消える。ぼやけた視界の中に、青ざめた男の顔が見えた。その胸から血に濡れた刃が飛び出し、敷布に赤い染みを作っている。

次の瞬間、ジャッと刃が引き抜かれ、男の身体が横に倒れた。そこに黒の旅装束を纏ったラウルの姿が現れる。

「……俺の妻に何をした」

彼の目はぞっとするほど冷たかった。その目のままで長剣を一閃させると、彼は部屋の隅に固まる男達を振り返った。

「妻に触れた者は前に出てこい、一人残らず殺してやる！」

「――ラウル、待て、早まるな！」

ジェラルドの声と共に、大勢の足音がなだれ込んでくる。その時にはラウルは、壁際に逃げたギデオンに刃を向けていた。

「お、王太子、判っているのか。ここはゴッサム家の領域だ、王家といえど入ることは」

「駄目だ、ラウル、大公に手を出すな！」

ギデオンとジェラルドの声が交錯する。その刹那、ラウルの刃がギデオンの襟を切り裂き、服ごと縫い止めるように壁にめり込んだ。

柄から手を離したラウルが、間髪を容れずにギデオンの顔を殴りつける。一発、二発、彼の怒りの凄まじさに、その場に居合わせた全員が息をのんで立ち尽くしている。

「アディス様！　ああ、どうしましょう。しっかりなさってくださいませ！」

今度はエスミの声がした。彼女は必死の形相でアディスの身体を抱え起こした。

「誰か衣服を！　それからすぐに医術師を！」

助かった――なのに心は虚ろなまま、なおも深い闇の中にゆっくりと落ちていく。

「その方に誰も触るな！」

遠くでラウルの声がする。意識がはっきりしていたのはそこまでだった。


「ラウル様、お待ちください」

騒ぎから数時間後の深夜。王妃に呼び出されたラウルが本殿に入ると、そこには、今日アディスの護衛につけた騎士達が膝をついてうなだれていた。

「今日の失態、誠に面目なく……」

「どうぞ我らを罰してくださいませ！」

「――去れ。二度と俺の前に顔を出すな」

どれだけ経っても感情の歯止めが利かないことに苛立ちながら、ラウルは剣の柄にかけた手に力を込めた。

「俺は片時も目を離さず、必ず守れと言ったはずだ。――それが一体どういう失態だ。馬の死体程度で、誰もその場から動けなかっただと？　ふざけるのもいい加減にしろ！」

「もうよせ、ラウル」

背後から腕を摑まれ、ラウルは憤りが収まらないままに振り返った。そこには、同じように王妃から呼び出されたジェラルドが、苦い顔で立っている。

「お前はあの場の騒ぎを知らないから言えるんだ。――今日のことは何もかも近衛隊長である俺の失態だ。責めるなら俺を責めてくれ」

ラウルが宴の開催を知って城に戻った時、広間は混乱の極みに陥っていた。

その時点で、アディスが連れ去られた場所は判っていたが、誰も踏み込めないでいた。その領域に入るには、ギデオンの私兵と刃を交えなければならないからだ。

制止するジェラルドを振り切り、ラウルはギデオンの私兵と斬り合った。その騒ぎはたちまち城に滞在する諸侯の知れるところとなり、当然王妃の耳にも入った。婚礼の宴の夜、王太子の花嫁がギデオン公の寝室にいたという不名誉な尾ひれがついて。

「ラウル、それより今は、王妃様の裁定がどう出るかだ。お前の立場は相当にまずいぞ」

今度はラウルが苦く眉を寄せ、目の前の部屋の扉に視線を向けた。

『裁定の間』――家臣の間で起きた争い事に、国王が審判を下す場である。

アディスを拉致したギデオンと、そのギデオンの私兵を殺したラウルは、共に裁定の間に呼び出されていた。国王不在の今、その代理である王妃の審判を受けるためにだ。

室内に入ると、既に壇上には王妃がおり、ギデオンをのぞく諸侯の代表らがその背後に控えていた。ギデオンは、裁きを受ける者の席に悠然と腰かけている。顔には包帯が巻かれており、その隙間から青く腫れた肌が覗いている。

「裁定の前に、まず、こちらをご覧くだされ」

ラウルの入室を見届けたギデオンが、不意にそう言って立ち上がった。すると別の扉が開き、ギデオンの私兵達によって五つの桶が運び込まれる。むっと漂う血生臭さに、その場にいた誰もが顔をしかめた。

「今回、王太子妃に狼藉《ろうぜき》を働いた、五人の南部捕虜の首にございます」

傲然《ごうぜん》と言い放つギデオンに、ラウルもそうだがその場の全員が戦慄で固まった。

「一目フォティアの神童を拝みたいというから登城を許したのに、この有様。やはり南部者は外道でした。なんとも言い訳のしようもなく、ただただ、アディス様に申し訳なく」

思わず前に出ようとしたラウルの腕を、ジェラルドが摑んで首を横に振った。

「繰り返しになりますが、私は広間の騒ぎからアディス様をお救いしたのみ。不貞などとんでもないことで、そんな疑いを持つことすらアディス様への侮辱に他なりません」

胸に手を当てると、ギデオンはいかにも心痛な表情を浮かべた。

「なのに何を誤解されたのか、王太子は私の大切な私兵を殺し、捕虜の一人を殺し、捕虜どもの狼藉を止めようとした私にまで、このような大怪我を負わせました」

たまらず、ラウルは声を張り上げた。

「いい加減にしろ！　何もかも死者に押しつけたそのような言い訳が通ると思うか！」

「ふん、では、アディス様をここに呼んで証言させてはどうだ」

その目にあざ笑うような色を浮かべ、ギデオンは悠然と胸を張った。

「それならば私も事細かに証言しようか。あの場でアディス様が、一体どのような目に」

「――もうよい！」

苛立ったようにそれを遮ったのは、王妃イザベッラだった。同時にジェラルドに腕を引かれ、ラウルも歯噛みしながら席に着く。

壇上に立つイザベッラは、明らかに不機嫌そうだった。しかしすぐにその表情を顔から消すと、手にした書状を淡々と読み上げる。

「裁定を言い渡す。ギデオン大公は自領で蟄居《ちっきょ》。王太子は近衛軍及びゴラド国軍に対する指揮権を剝奪の上、当面の間、ハミル砦の修復を命じる」

周囲にどよめきが広がった。愕然としたのは、ラウルもまた同じだった。

しかしイザベッラは、そんなラウルに追い打ちをかけるように言い放った。

「王太子。ギデオン大公の私兵を殺傷した罪は重い。ハミル砦の修復が終わるまで、お前は城に戻ってはならぬ。しっかりと反省するのです」

呆然とするラウルの前で、イザベッラが表情一つ変えずに肩掛けを翻す。微かに笑ったギデオンが、なおもざわめく場内を見回した。

「聞け！　ホウが起こり、死馬が祝いの席を血で汚した。そして六人の血が流れた。このような不吉な出来事が、かつてゴラドで起きただろうか？」

しん、と室内が静まり返る。まるで勝者のようにギデオンは続けた。

「みな、今一度考えてみるといい。一体何が原因で、このような不吉な出来事が立て続けに起きたのか。判るだろう？　南部の花嫁などを迎え入れたのが全ての原因なのだ！」

一同が裁定の間から出て行くと、ラウルは怒りを堪えきれずに、壁に拳を叩きつけた。

「くそっ、くそっ、くそっ」

背後から、ジェラルドが歩み寄ってくる。

「……ラウル、腹は立つだろうが、我慢しろ。ゴッサム家は諸侯の要。その当主であるギデオン大公を怒らせれば、ゴラド軍は根底からバラバラになりかねんのだ」

「――、判っています。それでも、今の裁定はあまりにギデオンに甘すぎる！」

激情のまま、ラウルは叔父を振り返った。

「あれで妻の気が収まると思いますか。奴の腕一本、いや、二本なり叩き折るべきだ！」

「……責めるなら、警備の責任者だった俺を責めろとしか今は言えん。判っているだろうが、今は身内同士でいがみ合っている時ではないのだ」

むろんそれはよく判っている。東国との戦を前にして、執権責任者であるヴァレン家が諸侯の結束を乱すわけにはいかない。それは、判っているのだが――

黙って唇を噛むラウルの肩を、ジェラルドは慰めるように軽く叩いた。

「それにしても、あれほどお前を溺愛していた王妃様が、随分非情な裁定をしたものだな。一体どういう親子喧嘩をしたらここまで非情になれるのだ？」

ラウルは無言で眉を険しくさせた。

「母上は、妻を西の城に幽閉するお考えだったのです。俺がそれを拒否したのが、お気に召されなかったのでしょう」

母は、フォティアとの和睦に最初から反対の立場だった。父の説得で渋々と納得したものの、父が病に臥したのを契機に、再び態度を硬化させた。

しかし、東国の脅威が迫る中、今さら和睦をなかったことにはできない。そこで、折衷案としてアディスとラウルの婚姻を取り止め、アディスを幽閉すると言い出したのだ。

「イザベッラ様は賢い人だが、大きな誤算が一つあったな。身分で言えば天地ほども違う南部のお姫様が、お堅い王太子が唯一恋をした相手だってことだ」

からかうような物言いに、さすがにラウルは少し耳を熱くした。

「――、何度も言いますがそれは誤解です。彼女にそのような感情を持ったことはない」

「どうだかなぁ。俺はまだ覚えているぞ。俺もフォティアに連れて行ってください。叔父上、俺はあの方を、修道院からお救いしたいのです」

「……覚えていません」

からからとジェラルドは笑った。反論を諦めたラウルは嘆息する。それでも、少しだけ気持ちが軽くなっていた。どんな深刻な状況でも、こんな風に冗談めかしてしまえるのが、叔父のいいところである。

それにしても、一体何が聡明だった母を変えてしまったのか。フォティアとの和睦は避けられるものではないし、アディスを幽閉したところで、カミッロの不信を買うだけだろう。

純血主義のギデオンが、ヴァレン家に南部の血を混ぜたくないと言い張るのは判るが、どうして母上までもそれに同調してしまったのか。しかも、ギデオンと母上は決して結託しているわけではない。敵対しながら、別の思惑で動いているようでもある。——

「……叔父上は、母上が何をお考えだと思いますか」

「お前に判らぬものを、俺が知るか。と言いたいところだが、実は妙な噂を耳にしてな」

「……妙な噂？」

少しだけ沈黙した後、ジェラルドは短い髪をかき上げた。

「驚くなよ。イザベッラ様が、東国の使者と文をやりとりしているという噂だ」

「どういう、ことです」

「あくまで可能性にすぎないが、フォティアを見限り、東国と手を組むおつもりなのかもしれないということだ」

「馬鹿な！　ゴラドがフォティアを見限るなどあり得ない！」

ラウルは愕然として声を荒げた。

父は確かにフォティアと何年も戦をしたが、それはデュオン教徒として、中央の不正を糺すためだ。前法皇を拷問死させたカミッロサンドロ一世の残虐さは世界を驚かせており、それゆえにゴラドを支持する国も多かったのである。

「叔父上、我らは、どこまでいってもデュオン教会の忠実な信徒です。異教国と手を組むなどあり得ない。もしそんな真似をすれば」

「ゴラドは異教国だと見なされるだろうな。そして聖十字軍の討伐を受けることになる」

その通りだ。母がそんな愚かな真似をするとは思えない。しかしそれで初めて、母の行動の辻褄が合う。母は最初から、和睦も、その証としての花嫁も必要としていなかったのではないだろうか。

「——ラウル、前から言っているように、そろそろお前自身が、前に出てはどうだ？」

叔父の言葉に、ラウルは戸惑って顔を背けた。

「……母上の同意が必要です。そうでないと、それこそゴラドが分裂してしまう」

「その根回しは俺に任せろ。お前はゴラドの正統な後継者だ。お前さえその気になれば、諸侯の殆どはお前につく。ただし、多少は荒っぽい手段に出る必要があるだろうが」

それは、王座に就く母を、武力で制圧するという意味だ。父の容態が定かではない今、果たしてそんな真似まですべきなのか、ラウルには判らない。

「本来お前が国王代理に就くべきところを、イザベッラ様が許さないのもおかしな話だ。穿った見方をすれば、東国と組むために国の実権を握っていたいのかもしれん」

ラウルは唇を嚙み、しばしの間沈思した。たとえそうであっても、母を武力で抑えることなど考えられないし、できるはずもない。

「……叔父上、もうしばらく様子を見ていただけませんか。もし、今のお話がまことであるとの証が出れば、その時は俺も考えようと思います」

「相変わらずお前はくそ真面目だな。――ぼやぼやしていると手遅れになるぞ」

肩をすくめたジェラルドに促され、二人はようやく裁定の間を出た。

「そうだ。それよりもイレネーはどうだった。昨日の爆発はすっかりホウだという話になっているが、実際のところどうなのだ」

「正直なところ、まだ判断できません。現場には小規模な雪崩跡があり、近くにあるハミル砦が吹き飛ばされていました。――それだけを見れば、確かにホウなのでしょうが」

「でしょうが？」

「俺には、ハミル砦だけが、意図的に狙われていたように見えたのです。それと、少し離れた場所に、異国の旅人らしき男が、四肢が千切れた状態で雪に埋もれていました」

「……異国、とは？」

「服装からして、東国に占領されたフレメルからの逃亡者ではないかと思いますが……」

ラウルは眉根を寄せて言葉を切った。

「叔父上、東国の新兵器に、黒色火薬なるものがあると聞いたことがあります。凄まじい威力で、物を燃やすだけでなく、吹き飛ばして破壊してしまうのだとか」

「俺も噂では聞いたことがあるが……、まさか、昨夜のホウが東国の仕業だと？」

「それは違うと思います。そもそも雪を知らない東国は、ホウを神罰だと言って恐れていると聞いています。――俺が言いたいのは、それと似た方法で、ホウを装った工作がなされたのではないかということなのです」

「――……まさかそれも、アディス様への嫌がらせか？　お前、それをどうして王妃様の前で言わなかった」

そこで言葉を切ったジェラルドが、はっと何かに気がついたように眉を寄せた。

「山の民か」

「はい。イレネーでことが起これば、真っ先に疑われるのは彼らですから」

ラウルもまた言葉を切り、重いため息をついた。

「東国との戦の前に、山の民を討伐しようという声は根強く、下手をすればこれを口実に虐殺が起こりかねません。そうなれば、山の民の長《おさ》であるセロも黙っていないでしょう」

「……やっかいだなぁ。ぶっちゃけ、今、山の民と戦ってるような余裕はないぞ」

回廊に出ると、夜空には、雪に代わり降るような星空が広がっていた。

「――ホウ、ということにしておいた方がいいのかもしれんな。不吉な花嫁と呼ばれるアディス様には、お気の毒だが」

ため息をつくように、ジェラルドが呟いた。

「ラウル、俺がなんとかするから、週に一度はイレネーの様子を報告しに戻ってこい。アディス様には慰めが必要だし、今夜のような企みを防ぐためにも早く子を作ることだ」

それには何も答えられず、ラウルは黙って唇を引き結んだ。数刻前、気を失ったアディスを館まで運んだ時のことが否が応でも脳裏に蘇る。乱暴に裂かれた衣服、白い肌には幾つもの青痣ができ、唇には血が滲んでいた。多分切れるほど自分で噛んだのだろう。

（さぁ、誰が最初に南部の雌馬の上に乗る？　まずはその槍で雌馬を鳴かせてみせろ！）

思い出すだけで、怒りで目が眩《くら》むようだった。なのに何もしてやれなかったし、これからも、確実に守ってやれるという保証はない。母上、ギデオン、山の民。彼女を邪魔に思う勢力はいくらでもいる。この国にいる限り、彼女に安寧の場所などないのだ。

「フォティアには、法皇の招集に応じ、聖十字軍の志願者が続々と集まっているそうだ」

黙るラウルの心中を察してか、沈み込むような口調で、叔父は続けた。

「今は個人の志願者ばかりだが、イネリア各国、海を渡ったイプサ、ギリス、各国の軍隊が集えばその数は五万にも十万にも膨れ上がる。――考えてもみろ。東国との戦が始まれば、その大軍がゴラドに押し寄せてくるんだ」

続きは判っている。東国との戦いに勝とうが勝つまいが、ゴラドは丸裸にされるだろう。それもあって、母やギデオン、そして山の民は、南部との和睦に反対しているのだ。

「東国に対抗するにはフォティアと組むしかないが、フォティアをどこまで信じていいか、皆、疑心暗鬼に囚われている。――悔しいだろうが、今はアディス様のことより、国の結束を第一に考えろ。そうでないと、ゴラドは内部から崩壊するぞ」

闇夜に、白い雨の飛沫《しぶき》が散っている。

遠くで響いていた雷鳴が近づいてくる。いや、雷鳴ではなく疾駆する騎馬の音だ。

それは闇と雨を切り裂き、死神のようにいきなり姿を現した。

茂みに隠れるアディスの心臓が、早鐘のように激しく脈打っていた。現れたのは鉄兜で身を固めた騎士達だ。法皇軍の証であるオレンジと深紅の外衣《サーコート》。もう逃げる場所はどこにもない。もういいのだと、ふと思った。もうこれ以上どこにも逃げなくていい。

この二年間、泥水をすすり、屈辱と恐怖と絶望に耐え、多くの犠牲を糧にして生きてきた。けれどようやく、そんな日々も終わるのだ。

「……アディス様」

アディスを抱きしめるようにして息を殺していたナギが、初めて低く囁いた。

彼の手は氷のように冷たく、顔色は夜目にも判るほど蒼ざめていた。この二年間、いかなる時でもアディスを守り、危機を切り抜けてきた男に、今、死の影が迫っている。二日前に腹部に負った槍傷が思いのほかひどく、それが今、彼の命を蝕《むしば》んでいるのだ。

「私が追手を引きつけます。あなたはその間に逃げてください」

「無理よ。私一人でどこに逃げろと言うの」

「南に」

そこで言葉を切ったナギは、苦痛に堪える様に目を閉じた。

「……セトルキアン様の領地まで……。そこまで逃げることができれば、あるいは」

「いやよ、セトルキアンなんて信じていいかどうかも判らない。それにナギを置いていけるわけないじゃない！」

「私はどのみち助かりません。この身体では朝まで持たないでしょう。アディス様、ここでお別れです」

見開いた目から涙が溢れ、頬を濡らした。アディスにもそれは判っていた。けれど認めたくはなかった。彼が死ぬということをというより、二人がここで別れてしまい、もう永遠に、何をしても会うことができないことを。

「……私も、私もナギと一緒に死ぬ……、ナギと、ナギと一緒に……」

「馬鹿なことを。これまで幾人の者があなたを守って命を落としたと思っているのです」

泣きじゃくるアディスの肩を抱き、ナギは厳しい口調で言った。アディスは激しく首を横に振り、血の匂いがするナギの身体にしがみつく。

「どうせ私一人じゃ逃げきれない。だったら、ナギと一緒にここで死ぬ！」

味方だと信じた者を頼り、裏切られては逃げ続けた。この艱難辛苦《かんなんしんく》の二年が、主従である二人の関係を、肉親より強いものにさせていた。もうナギはアディスの一部であり、アディスもナギの一部だった。それを失う狂おしいまでの辛さ、苦しさにアディスは胸をかきむしるようにして泣き続けた。ナギは何も言わず、そんなアディスの背を抱き続ける。

「……そんなことは……許されない」

囁くようにナギが呟く。アディスが泣き濡れた顔を上げた時、彼の手に肩を抱かれて引き離された。

「アディス様、一つ、お約束いただけますか」

涙で滲んだ視界の中、ナギの澄んだ目に冷たい月光が輝いている。

「私は今夜ここで死にます。それはもう避けられない運命です」

「ナギ――」

「あなたは南に逃げてください。しかし逃げきれない時は、法皇軍に投降するのです」

愕然としたアディスは、狼狽えながら顔を上げた。何を――言っているの？

「あなたが従順である限り、カミッロがあなたを害することはありません。どこまでも恭順を装い、そして時を待つのです。いずれカミッロから法皇衣を剝ぎ取る時を」

アディスを見下ろし、ナギは優しく微笑んだ。

「生きてください。その時は必ず来ます。それを信じられるからこそ、私は安らいで死んでいけるのです」

視界が、世界が暗転する。そこから先の光景は、まるで自分一人が世界から放り出されてしまったように、どうしても思い出せない。

「いやよ、ナギ！　行かないで！」

「アディス様！　どうなさいました」

気づけば燭台の灯りが揺らめく寝台の上、侍女達が左右からアディスの身体を押さえようとしている。荒い息を吐き、アディスは両手で顔を覆って突っ伏した。

ナギ――ナギ、ナギ、ナギ。

苦しい、辛い、悲しくて息もできない。どうして私は生きているんだろう。どうやったらこの悲しさ、やるせなさを忘れることができるのだろう。いや、決して忘れられない。この記憶が消えない限り、私は永遠にあの夜を生き続けなければならないのだ――

「タイル公が、ギデオン大公と密かに盟約を結ばれたというのは本当か」

囁くようなその声に、王妃の部屋から退室したばかりのラウルは足を止めた。

「本当だ。これで二つの名家が和睦反対派に回ったことになる」

あれから五日。ハミル砦修復のために城を空けていたラウルは、ギデオンに代わって政務に就くようになった叔父の計らいで、一時帰城することを許された。王妃への謁見を終えて外に出ると、騎士達のそのような会話が聞こえてきたのである。

「こうなったのは、何もかもあの不吉な花嫁のせいではないのか」

「そうだ、ホウを呼ぶ、あの南部女のせいに決まっている」

一瞬、口を開きかけたラウルは、苦く息を吐いてから歩き出した。

今のような話を耳にしたのは、なにもこれが初めてではない。ハミル砦でも似たような噂話は耳に入ってきたし、五日ぶりに戻った城は、完全にアディスを排除する空気になっていた。原因は、宴で起きた事件もあろうが、何より婚姻の日にホウが起きたと、広く知れわたってしまったことだ。

――あれはホウではないと言ってしまえればどれほどいいか。……しかし、そうはっきりと言えない俺自身が、最早彼女を苦しめる側の人間なのだ。

どこか迷うような気持ちで自身の館の扉をくぐると、出てきたエスミは、明らかに驚いた顔をした。

「ラウル様！　本当に城にお戻りになっておられたのですね」

彼女の表情の翳りが、ラウルに暗い気持ちを蘇らせた。あの夜以来、アディスのことは全てエスミに任せている。長いつきあいだから、表情の微細な変化だけで、エスミの考えていることは大概判る。

「あの方のご様子は？　……あまりいい状態ではないのか」

「ええ……。仰る通り、あまりよろしくはございません」

「どこが悪い。医術師は、特段怪我などないと言っていたのではないか」

閉め切ってある寝室の扉を見ると、その前には、不安げな顔をした侍女が何人か立っている。まるで何かに備えて、そこで待機しているかのようだ。

「お怪我などは取り立ててございません。そうではなく、これはお心の問題ではないかと思うのです」

「――心？」

「奥方様は、あの日以来、殆どお眠りになっておられないのです。少しはうとうとされるのですが、すぐに悲鳴を上げて起きられてしまって……」

「――あの夜のことを、思い出しておられるのか」

険しい顔になったラウルを見上げ、エスミは、辛そうな目で首を横に振った。

「……いえ、奥方様の場合、それよりなお根が深いような気がいたします。ラウル様は、以前奥方様に仕えていた、ナギという僧兵をご存じでしょうか」

「知っている。……その者がどうした」

（ナギ、私、北部の人とはこの先二度と関わったりしないわ）

幼いあの日、あっけらかんと明るく言っていた彼女のことが思い返される。

ナギという僧兵は、そのアディスに幼い頃から仕えていた護衛役だ。二年にも及ぶ彼女の逃走を助け、最期は無残な死を遂げたと聞いている。

「悲鳴を上げてお目覚めになられた時、その者の名を半狂乱で叫んでいるのです。おそらくですが、死別された時のことを思い出されているのではないかと……」

言葉を切り、エスミはそっと涙ぐんだ。ラウルは無言で視線を下げる。

その二年のことは知っている。最初は多くの支援者が彼女を助け、反カミッロ派の旗印にしようと担ぎ上げた。しかし敗戦のたびにその数は減り、やがて彼女をカミッロに売り渡し、少しでもいい官位を得ようとする者が増えてきたのだ。

「それが、ギデオンの部屋で起きたこととどう関係しているのかは判りません。けれど、恐ろしい思いをしたことで、一度は静まった心が乱れてしまったのではないでしょうか」

「関係などあるはずがない。あの夜は何もなかった」

厳しく言ったラウルだが、すぐに自身の言葉の持つ無責任さに気がついた。

何もなかった。それは単に、交合がなされなかったという意味にすぎない。身体の自由を奪われ、よってたかって衣服を脱がされた。男の自分でも耐えられるかどうか判らない状況だ。その間、恐怖と絶望で心は悲鳴を上げ続けていただろう。——

「いずれにせよ、今の奥方様は部屋に閉じこもったまま、お食事も水も口にされません。このままでは本当にお身体がだめになってしまいます」

「判った。とにかく俺が行ってみよう」

部屋に向けて歩き出したラウルに、追いすがるようにエスミが声をかけた。

「ラウル様、いっそのこと、奥方様を遠い場所にお移しになられてはどうでしょう」

「……遠い場所とは？」

「城から離れた場所ならどこでも。今はその方が奥方様のためだと思うのです」

唇を噛み、エスミはそっと面を伏せた。

「今、城に蔓延《まんえん》している噂を、とても奥方様のお耳には入れられません。それに、危険すぎて外にもお連れできません。このままでは、あまりにも奥方様が不憫で……」

ラウルは黙ってエスミを見下ろした。込み上げてきたのは、自分に対する怒りだった。

「——では聞くが、どこに連れて行けば安全だと言うのだ」

「ラウル様、」

「この城を出て、どこに行けと言うのだ。あの方が『不吉な花嫁』である以上、この国に安全な場所がどこにある！」

逃げて何になる。それで何が解決する。そうして一生、あの方に逃げ続けろと言うのか。フォティアで何年もそうされていたように。


天蓋の覆いに囲まれた寝台は、死者の褥《しとね》のように静まり返っていた。

「起きておられるのか」

声をかけたラウルは、――自分かもしれない、とふと思った。

今の彼女の状態がどうあれ、追い詰めてしまった原因の一つは自分かもしれない。

床入りの夜、自分のしたこととギデオンのしたことに、どんな違いがあったのだろうか。ひどい言葉と態度で彼女を傷つけ、侮辱した。彼女は毅然としていたが、その心中にどのような思いが渦巻いていたかは判らない。――いや、俺はその心中が知りたかったのだ。

あの日――アディスは知らないだろうが、ラウルは花嫁を護送するゴラド軍に同行していた。目的は法皇の顔を確認するためだ。国境で密かに隊を離れたラウルは、花嫁の馬車の近くにまで馬を進めた。その時目に入ったのが、馬車から顔を出して手を振るアディスの姿だった。

最初は、それが誰だか判らなかった。

太陽の輝きは月になり、天を照らす明るさは闇に沈んでいた。夜露のように儚げな人は、美しくはあったが、ラウルの記憶の中の人ではなかった。

八年前に槍をぶつけ合った少女は、その傲慢さも明るさも高貴さも、全部含めてラウルの心から離れたことはない。それは反発と憤りであり、行方が判らなくなってからは心配と同情だったが、そこに叔父に揶揄されたような感情が交じっていたのも確かである。

「……入るぞ」

天蓋の外で、迷うように足を止めていたラウルは、意を決して覆いをはね除けた。

燭台の陰影に彩られた人は、寝台に半身を起こして座っていた。険しい目は空を見つめ、手は掛布を握りしめるようにして、膝の上に置かれている。

彼女はほんの五日前とは別人になっていた。頬は削げ、顔色は褪《あ》せた紙のようだ。乾いた唇になおも残る傷に胸が詰まる。それでも、ラウルはあえて平然と口を開いた。

「――ここ数日何も食べていないと聞く。お加減でも悪いのか」

手にした盆を寝台のそばの卓に置くと、ラウルはアディスの顔が見える位置に腰かけた。

「薬湯を持ってきた。まずは、水分を口にされよ」

返事はない。杯を差し出しても、それが目に入っている風でもない。沈痛が胸を刺した。

俺はこの人に何をすればいいのだ。なんでも――俺にできることは何でもしてやりたい。

その時、不意に顔を上げたアディスが、正面からラウルを見据えた。思い詰めたような目に、どこか虚ろな、魂が抜けた死者のような昏い光が凝《こご》っている。

「ラウル様、私を気遣うなら、どうか一つだけ、私の願いをお聞き届けくださいませ」

異様な気迫のこもったその口調に、無意識に喉がごくりと鳴った。

「……、申してみよ」

「ギデオンの――私に触れたあの男の手を、――いえ、両腕を私にいただきたいのです」

ラウルはしばらく、身じろぎもしなかった。アディスもまた、動けなかった。彼の困惑と驚きと警戒が、静まり返った空気を通して伝わってくる。

それでも、こう言わずにはいられなかった。

起きている時も寝ている時も、必ずあの日の夢を見る。ナギが殺された夜の夢。何年もかけてようやく胸の底にしまい込んだ悪夢が、あの一夜で引きずり出されてしまったのだ。

（あの僧兵に槍を突き入れた全員が、大金をもらっていい暮らしをするようになった）

（さぁ、誰が最初に南部の雌馬の上に乗る？　まずはその槍で雌馬を鳴かせてみせろ！）

婚礼の宴の夜の出来事は、自分の中に眠っていた様々な感情を引き出した。身分や立場を失った時の自分の弱さと、女としての肉体のもろさ。人の醜さと愚かしさ。

判っていたことだった。この世に正義はなく、神は力を貸してはくれない。圧倒的な力の前に屈し、大切なものを蹂躙され、なす術もなく闇に沈んでいく絶望感――

その闇の中に、あの雨が降る夜の光景があった。修道院で幾夜も幾夜も繰り返し見た悪夢。無抵抗のナギをよってたかって刺し貫いた幾つもの刃。

あの時どうすればよかったのだろう。ナギを追いかけて行けばよかったのか。そうすればその後の苦しみはなかったのか。判らない。答えは永遠に見つからない。あの夜胸に焼きついた闇は、深く刻まれた絶望と共に永遠になくならない。

それは時にアディスから生きる意欲さえ奪ってしまう。現実を冷静に見れば、ナギの言う日など来るはずがない。たった一人でカミッロに歯向かえるわけがない。あの男に利用されることで生き長らえるくらいなら、いっそのこと命を絶ってしまいたい。でも——

そうすれば、ナギとの約束が果たせない。それがいくら夢物語であっても、その日まで死ぬわけにはいかないのだ。

「……ギデオンは、あなたに何を、……いや」

ラウルは迷うように目を逸らし、そのまま何も言わなくなった。

あの夜、自分がされたことなど微細なことだ。あの程度の暴力に屈してしまうなど、悔しすぎて考えたくもない。しかもその相手は全員死んだ。思えばあの人達も、大きな力に押し潰された犠牲者だったのだ。

しかし消えない闇を追い払うには、それを作った相手に報復するしかない。壊れた心は自分で修復するしかない。そうしなければ、隙間から這い出た闇にのみ込まれてしまう。

掛布を両手で握りしめ、アディスはラウルを睨むように見据えた。

「どうか私に、あの男の腕を斬り落とさせてくださいませ！」

「判った」

——え……？

「ただしギデオンの腕はやれぬ。あの者はこれまで数多の戦場で国を守るために戦ってきた。……その腕はあなたの復讐のためにあるのではなく、ゴラドを守るためにある」

アディスの中で、驚きがみるみる失望に変わった。

「そう――……で、ございますか」

それがこの国の考え方――いや、ラウルの本音であり正体だろう。所詮中身はギデオンやカミッロと変わらない。正義は二の次で、力こそ全てだと思っているのだ。

自分の心に冷たい氷が張り詰めていくのが判った。この男を、ほんの一時でも信じようと思った自分が馬鹿だった。交合という野蛮な行為をしただけなのに、――それは突き詰めればギデオンにされかけたことと同じなのに――、彼に対する信頼と甘えが、自分の中に芽生えてしまったことも許せない。

「俺の腕を切るがいい」

顔を背けようとしたアディスは、ややあってその意味を解し冷笑を浮かべた。

「……何を、仰っているのです」

「ギデオンの腕はやれぬ。代わりに俺の腕をやると言っているんだ」

「戯れも大概になさいませ。そのようなことができるはずもないではないですか！」

「今はな。いずれ戦が終わり俺が不要になった時だ。その時は俺の腕をあなたにやろう」

彼は両手に嵌めていた黒革の手袋を脱ぎ、自身の手をアディスの前に差し出した。

「あなたのものだ。今日から、その日まで」

差し出された手は、掌紋に泥が沈殿し、至る所に古い傷痕が残っていた。アディスは睫毛を震わせながら、無骨な男の手と指を見つめ続けた。

一体この男は何を言っているんだろう。いずれ国王になる人の腕を、その妻である私が斬れるはずがない。絶対にできもしないことをしたり顔で持ちかけて、それでこの感情を収めろと？　冗談じゃない。冗談じゃ——

ぱたぱたっと落ちた涙がラウルの指を濡らした。——そうじゃない。

彼の立場も、ギデオンの立場も、むろんアディスは知っている。ギデオンを敵に回す選択などラウルにはしたくてもできないのだ。だから、自分の腕を差し出すと言った。——

「泣くな」

歯を食いしばるようにして泣くアディスを、ラウルは片腕で抱き寄せた。


「あなたが泣くと、俺も悔しい」


何を言っているんだろう。何も知らないくせに。私のことなんて、この人は何も——

それなのに、ずっと胸の底に閉じ込めてきた何かの感情が、せきを切ったように込み上げてくる。彼の胸に額を押し当て、アディスは子供のように声を上げて泣いた。それはナギを失った夜以来、初めて流した涙であり、慟哭《どうこく》だった。

嵐のような時が過ぎ去り、少しずつ昂ぶっていた気持ちも収まってくる。時折しゃくり上げるアディスの肩を、彼の手がぎこちなく撫でている。

心が空っぽになっていく中、ラウルの手の温かさだけが、ゆっくりと胸に沁みていく。目の前にある顎には微かな無精髭が生えており、身体からは泥と汗の匂いがする。

南部ではこのような無粋な姿で女性の前に現れる男はいない。野蛮な男――でもこの男が、私と生涯を共にする夫なのだ。今、それが、不思議なほど強く実感できる。

「馬は好きか」

不意に彼の唇が動き、無為にそれを見ていたアディスはびくっと肩を震わせた。馬が好きか？　これはどういう質問だろう。それともまた尋問の続き？

「もう何年も乗ってはおりません」

「好きかどうかと聞いている」

「……、好きです」

肩を抱かれ、少し身体を離される。アディスは戸惑って顎を引いた。

「元気になったら、一度、俺と一緒に城を離れてみないか」

――え……？

「あなたには気晴らしが必要だ。むろん今は、とても外にお連れすることはできないが」

「どこへ……行くのでございますか」

「砦を修復する間、俺が滞在している村だ。村の中なら外を出歩いてもいいし、馬を走らせてもいい。何日かそこで、一緒に過ごしてみないか」

「――、よろしいのでございますか」

顔を上げたアディスは、すぐ我に返って面を伏せた。耳が微かに熱くなる。多分、さっき泣いたのが嘘のような表情になっていたはずだ。

「ただし、そのためにはお身体を元に戻さなくてはな」

「そ、そうですね。……別に今も、……病気というわけではないのですけれど」

再び顔を上げたアディスは、今度は動揺しながら視線を彷徨《さまよ》わせた。この城を出られる。六年間禁止されていた馬に乗れる。本当だろうか？　それともこの場限りの口約束？

「まずは、しっかり寝て、食べて、お元気になられることだ」

立ち上がったラウルは、不意に何かに気がついたように、上衣の懐に手を入れた。

「忘れていた。――帰城の道中、たまたま露店でこれを見つけてな。あなたがお好きだったことを思い出して買い求めてきた」

白い紙に包まれたものが卓に置かれた。甘い、懐かしい匂いがした。バターの香りだ。それが何だか判ったアディスは、顔が熱くなるのを感じた。まぁ――これは、親切なのかしら、それとも当て擦りなのかしら。

しかし彼はそれについては何も触れず、屈み込んでそっとアディスの手を取った。

不意に触れた温かな指の感触に、ドキッとする。

「俺は、今夜にも城を離れるが、エスミから知らせがあればすぐに迎えに戻ろう。一日も早く元気になられよ。――よい知らせをお待ちしている」

第四章　恋を知らない二人

嫁いで来た日には灰色だった世界は、今、目映いばかりの白銀に輝いている。

目に見える風景のあまりの違いに、アディスは声も出なかった。嫁入りの日から二十日が過ぎ、季節も少しずつ変わってきているのかもしれない。日差しに照らされた雪は、宝石の欠片を捲《ま》いたように煌めき、冷気を含んだ空気はどこまでも澄み切っている。

「あまり雪ばかり見ていると目を痛めるぞ」

背後でラウルの声がした。少しドキッとして、毛皮の帽子を深く被り直す。

「……気をつけます。南部では、雪はとても珍しいので」

そんなアディスの隣に、ラウルは屈託なく馬を並べてきた。

「俺も南部を旅した時、同じように空ばかりを見て父上に叱られた。あまり太陽を見ると目を悪くするとな」

優しく話しかけてくれる彼の顔が何故か見られず、アディスは曖昧に頷いて馬を進めた。

あれから十日あまりが過ぎ、ようやく待ちかねた時はやってきた。エスミが、ラウルに手紙を出してくれたのだ。

実際、取り繕う必要は何もないほど体調はよくなっていた。食欲は増す一方だったし、悪夢も全く見なくなった。何年も胸にすくっていた闇は、どうしてだかこれまでとは違う場所に行ってしまったようだ。アディスはそれを、ラウルのせいではなく、外に出たい気持ちが強すぎるせいだと思うようにした。

エスミの勧めで、アディスもまた、ラウルに宛てて手紙を何通かしたためた。とはいえ人生でこれほど悩み、何度も書き直した書状はない。

お元気ですか――そこから一行も進まない。単に自身の近況を綴《つづ》るだけなのに、何度書き直しても不安で堪らず、結局エスミに添削してもらうのだ。

(奥方様は、殿方に恋文をしたためられたことがないのですか?)

最後は呆れ果てたエスミに、そんなことまで言われてしまった。むろん恋文ではないと言い張ったが、たかだか手紙でここまで悩んだのは、確かに初めての経験かもしれない。

(じゃあ、エスミは書いたことあるの)

(もちろんございます)

そんなことまで言い合えるようになったエスミへのわだかまりは、この休養中に消えてしまった。彼女は献身的にアディスを看病し、ようやくぐっすり眠れた朝には、目に涙を浮かべて喜んでくれた。

恋文の相手はラウルかもしれないと思ったが、それについては考えないことにした。彼女が信用できる人物なのは間違いない。敵だらけのこの異国では、もうそれだけで十分だ。

「そろそろ行くか。休憩ばかりしていたら、着く頃には夜になる」

ラウルの声で、散らばっていた全員が隊列に戻り、馬は再び雪道を上がり始めた。

初めて跨がった北部の馬は、確かに南部のそれより気性が荒かったが、美しい青灰色の毛並みを持つ雌馬を、アディスはすぐに好きになった。何より目に映る景色、肌に感じる空気の何もかもが新鮮で、寒さも雪道の険しさも何一つ気にならなかった。

すがすがしいほどに冷たい空気、澄み切った空。白銀に煌めく山の稜線。何年も心の奥底に閉じ込めていた思いが、胸の底で再び膨らんでくる。――この世界がどこに続いているのか見てみたい。どこまでも、行ける限り遠くに行ってみたい。

ただ――それは自分の人生にとっては、永遠に叶わぬ夢だ。

「ナモ峠を通る。雪が解けて道が悪くなっているから、気をつけろ」

その時ラウルの声がしたので、アディスは隊列の前を行く彼の背中に目をやった。

同時に振り返った彼と、不意打ちのように視線が合う。慌てて面を伏せ、手綱を引くふりをしたが、心臓はとくとくと音を立てていた。

彼の声はよく通る。決して心地いい言葉を言わないのに、耳に気持ちよく入ってくる。

最初からこんな風に思えていたのかしら。それとも急に？　――判らない。

今朝、久々にラウルと顔を合わせた時のことを思い出し、アディスはふっと頬を染めた。

支度を済ませたアディスの前につかつかと歩み寄ってきた彼は、ぶしつけなまでにアディスを見つめた。目を覗き込み、唇を見つめ、全身をくまなく見回した。

健康状態を気にしてくれていることはすぐに判った。それでもアディスは、自分を見つめる彼のまっすぐな眼差しに、惑わされずにはいられなかった。

今も、景色に心を奪われる一方で、前を行くラウルを意識している自分がいる。時折聞こえてくる彼の声、併走する騎士と談笑する横顔に、つい視線を向けてしまっている。

(あなたのものだ。今日から、その日まで)

彼は優しい――そして誠実だ。嘘や慰めでその場を収めるのではなく、正面からアディスの訴えに向き合い、寄り添ってくれた。婚礼の夜こそ冷淡な振る舞いをされたが、後からエスミに聞けば、決してこの結婚を嫌がっていたわけではないという。

(お部屋の本なら、ラウル様が買い求めたものです。アディス様が好みそうなものをご自分で見繕って。……ただ、その選択には、誰もが首を傾げたのですが)

確かにそうだ。英雄伝に戦記物、武器の歴史に馬術の指南書。彼は私を、一体どんな女だと思っていたのだろう。

持ってきてくれた焼き菓子もそうだ。美味しかったしそれ以上に嬉しかった。ただ、アディスが焼き菓子を好むことは、彼が法皇宮で盗み見して知ったに違いない。それを思うと少し腹も立つし、同時に彼の無神経さがおかしくもある。

何通か送った手紙にも、結局一度も返書はなかった。これも南部では考えられない。

──彼は、男としては少し抜けたところがある人だわ。でもそれが、なんだかとても好ましい。

「何か楽しいことでも？」

いきなり近くで聞こえたラウルの声にびっくりしたアディスは、反射的に馬の手綱を引いた。停止を強要された馬が、驚いたのか一声鳴いて足並みを乱す。

「きゃっ──」

即座に馬から飛び降りたラウルが、アディスの手綱を引いて、馬をなだめた。

「大丈夫か？」

「……は、はい」

「慣れないようなら、俺の馬に乗るか」

手綱ごと手を掴まれる。見上げられたアディスは、狼狽えてその手を振りほどいた。

「いえ……、あの……、大丈夫です」

どうしたんだろう、私ったら。ここは微笑んで「ありがとう」と言うところでしょう。まるで逃げるように──恥ずかしい。一体どうしてこんな態度しか取れないのかしら。

ラウルは位置を変え、アディスの少し後方で馬を走らせている。その存在を不思議なくらい意識しながら、アディスもまた隊列に遅れぬように馬を進めた。

どうも俺は警戒されているようだ。何か、気を悪くさせることでもしただろうか。

斜め前を行く人の背中を見ながら、ラウルは訝しく首を傾げた。

もちろん最初は警戒されていただろうが、イレネーに送られてきた手紙からは、彼女の心が少しずつではあるが、自分に対して開かれているように感じられた。

それが一転して、今朝は距離を置かれているどころか、避けられている気さえする。

——まさか返書を出さなかったからだろうか。しかし手紙の最後には、決まって返信は不要と書かれていたが……？

それ以前に、そもそもあんなに簡単に驚いたり、狼狽えたりするような人だったろうか。さっきの反応は一体なんだ？　まるで無防備な少女を相手にしているようで面食らう。

——それにしても、あの方も、あのように楽しげに微笑まれるのだな。

よほど外に出られたことが嬉しかったのだろう。うっかり声をかけてその気分を害してしまったことが申し訳なく思えるほど、垣間見えたアディスの横顔は楽しそうだった。

思えば、子供の頃まで遡っても、あの人の笑った顔を見たことがない。むろん、婚礼の夜も彼女は微笑んでいたし、馬車から手を振っていた時も満面に笑みを浮かべていた。しかしその笑顔は、ラウルには精巧にできた人形か、仮面のようにしか思えなかった。

それが少し綻《ほころ》んだように思えたのは、あの時だ。城を出てみないかと誘った時。

(——よろしいのですか？)

瞳から放たれた太陽の光に、一時、心を射貫かれたような気がした。彼女はそんな自分を恥じ入るように面を伏せてしまったが、そういう仕草も愛おしく思えた。

今、前を行くアディスの顔は、帽子と外套に阻まれて見ることができない。それでも耳の横に一房垂れた髪色の美しさに、ラウルは一時、見とれていた。

薄桃色の薔薇を思わせるブロンドは、彼女の白い肌を引き立て、日差しに燦然と映えている。すっと伸びた背筋が綺麗だ。南部女性にしては背丈のある方だが、体幹が華奢なせいかあまりそれを感じさせない。

床入りの夜、固く結っていた髪が緩やかに解けて落ちた時――ラウルは自分の中に、これまで知らなかった不思議な感情が湧き上がるのを感じた。

あの夜、最後まで理性を保つつもりだった自分の心が、そんな風に、二度ほど揺らいだのを記憶している。

一度目は彼女の髪が解けた時、二度目は彼女の口から掠れた吐息が漏れるのを聞いた時。その都度冷徹さを取り戻そうとしたが、それが却《かえ》って乱暴な振る舞いになってしまった。

しかし、あのような状況で男が冷静さを保つことなど、果たして可能なのだろうか。

薄闇に仄白く浮かんだ白い肌と細い腰。そこから美しい曲線を描いて広がる果実のように清らかな肉と腿。馬油に浸した指に纏わりついた温《ぬく》もりと柔らかい肉襞は、そういった何もかもが初めてのラウルには、目も眩むような驚きだった。

「――ラウル様」

そのアディスの屈託のない声がしたので、今度はラウルが驚いて、手綱を引く番だった。

「ここから先は雪があまりないのですね。それに、海があんなに近くに！」

見開かれた目は明るく輝き、いきいきと水平の果てを見つめている。ラウルは微笑み、そんな自分に少しだけ狼狽えて視線を逸らした。

「海をご覧になるのは初めてか」

「はい。フォティアでは、法皇宮から外に出ることは殆どありませんでしたから」

アディスの表情を彩る明るさが眩しかった。多くの感情を封印している彼女が、本心では何を求めているのか少しだけ判ったような気もした。

しかし今日、ラウルは彼女を喜ばせるためだけに連れ出したのではない。そうであればよかったと今さらのように思ったが、これもまた彼女にとって必要なことなのだ。

「ゴラドは広い。その全てが雪に覆われているわけではない」

「そうなのですね。雪の中にこんなに美しい緑があるとは思ってもみませんでした」

「雪は、イレネー側の国境と内陸にはよく降るが、海に面した南西部にはさほど降らない。いわばここがゴラドの中心部で、商《あきない》と作物の主たる生産地だ」

微笑んでいたアディスの横顔がふと翳った。

「南部人がそれを知らないのは、まず国境で厚い雪の壁に阻まれるからだ。さらにシュベルク城を越え、今来た道程を辿らなければ、この土地には辿り着けない」

アディスは頷いたが、その笑顔はどこかぎこちないものだった。

「海沿いに見えるのがキサの港で、海に浮かんでいるのが商船だ」

白波が泡立つ海には、帆船が何艘か浮かんでいる。それを見ながらラウルは続けた。

「海は真珠海と呼ばれる中海に繋がっている。海を渡った所にあるトンヤンの都が、ゴラドの主要な交易先だ」

「……トンヤン？」

「宗教もなく国王もいない自由都市だ。ただ、商人達が組合を作り、その代表が都市を統《す》べている。そういう意味では法皇が国を治めるフォティアと似ていなくもない」

「そのような都市……私は初めて知りました」

「ご存じないのも無理はない。トンヤンは近年できたばかりの都市で、東国の王、ムタフィム三世がその後ろ盾になっている」

　今度こそ、アディスの横顔がはっきりと強張った。そのまま黙り込むアディスを促し、ラウルは馬首を翻す。

「――行こう、ここから先はしばらく雪がないから、少し馬足を速めるぞ」

　青い空に群青色の影がかかり始めた頃、一行は、目的地であるザバの村に着いた。石造りの建物が点在する村は、これまでのどこよりも暖かく、往来を歩く者達も比較的軽装だ。彼らはラウルと行き交うたびに必ず笑顔で頭を下げる。

　彼は、村の人達に好かれているのだ――そのことが、わけもなく嬉しさをかき立てる。

「ここはイレネーに最も近い村で、主としてイレネーの砦を守る者達が暮らしている」

　ヴァレン家の館の前に着くと、先に馬を降りたラウルが、アディスの降馬を手伝った。

「普段は外界から遮断された静かな村だが、いざ国境近辺でことが起こればここは最も重要な軍事拠点となる。だから平時から軍隊を常駐させているんだ」

淡々と重大なことを語るラウルが何を考えているのか、アディスにはまるで判らなかった。こんな秘密を打ち明けて、彼は私をどうするつもりなのだろう。

答えを求めてエスミを見ても、端からラウルの心中を察しているのか、冷静な眼差しが返ってくるだけだ。

ここに来る道中、彼が見せてくれた光景は、アディスに二つの――ことによればゴラドの命運を左右しかねない重大な事実を教えてくれた。

一つは、ゴラドにも雪のない土地があるということだ。

ゴラドが法皇軍を圧倒していたのは、ひとえに雪という障壁があったからである。寒さと吹雪で身動きが取れなくなった法皇軍は、自滅同然になって撤退した。しかし、雪のないルートを辿ればどうだろう。もし今日見た場所を法皇軍に制圧されてしまったら?

もう一つは、トンヤンとの交易だ。トンヤンの後ろ盾になっているのは異教国の東国だ。つまりゴラドは、東国とも直接交易しているかもしれないのだ。――

その時、背後から馬蹄《ばてい》の音が近づいてきて、騎乗していた兵士が二人の前で飛び降りた。

「ラウル様、お戻りでしたか。――恐れ入りますが早急に確認いたしたいことが」

「アディス様、先に館に入っておきましょう」

エスミに促されて門扉をくぐった時、広い庭園のどこかから威勢のいいかけ声が聞こえてきた。見れば石柱で囲まれた園庭の中心に、大勢の女達が集まっている。

女達は、赤と黒の珍しい色彩の衣装を纏い、勇ましい声と共に剣を振るっていた。

「――エスミ？　あんたエスミじゃないの！」

ふとこちらに視線を向けた大柄な女が、素《す》っ頓狂《とんきょう》な大声を上げた。

「いつこっちに戻ってきたの？　戻ってくるなら連絡くらいよこしなさいよ」

一瞬、驚いた目で立ちすくんだエスミは、しかしすぐに落ち着いた口調で説明した。

「奥方様、あの者どもは、近い内にゴラド軍の兵士となるべく訓練を積んでいる女達です。いずれシュベルク城で召し抱えることになりますが――」

そこまで言った時、わっと駆け寄ってきた女達が、たちまちエスミを取り囲んだ。

「待って。話を聞きなさい、ここにおられるのは――」

エスミの声が歓声にかき消される。その時には、アディスも女達に取り囲まれていた。

「あんた、細いけど美人ねぇ」

「どこから来たの？　あんたもエスミと同じでアディス様の所にいるの？」

アディスは面食らって顎を引いた。帽子を深く被ってエスミと同じ外套を着ているせいだろう。彼女達は、アディスを城の侍女と勘違いしているのだ。

くいっと外套の裾を引く者がいる。視線を下げると、幼い少女が目を輝かせてアディスを見上げている。ふと微笑んだアディスは、次の瞬間、息をのむようにして眉を顰めた。

アディスの腰までしか背丈のない少女もまた、鞘《さや》に収めた剣を携えていたからだ。

「お姉ちゃん、どこから来たの？」

「……南部よ。フォティアから」

「フォティア？　じゃあ、アディス様と一緒に来たの？」

目を煌めかせた少女を見つめ、アディスは答えずに微笑んだ。

「……あなたはいくつ？　こんなに小さいけど、本当に兵士になるの？」

少女から笑みが消える。それをどう解釈していいか判らないままにアディスは続けた。

「あなたにその剣はまだ大きすぎるわ。兵士になるなら、もう少し大きくなってから」

「アディス様だって小さい頃から剣を振るっておられたじゃないか！」

少女の怒りにアディスは驚いて立ちすくんだ。

「いいか、北部には、軍神ルキアの血が流れているんだ！」

「こらこら、お城の人相手に、何をそんなに怒ってるんだい」

「ルキアの子は皆兵士だ。大人も子供も関係ない、子供だからといって馬鹿にするな！」

誰かが、少女の襟首を掴んでアディスから引き離した。しかし少女はまだ顔を赤くして叫んでいる。その子を目で追うアディスの前に、他の女が割り込んできた。

「ねぇ、あんた、そんなことよりフォティアから来たなら知ってるだろ。アディス様とはどんな方だい」

「ラウル様を大切にしてくれそう？　北部を馬鹿にするような女じゃないだろうね」

女達の輪が狭まり、アディスはたじろぎながら顔を上げた。

先ほどまでとは打って変わって、誰の目も真剣だった。彼女達がどのような境遇にあるかは知るよしもないが、心からラウルを慕っていることだけは間違いない。

「……アディス様は、ラウル様にふさわしい方ではないわ」

思わず唇からこぼれた言葉に自分でも驚いた。女達の目が一斉に見開かれる。アディスは戸惑って顔を背けた。

「だって――神童だ、軍神だと嘘をついてずっと民を騙していたんですもの。南部ではあの方は、とても嫌われているのよ」

「何をする！」

いきなりエスミが厳しい声を上げ、アディスの前に立ち塞がった。何が起きたのかはすぐに判った。先ほどの少女が、抜き払った剣をアディスに向けて突き出したのだ。

「この女が、アディス様を悪く言うからだ！」

「あの方は好きで嘘をついたわけじゃない。教会のために仕方なくそうしていたんだ」

「そうだよ！　それをカミッロサンドロに利用された可哀想なお人なんだ」

女達が口々に言い募る。驚きで、アディスは声も出なかった。

どうして彼女達がむきになって私を庇うのだろう。南部でも真偽が判らないままに語られていることを、こうも確信を持って言い切るのだろう。いや、理由は考えるまでもない。

――ラウルが、そう言ってくれているからだ。

「お身体の方は大丈夫か」

そう言ってラウルが訪ねてきたのは、もう夕闇が濃くなり始めた頃だった。

長椅子に凭れてぼんやりしていたアディスは、はっとして顔を上げた。燭台に火を入れるのも忘れていた部屋は、夜陰の暗がりに包まれている。

あの後、ラウルには急ぎの用事ができたらしく、数人の騎士を連れて村を出て行った。館に入ったアディスは、疲労を理由に部屋に引きこもり、食事も取らずに考え続けていた。

彼は何のために、私を城から連れ出してくれたのだろう――と。

「申し訳ございません。すぐ、エスミに火を入れさせます……」

そこまで言ったアディスは、エスミが不在であることに気がついて唇に手を当てた。

「誰か人を呼んでまいります。あの、エスミは昔の友人と積もる話があるとかで」

「知っている。俺が許可した。そんなことよりお身体の方は？」

急速に距離を詰めてきたラウルが、立ち上がりかけたアディスの頬に手を重ねた。ドキッとして、そのままの姿勢で動けなくなる。

「……お熱はないようだ。本当にお身体に変わったところは？」

「ご、ございません。ラウル様こそ、お疲れではないのですか」

彼の手が頬を撫でて首に触れる。薄く柔らかい皮膚に指の硬さを感じる。単に熱を診《み》て、それから脈を確認している。判っているのに、こんなに緊張してしまうのは何故……？

床入りの夜はもっと恥ずかしい場所を、同じ指で探られた。だけど、その時ですら、こんな気持ちにはならなかったのに。――

ラウルが、首から手を離す。鼓動の速さをどう言い訳しようかと思った時、彼がふっと息を吐いた。

「熱があるわけではないようだ。本当に少し、お疲れになられただけなのだな」

アディスはそっと頷いた。頬にも首にも、彼の手の温もりが残っている。

「お一人にして悪かった。エスミに聞いたが、女達に質問攻めにあわれたとか」

「あ、はい――来た早々、騒ぎを起こして申し訳ございません」

「あの者達は山の民の出身でな。――山の民のことは、エスミから聞いたか」

アディスは躊躇いがちに頷いた。

あの後、城からついてきた兵士達が駆けつけてきて、その場は結構な騒ぎになってしまった。アディスの正体を知った女達は呆然とし、その言い訳もできないまま、アディスはエスミに手を引かれて騒動の輪から連れ出された。

エスミの口から、山の民のことを説明されたのはその時だ。

（山の民とは、イレネーに住む者達の総称で、主に大昔に流刑にされた罪人の末裔です）

（以前は山を下りることさえ許されなかったのですが、今では、希望すれば、兵士や従者という形で王家にお仕えすることができます。――あの者達は、つい最近山から下りてきたばかり。まだ言葉使いや作法を学んでいないのでしょう）

そう言うエスミもまた、山の民の出身なのだ。広場で会った女達はどうやら彼女の同郷のようだが、その再会を懐かしむどころか、むしろ憂鬱そうに見えたのが、小さな気がかりとして残っている。

「判っていただけると思うが、あの者達にあなたへの敵意はない。明日にでも俺の方から今日の誤解を解いておこう」

「いえ、私が」

アディスは急いで遮った。言い出せなかったとはいえ、誤解させたのは私の罪だ。

(アディス様だって小さい頃から剣を振るっておられたじゃないか！)

ちくり、と胸の奥が鋭く痛んだ。

あの少女は昔の私だ。無鉄砲で、好奇心だらけで、大人の心配に耳も貸さなかった。無知で、世界の汚さなど何も知らなかったけれど、あんな風に目をきらきら輝かせて……

だから、少女を見た時に切なくなった。同時に、幼い娘が剣を持つことを「危険だ」と思うようになった自分をとても寂しく思ったのだ。

「私が――、私が改めて話をします。ぜひそうさせていただきたいのです」

「そうか」

少し安堵したように頷いたラウルは、ふと何かに気がついたように顔を上げた。

「そうだ。もしよければ、日のある内に外に出てみないか」

「え？　今からでございますか」

「うん。とてもいい所がある。行こう、もうじき日が落ちる」

「まぁ、ここはどういう所なのですか」

ラウルに連れて行かれたのは、館の裏手にある、木々に囲まれた岩場のような場所だった。むっとした蒸気が前も見えないほどに立ち上り、心なしか空気までも温かい。

「この辺りには、所々湯が湧き出す場所があるんだ」

「えっ、お湯がですか」

「ものの本に北部の地下には熱の道が通っているからだと書かれていた。地下に流れ込んだ雨水などが、そこで熱されて湧き上がってくるのだろうと」

ラウルに促されてしゃがみ込んだアディスは、岩場にたまった湯にそっと手を差し入れた。それは浴槽で使う湯よりも何倍も温かく、微かに鼻をつく刺激臭がする。

「シュベルク城にしてもこの村にしても、地下から湯を汲み上げて床下に通している。だからこれだけ極寒の地にあっても、人が生きていけるほどの温度を保っていられるんだ」

彼はブーツを脱ぎ、足首を覆っていた厚手の布を取り払った。

「靴を脱いで、足だけ湯につけるといい。疲れも取れるし、身体も温まってくる」

戸惑いながらも、アディスも急いで彼に倣《なら》った。外でこんな風に足を出すなど考えられなかったが、ここには彼と自分の二人しかいないし、やってみたいという好奇心もある。

素足に纏わりつく湯は、最初、肌を刺すほどに熱く感じられたが、すぐにじんわりとした心地よさが込み上げてきた。

――温かい……。

雪の土地で知る、常夏の南部よりも高い熱。これは、南部のよほど裕福な貴族でもできない贅沢だ。

「シュベルク城の近くには、身体ごと湯につかれる場所もある。今度ご案内しよう」

「はい、ぜひ!」

目を輝かせたアディスは、こちらを見るラウルが楽しそうに笑っていたので、びっくりして面を伏せた。私、気をつけているつもりで、結構この人の前では地を見せているのではないかしら。

「な、何がおかしいのですか」

「いや、あなたのような好奇心の強い方が、よく修道院で大人しくしていたと思ってな」

私は生まれ変わったのです――という常套句を、アディスはなんとも言えない気持ちでのみ込んだ。

なんだかもう、取り繕っても無駄だという気がするし、その必要もないのだろう。今にして思えば、「ギデオンの腕を斬る」と言って泣き喚いた時点で、嫁入りの時に被っていた仮面は、とっくに剝がれてしまっていたのだ。

「……今日は、ありがとうございました」

「なんの話だ」

「今日、ラウル様は、私に色々なことを教えてくださいました。一体何のためだろうと、それをずっと考えておりました」

　ラウルが無言でこちらを見る。アディスは湯の中で揺れる自分の足に目をやった。

「最初は、私に王太子妃としての自覚を促すためだろうと思いました。けれど次第にそれだけではないような気がしてまいりました」

「……というと？」

「私は、以前確かに武術をたしなんでおりましたが、今は槍の使い方すら忘れています。また、このような非力な身では、力に力で対抗しても無意味なこと」

　ギデオンの部屋で大勢に襲われた時、初めて冷静に振り返ることができた。ナギを失った自分が、どうやってこの六年を生き延びてこられたのかを。

「……今も昔も、私が生き抜く術は一つです。知恵を絞り、危機を察して遠ざかること。それには、自分が今いる場所がどのような所で、そこで何が起きているのかをできるだけ正確に知っておく必要があります」

　ポチャンと水滴が湯に落ちた。

「――あなたを守ると誓えるほど、俺は力のある人間ではないのだ」

　見上げた横顔は苦笑していたが、その口調は暗く沈んでいた。

「いや、たとえ俺がどのような力を持とうと、人が人を守るというのはおこがましい物の言い方だ。俺の苦難は俺だけのもので、あなたの苦難はあなただけのものなのだから」

　黙って面を伏せたアディスの胸に、ラウルの言葉が深く、静かに突き刺さった。

「もし、俺が明日死んでも、あなたには生き抜いてもらいたい。そのためには、あなたの仰る通り、ご自身が置かれた状況をできるだけ正確に知っておくことが肝要だ」

頷いたアディスは、改めてラウルという人を見誤っていたことを実感した。

武芸に秀《ひい》でている者ほど力で全てを解決しようとする。彼もまたそのタイプかと思っていたが、そうではなかった。それどころか彼は、既にアディスには追いつけない境地の中で、自身の矜恃を確立させているような気さえする。

「尤も、婚礼の日は、性格まで変わってしまったのかと驚いた。もしそうであれば、さすがに今日、お連れすることはなかっただろう」

不意に晴れ晴れとした笑顔に見下ろされ、アディスは面食らって顔を背けた。

「わ……、私の性格など、ラウル様はお知りようがないでしょう」

「そうかもしれないが、あなたの気性が昔のままだということだけはよく判った。八年前のあなたは、弱いくせに自信満々な、俺にとって何もかもいけすかない女だったが」

「まぁ！」

「そんなに驚かなくても、お互い様だろう」

アディスは唇を尖らせた。意外そうな目をして、一向に悪びれない彼が恨めしくなる。

「ただ一つ、素直に俺の負けだと思えたことがある。勝負の最中、槍が投げ入れられた時のことだ」

馬上槍試合の最中に投げ込まれた一本の槍。アディスは顔を強張らせて俯いた。結局そうした者の目的も正体も判らなかったが、今思えばあれこそ凶事の先触れだったのだ。

「――あの時の俺には、あなたとの勝負に勝つことだけが全てだったが、あなたは違った。落馬してもなお槍を掴み取り、本能で異変に対する備えをされた」

　言葉を切り、ラウルはわずかに目を細めた。

「俺にはそれができなかった。あの場の興奮と勝負に熱中するあまり、一番大切なことを忘れていた。――なんともそれが悔しくて、それで、あなたの部屋を訪ねたのだ」

「……なんの、ためにですか？」

「一言、非礼を詫びるつもりだった。――けれど折悪く、あなたが北部の悪口を言っているのを聞いてしまった」

　あっとアディスは声を上げた。顔がみるみる熱くなる。あれは本気で言ったわけじゃない。ただ、悔しくて何かに当たらずにはいられなかった。とはいえ、自分の中に、未知の北部への偏見と蔑視があったのも事実である――

「も、……申し訳ございません」

「何故謝る？　北部でも南部の悪口を言う。知らぬ者同士というのはそういうものだ」

　彼はあっさり言うと、湯に落ちた枯れ葉を拾い上げた。

「婚礼の夜もそうだ。あなたは寝台を出て、即座に槍を掴まれた」

「………………」

「あなたには恐怖しかなかっただろうあの夜に、冷静に槍の位置を見定められ、ことが起これば本能で行動された。――その姿を見た時、俺にはあなたが八年前となんら変わっていないと判ったのだ」

アディスは狼狽えて視線を彷徨わせた。そんなことはない。それはラウルの買いかぶりだ。もう私には、あの頃のような純真さも輝きもない。

「あなたの八年を思うと、俺には何も言えなくなる。様々な思いがおありだろうし、人には言えぬお覚悟もあるだろう。ただ、それについて俺が口出しすることは何もない」

「――……、ないのですか？」

驚きから、アディスは顔を上げていた。本音を言えば、今日一番の疑問はそれだった。

「――ラ、ラウル様は、私が、兄の送り込んだ密偵だとは思わなかったのですか？　今日のことだって、私は兄に密告するかもしれないのですよ」

口にした途端、しまったと思った。しかしラウルは、苦笑でもするように微かに笑った。

「あなたのお心の中にしか、ない答えだ」

「………」

「それを俺が考えたところで仕方がないし、疑心暗鬼になってあれこれ画策しても始まらない。人の心にだけは鎖のつけようがないからな」

「でも――」

「だいたい、今日あなたが見聞きしたことは、フォティアもとっくに知っている」

――え……？

「カミッロとはそれほど愚かな男なのか？　無策に攻め込んできては兵を引く。それを六年近く繰り返した。俺にはその六年が、そもそも偵察のためだったとしか思えない」

胃の奥がすっと冷えた。こんな予感は当たって欲しくないが、ラウルの言う通りだという気しかしない。兄は――カミッロとは確かにそういう男だからだ。

「幸い、カミッロの目的は異教徒との聖戦だ。今さらあの男の思惑を考えたところで仕方がないし、意味もない。少なくともあなたは、ご自身の身を守ることだけを考えられよ」

胸に何かが溢れてくる。言いたいことが喉元まで込み上げている。それが何だか判らないままに、アディスは両拳をもどかしく握りしめた。

「――ラウル様」

しかし彼は、空の方に顔を向けている。

「見てみろ、今夜は珍しく月が綺麗だ」

肩すかしを食らわされた気分で、アディスも気乗りしないまま空を見上げた。しかし木の枝と葉に遮られ、空の薄青い闇しか見えない。

「見えません」

「見えるだろう、あんなにはっきりしているんだ」

「……見えません。私とラウル様では目線の高さが」

ぐいっと肩を抱き寄せられた。バランスを失った身体が、彼の肩と腕で支えられる。

「見えたか」

「は、……はい……」

木々の隙間に、雲がかかった白い満月が浮かんでいる。けれど、それを見るどころではなかった。こんなに身体が密着している。どうしよう、夫相手にこの程度で緊張する私は、どうかしているのかしら？

「……妙だな」

不意にラウルが呟いた。

「あなたといると、時々、とても妙な気持ちになる」

――え？　それは……、それはどういう……？

そのまま黙り込んだ彼が何も言わないので、アディスは戸惑いながら顔を上げた。同時に、屈み込んだ彼の唇が鼻先に触れる。何が起きたか判らないままに目を瞠ると、頬に片方の手が添えられ、大きな影に覆われるようにして唇が重ねられた。

ぎこちなく動く彼の唇は硬いようで柔らかく、微かに果実酒の香りがした。周囲から音が消え頭の中に暗い夜空が広がっていく。胸は千切れるほどに痛く、熱く、その熱は痺れるような快感を帯びて全身に染み通った。

唇が離れた後、動けなくなったアディスの身体を、ラウルは黙って抱き寄せた。彼と自分の心臓の音がとても速く感じられた。初めてのキスの余韻が身体中を駆け巡っている。

「お怒りになられたか」

「……い、いえ」

「では、恐ろしい思いをさせたか？」

アディスは黙って首を横に振った。

「そうか」

安堵したような声がして、そのままぎこちなく抱きしめられる。アディスは息を詰めながら目を閉じ、彼の胸に恐る恐る両手を当てた。

頬が熱を帯びたように熱かった。心臓がまだドキドキしている。これはどういう魔法だろう。彼の腕や胸が、自分のもののように愛おしく感じられる。

「――今夜、俺は別の用事があるから、あなたはゆっくり休まれるといい。明日は、天候がよければ砦の近くまでお連れしたいと思っている」

やがて、ゆっくりと身体を離しながら彼は言った。

「砦、というのは修復中のハミル砦のことですか」

「多少危険だが、我慢していただけるか。あなたに見ていただきたいものがあるのだ」


――どうしよう。まだ心臓がドキドキしている。私、病気なのかしら。

ラウルと別れて部屋に戻ったアディスは、夕食はいらないと侍女に伝えて、扉を閉めた。寝台に倒れ込んでもなお心は乱れたままで、唇には、痺れるような熱が残っている。

――なんだったの……あれは。

彼の眼差し――声。唇が触れた時の、胸がぎゅっと締めつけられるような切ない感覚。

思い出すだけで、胸が不思議に苦しくなる。

今夜はもう会えないのだろうか。またさっきのように、少しでいいから様子を見に来てくれないだろうか。

——会いたい……。

けれど次の瞬間、そんな風に思った自分に驚いて、アディスは寝台から跳ね起きていた。

私、どうしたんだろう。まさかあの人を本当に好きになってしまったんだろうか？

いや、駄目だ。いくらなんでもそれは無理だ。

カミッロに対する復讐は、父とナギの死を見届けた自分の責務であり、十字架だ。

今日判った。ラウルはそれを見抜きつつ、あえて見逃してくれている。聞いた時は動揺したが、その好意には躊躇わずにつけ込むべきだろう。けれど、もしそのことで、ラウルに迷惑をかけるようになってしまったら……。

胸を占めていた幸福はたちまち消え、ただ不安と孤独だけが押し寄せてくる。

彼をいくら好きになっても、その時が来れば冷酷に切り捨てるだけの余白を持ち続けていなくてはいけない。それが、決して忘れてはならない自分の現実なのだ。——

翌朝。アディスはラウルに連れられて、ザバの村から五メイル離れた場所にある、イレネーのハミル砦に向かった。

危険な峠道を通るということで、途中から一同馬を降りて徒歩になる。少し先を行くラウルは、道中の警備を気にかけているのか、今朝は一度もアディスを振り返らない。

「エスミ、今から行く場所は、どういう所なの？」

アディスは、少し歩調を緩めて、背後からついてくるエスミに聞いた。

「ハミル砦の近くにある労務者用の宿舎です。今は、ザバの村からかり出された者達が、砦の修復に当たっていますので」

「ラウル様は、私に何か見せたいものがあると言ったわ」

「……ええ、おおよその察しはつきます。ただ、先日ホウが起きたばかりの場所に奥方様をお連れするのは、いくらなんでも危険だと申し上げたのですが……」

そこで言葉を切ったエスミは、表情に掠めた憂いを吹っ切るように微笑した。

「ただ、時を急がれるラウル様のお気持ちは判ります。ラウル様は奥方様に、この国での居場所を作ろうとされているのです」

――この国での、居場所……？

「意味はいずれ判ります。――そんなことより、昨夜はラウル様と何かありましたか？」

一瞬眉を寄せたアディスは、すぐにその質問の意味を解し、無防備に頬を染めた。

「な、何かって？　何のこと？」

「今朝は、やたらラウル様を見ておられると思って。それにラウル様も、よく奥方様を見ておいでですし」

「な、何かの誤解じゃないかしら。私は別に――そ、それに、ラウル様だって」

ますますしどろもどろになるアディスを見て、エスミはくすくすと笑い出した。

「いいえ。見ておいでです。朝食の席でも、出立前の時も、目で追っておいでしたよ」

そうなのだろうか。全然気がつかなかったし、私が見ている時は、彼はいつも別の方角に目をやっていた。絶対にエスミの勘違いだと思う。

「お二人は、とてもお似合いですね」

瞬きをして顔を上げると、エスミは優しい目でアディスを見つめていた。

「私はラウル様が三つの頃からおそばにいます。大人びて見えてもまだ子供のような純真さのあるラウル様に、二つも年上の南部の姫は、毒でしかないと思っておりました。――けれど奥方様も、十分に子供でいらっしゃいました」

聞き入っていたアディスは、そこで、え？　と顔を上げた。

「待って。それは聞き捨てならないわ。私、そんなに子供ではないし」

「恋に関してはという意味で」

エスミはおかしそうに微笑んだ。

「恋の駆け引きさえ知らぬ不器用なお二人が、私にはとても愛おしいもののように思えたのです。どうか、この巡り合わせを大切になさいませ。好きになった人と結ばれるのは、時に奇跡のようなもの。――誰もがその幸福を得られるわけではないのですから」

ザバの村は雪も少なく暖かだったが、峠一つ越えると景色はたちまち白くなる。細かな雪がちらつき始め、イレネーの麓が近づく頃には、息もできないほど寒くなった。

——どうか、この巡り合わせを大切になさいませ。

エスミの言葉が、まだ心のどこかに温かく残っている。

その時のエスミの目の優しさではっきりと判った。彼女がラウルに抱いているのは、家族のような愛情だ。そこには嫉妬も悲しみもない。昨日会ったザバの女達のように、彼を大切に思うからこそ心配しているのだ。——

「お寒いだろうが、あと少しの辛抱だ」

不意に、それまで離れていたラウルが、歩調を緩めてアディスの隣に肩を並べた。

アディスは、ひどく素直な気持ちで彼を見上げた。彼もまた、優しい目で妻を見下ろす。

「お疲れではないか？」

「いいえ。昔から身体を動かすのが好きでしたから」

昨日は、一夜の内に幸福と絶望を行き来した。これ以上この人に好意を持ってはいけないと思い、今朝はずっと警戒していた。どんなに親しくなっても心には蓋をしておこうと。

けれど今は、ごく自然に彼を見上げ、綺麗な鼻筋や白い息を吐く唇を、どこか愛おしく思う自分がいる。

「以前父に聞いたのだが、あなたは大変な勉強家だったそうだな」

前に向き直ったラウルにそう問われ、アディスは戸惑いながら頷いた。

「——勉強家……と言うより、勉強漬けと言った方が正しいですけれど、それが？」

「フォティアでは、古今東西のあらゆる言語を学ばれていたと聞いている。一体どのような言葉を学ばれていたのだ？」

何故急にこのようなことを聞くのだろう。不思議に思いながらも、アディスは八年前の記憶をたぐり寄せた。まず、法皇庁が公表した十カ国語というのは大嘘だ。

「ギリス語にヘム語、ボルグ語、ナニ語、漢語、……後はスラン語あたりでしょうか」

「スラン語は東国の言語だ。そのような言葉までフォティアでは学ぶことができるのか」

「いえ、それは神学校ではなく、父から直接学んだのだと思います。……父は、異教徒にもその文化を取り入れることにも、寛容な人でしたから」

今でも、父の姿勢が間違っていたとは思わない。思えば東国の脅威はその頃から半島に暗い影を落としていたが、父がその緩衝材となって、双方の安寧は保たれていたのだ。

その時、いきなり道が開け、柵に囲まれた三角屋根の建物が現れた。その前には何台もの荷馬車と、手押し車のようなものが置かれている。

建物の中から、数人の男達が飛び出してくる。その異様な風体《ふうてい》に驚いたアディスは、思わずラウルの腕を摑んでいた。

顔は日焼けを通り越して、やけどでもしたように赤黒い。長い髪を後ろで束ね、奇妙にふくれ上がった毛皮の外套には、皮を剝ぎ取った動物の頭がぶら下がっている。

「驚かなくてもいい。彼らはハミル砦の修復を任せている山の民だ」

彼らの会釈に片手を上げて応えてから、ラウルは続けた。

「見た目に驚かれていたようだが、あの肌色は雪焼けのせいだ。雪というのは太陽と同じで、あまり見つめすぎると目を悪くし、肌を焼く」

その時、男の一人が足を止め、アディスに向けて白い歯を見せて微笑んだ。

「お会いできて光栄です。アッミーラ」

ぎこちない発音からなる最後の言葉に、アディスは、雷に打たれたように固まった。

思わず振り返って、男を探したが、もうその姿は、似たような男達の背に埋もれて見つけることができない。

「どうされた。見知った顔でも見つけられたか」

「い、いえ。珍しさのあまり、つい」

狼狽えながら、アディスはラウルから視線を逸らした。

偶然だろうか、聞き間違いだろうか。もしそのどちらでもなければ、あれは古のヨラブ語だ。現世法皇以外知ることのできない秘密の言語。

アッミーラは、父が時々情愛を込めて呼んでくれた『賢い王女』という意味だ。

「鼻が真っ赤だ」

不意にラウルに言われ、アディスはびっくりして顔を上げた。

「南部者は肌が弱いというが本当だったな。――見事な雪焼けだ」

はっと両手で鼻を覆ったアディスの前を、ラウルは楽しそうに笑いながら通り過ぎた。

「いい塗り薬があるから塗ってやろう。ほら、顔を隠したままでついてこい」

「何をやっている、さっさと手をどけないか」

「いやです。薬をいただければ自分で塗りますから」

片手で懸命に鼻を隠すアディスの腕を引っ張り、ラウルは狭い階段を上がっていった。

「本当に大丈夫です。薬くらい私一人で塗れます」

「どうやって、ここには上等な鏡など置いていないぞ」

そう言った彼が扉を開けると、驚くほど狭い部屋が現れた。斜めになった低い天井、床すれすれの高さの寝台。窓際には机があり、そこにうずたかく本が積まれている。

「悪いな、寝るためだけの部屋だから、ちょっと窮屈だ」

「……ここが、ラウル様の部屋なのですか」

「天候によってはザバに戻れない日もあるから、一部屋俺のために用意してもらったのだ。――俺の部屋というか、借り物だ」

振り返ったラウルが、咄嗟に身構えたアディスの、鼻を隠している方の手を摑む。

「い、いや」

「いいから、ちゃんと見せてみろ」

逃げるように後ずさったアディスの頭に浮かんだのは、南部の宴会でよく出てきた赤鼻の曲芸師だ。絶対に嫌だ。そんな顔を、この人にだけは見られたくない。

とんっと背中が壁に当たる。被っていた帽子が脱げて、緩く纏めていた髪が肩に落ちた。

摑まれた両腕を左右に開かれ、あ、と思った時には唇が重ねられていた。

冷えた首に、彼の温かい指が触れる。固まるアディスの顎をすくうように持ち上げると、ラウルはいっそう深く唇を重ねた。

周囲の雑音が消え、心臓がぎゅっとなる。胸が締めつけられたように苦しくなる。

屈み込んだ彼の肩と耳が見えた。耳にかかった髪からは、清涼感のある果実の香りがする。大きな手はアディスの腰に添えられ、もう片方の手が首と頬を撫でている。

「……あ」

小さな声をこぼした時、角度を変えた彼の唇がアディスの唇の上で擦れるように動いた。まるで薄くて柔らかい皮膚越しに、その感触をあまさず味わおうというように。

彼の唇が上唇をなぞり、下唇を挟み込む。堪らなくなって顎を引くと、指で顎をすくわれて、声を奪うようにぴったりと唇を塞がれる。

濡れた感触に胸が疼いて肩が震えた。彼の舌が控えめに差し入れられ、互いの舌先が微かに触れる。びっくりして舌を引くと、彼はそれ以上深追いせず、唇に軽いキスを繰り返した。心臓が激しい音を立てている。胸が痺れ、もう立っていることさえできなくなる。

やがて唇を離したラウルが、くずおれそうなアディスを抱き支えて囁いた。

「嘘だ。お顔はどうもなっていない」

「う、嘘……？」

「悪いな。昨日から、俺はどうかしてしまったようだ」

そのまま優しく抱きしめられ、何故だか目の奥がふっと潤んだ。私もずっとこうしたかった。昨日離れてからずっと、この人が恋しかった。

――私……、この人が好き……大好き……。

その時、外から扉を叩く音がした。

「ラウル様、ここにいる者達が、奥方様にご挨拶したいと申しておりますが」

アディスが答えようとすると、ラウルの手がそっと唇に当てられる。

「判った。もうしばらくしたら下りるから、少し待っていてくれ」

不意に触れた指の感触にドキドキする。ラウルはすぐに手を離すと、苦笑交じりの目をアディスに向けた。

「落ち着かないな」

「……は、はい」

「こうでもしないと、なかなか二人きりにもなれない」

その言葉に、はっと耳まで熱くなる。ラウルは落ちた帽子を拾うと、それをアディスに被せてくれた。

「行こうか。ここから先は馬にしよう。道も悪いし、あなたは俺の馬に乗るといい」

そう言いながら、髪をすくい上げてくれた彼の仕草に、少しだけドキドキする。

「判りました。あの……どちらへ行くのですか？」

「ハミル砦から少しいった所にある洞窟だ。この辺りではヨミの洞窟と呼ばれている」

「——洞窟、ですか？」

訝しむアディスの髪を耳にかけると、ラウルはその眼差しを薄く翳った窓の外に向けた。

「多分、夕刻には吹雪になる。——急ごう。あまり遅くなるとザバの村に戻れなくなる」


「あれは、なんですか」

そう訊いたアディスの視線を追って、ラウルが身体を傾ける。彼の顎が額に触れ、少しだけ頬が熱くなった。

馬の二人乗りは初めてではないが、こんなに気恥ずかしいものだったろうか。手綱を持つ彼の腕に囲われた身体は、背中と胸が密着して、まるで背後から抱かれているようだ。

山間に連なる黒ずんだ円形の塊。遙か頭上のそれを見上げながら、ラウルは言った。

「ああ——、あれは山の民が暮らしている集落だ」

「集落？　ではあれは家なのですか？」

「あの円形の小屋は天幕《ゲル》と言って、鞣《なめ》した獣の皮で作った移動式の住居だ。ああ見えて、中は案外暖かいし、居心地もいい」

その時、不意に強い殺気を感じ、アディスははっと身体を硬くした。二人の前後には、数人の騎士が併走しているが、見れば全員が——戦闘とは無縁そうに見えたエスミまでが、馬を走らせながら抜刀している。

「案じなくともよい。この辺りは、山の民との境界が近いのだ」

「……境界？」

「山の民とゴラドの民とを分ける境界だ。山の民はイレネーに流された罪人だというのは知っているな。彼らは罪人ゆえに、定められた世界でのみ生きることを許されている」

つまり、居住区が厳密に決められているということだろう。

「けれど、彼らは罪人ではなく、罪人の子孫にすぎないのではありませんか？」

「……彼らの祖は、子々孫々まで続く大罪を犯したと言われているのだ。本来であればその罪は、未来永劫消えることはないのだという」

さすがにアディスは言葉を失った。それほど重い罪とは、どのようなものなのだろう。

「でも……、今では、希望すれば山を下りることができるのですよね」

「そうだ。父上が山の民の長と取り決めを交わした。しかし、実際のところ、大多数の者は山に留まり続けている。彼らは王家を信じていないし、むしろ強く憎んでいるのだ」

「……憎んでいる？」

そこで全員が剣を鞘に収めたので、アディスもようやくほっとした。馬が、危険な場所を抜けたのだろう。

「山の民とゴラド王国との間には、長い戦いの歴史がある。かつて王家や諸侯は、年々勢力を増す山の民を討伐しようと、何度も山に軍を送り込んだ。そのたびに激しい戦となり、山の民もゴラド軍も多くの犠牲を出したのだ。――先代当主を山の民に殺されたタイル家などは、今でも山の民を皆殺しにせよと訴えてくるほどだ」

タイル家が、王妃イザベッラの実家であることを思い出したアディスは眉を顰めた。沈鬱な口調でラウルは続ける。

「その憎しみの連鎖を断ち切ったのが、父上と、当時の山の民の長だ。しかし昨年、長は代替わりをし、父上もまた病に倒れた。……そして新しく長になった男は、南部との和睦に強硬に反対している」

「……どうして、ですか」

「少し複雑な話になる。――それは、洞窟に着いてから改めてお話ししよう」

そう言って、ラウルは小さく嘆息した。

「むろん、山の民全てが、王家に敵意を抱いているわけではない。彼らは一族ごとに集落を作って暮らしているが、友好的な者達も数多くいる。……あなたには申し上げていなかったが、エスミもまた、山の民の出身だ」

「……耳にしたことは、ございます」

口にしたくもないがギデオンから。確かエスミのことを娼婦の娘だと言っていたはずだ。

「エスミの母親はフレメルから流れてきた身よりのない女でな。そのせいかエスミは、山の民の中で奴隷のような扱いを受けていた。――それを見かねて連れ帰ったのが父上だ。俺が三つでエスミが十の時だ」

七歳違い。つまりエスミは今二十五歳ということになる。

「エスミは従者だが、俺にとってはよき助言者であり、友人であり、家族でもある。エスミもまた、俺のためならなんでもするだろう。――俺はあなたにとっても、エスミがそのような……家族のような存在になればいいと思っているんだ」

家族――。想像したこともないことを言われ、アディスは少しだけ戸惑って瞬きをした。

これまでの人生で、他人を守ろうという意識はアディスにはなかった。いつだって自分の命を守ることが最優先で、それ以外に思いを巡らすゆとりもなかった。

けれどこれからは、それればかりであってはいけないのだ。エスミだけではない。ザバへの道中で見た民や、彼らが暮らす村や風景。そしてこの山に暮らす山の民。そういったもの全てを守る責任が、私にもあるのだ。――

話が逸れたな、そう言って苦笑すると、ラウルは両手で手綱を持ち直した。

「いずれにせよ、未だイレネーから下りてこない山の民をどのように処するかというのは大きな問題だ。東国がイレネーを越えて攻めてきた時、そのイレネーに、そもそも敵とも味方ともつかぬ者が住み着いていたのではどうにもならない」

「どう、処するおつもりなのですか」

「先ほども少し話したが、山の民には長がいる。代々『セロ』という名を踏襲し、千年にわたって山の民を支配している絶対的な存在だ」

セロ――少しドキリとしたのは、それが父に教えてもらった古の言葉で『始まり』という意味だからだ。同時にヨミの洞窟のヨミとは、『秘密』という意味である。

「昨年セロを襲名した男は、決して話の判らぬ相手ではない。ただ――どうにも一筋縄ではいかない男でな。何度か書を送ってはみたが、直接父上と話がしたいの一点張りだ」

「……そのセロという方は、国王様の病気をご存じないのですか」

「むろん知っての上でのことだ。つまりこの話を、セロは先には進めたくないのだ」

「何故ですか」

「――これは推測だが、フォティアとの和睦を機に、山の民の中で王家への反発が強まっているからだと思う。セロとて神通力を持っているわけではない。一万とも言われる山の民を纏めるためには、彼らの意を汲んで行動するしか道はないのだ」

　そこで言葉を切り、ラウルは小さく息を吐いた。

「それでも、まずはセロに会い、聖戦が始まるまでに山を下りるよう説得するしか方法はない。――それが上手くいかねば、タイル家と母上が、まず山の民を攻めろと言い出すだろう。……まずは、会うきっかけを作る必要があるのだ」


「ここから先は、二人で行く」

　松明を受け取ったラウルがそう言い、アディスは彼と手を取り合うようにして、薄暗い洞窟の中に入った。

　最初は不安だったが、中はほんのりと暖かく、岩肌は湿ったように濡れている。そしてほんの少し歩いただけで、洞窟は突き当たりとなり、彼の持つ松明が岩肌を照らし出した。

「これを、見ていただきたかったのだ」

目を細めたアディスは、岩に黒々と描かれている文字に息をのんだ。動悸が激しくなったが、それを悟られないようにそっと手を胸に当てる。

「なんなのでしょうか。初めて見る文字ですが」

その刹那、ラウルが落胆したようなため息をつくのが判った。

「フォティアで学ばれたあなたならあるいはと思ったが、やはり無理だったか。——これは千年の昔、山の民の祖となる、初代セロが書き残したと言われる壁画なのだ」

松明を壁に立てかけ、ラウルは岩の一つに、アディスの手を取って座らせた。

その松明が、それまで見えなかった部分をも照らし出す。記号のような絵——人が赤ん坊を抱いているような絵だ。

「先ほど、何故、山の民がフォティアとの和睦に反対しているのかと聞かれたな。それは、彼らの祖が、フォティアから追放された聖職者だからだ」

アディスは、驚きで目を大きく見開いた。

——フォティアから追放された聖職者……？

「千年前の聖戦で、彼らはデュオンを裏切って異教徒につき、デュオンの命を奪おうとしたのだという。その罪によってイレネーに閉じ込められ、子々孫々までその罪を贖うよう命じられた。——それが山の民の起こりなのだ」

頭の中で遠い記憶が喚起《かんき》された。フォティアから追放された聖職者。——その言葉をどこかで聞いた気がするのは思い違いだろうか。

「むろん、南部育ちのあなたが今の話をお聞きになられたことはないだろう。聖書にも、どの経典にも載っていない。軍神ルキアの存在もそうだが、ゴラドには法皇庁が隠している幾つかの秘密が、このように口伝で語り継がれているのだ」

アディスは無言で眉を寄せた。法皇庁が隠している秘密――。それはデュオンの教えに矛盾した、教会にとって不都合な真実に他ならない。聖職者でありながら私生児を産んだルキアの存在が隠されていたように、法皇庁には、意図的に隠された真実が今もなお眠っているのだ。

「ゆえに山の民は、フォティアとの和睦に危機感を抱いた。なにしろ祖先が異教徒についた裏切り者だ。聖十字軍がくれば、真っ先に自分達が殺されると思っているのだ」

それは現実的な予測だと言える。そもそも戦に邪魔だというだけで、カミッロは間違いなく、山の民を皆殺しにせよと命じるだろう。

「――ラウル様、一刻も早く山の民をイレネーから逃がすべきです。セロは、何故そうしないのでしょうか」

「彼らは彼らでイレネーに愛着を持っているのだろうし、王家の命令を受け入れることを許さぬ空気もあるのだろう。――いずれにせよ、この話は一年近く膠着《こうちゃく》したままだ」

ラウルは小さく嘆息して、アディスの隣に腰を下ろした。

「まず、謝らせてくれないか」

――え……？

手袋越しに手を握られ、アディスは戸惑いながら彼を見上げた。

「危険を承知であなたをここに連れてきたのは、もし、あなたにこの文字が読めれば、セロと会えるきっかけになると思ったからだ。これればかりはあなたのためでもなんでもない。俺自身のためにしたことだ」

そうであっても、もちろん怒りなど湧いてこない。むしろ彼に頼りにされたことへの喜びと、それに応えられない後ろめたさが込み上げる。アディスはそっと面を伏せた。

「どうして、この文字が読めればセロに会うことができるのですか」

「……それはセロ自身が、長年この文字を読み解きたいと切望しているからだ」

眉を顰めるアディスを見つめ、静かな声でラウルは続けた。

「ゴラドという国は、軍神ルキアの子が建国したとされているが、そもそも何故、ルキアの子がこの北国に流されてきたのか。どのような経緯でゴラドという国を作ったのか、そういった記録は、実はどこにも残されていない」

吹き込んできた風が、松明の火を頼りなく揺らした。

「山の民にしても同じことだ。彼らは本当にデュオンを裏切り、本当にデュオンに罰せられてイレネーに流されたのか。――全ては千年の昔から伝わる口伝でしかないのだ」

千年の昔――それは、フォティア建国の時代にあたる。

当時、中大陸の王子だったデュオンは、俗世を捨てて新しき教えを説く教祖となった。

そして十二人の使徒と一万の信者を連れてイネリア半島に渡り、神の国を建国しようとした。そこから続くフォティア建国の章なら、そらんじて言えるほどによく覚えている。

十二使徒を始めとする信者達は、フォティアを攻め落とさんとする異教徒と戦い、一年続いた聖戦に勝利した。ただし、当時の異教徒とは東国ではない。デュオンの存在を脅威に感じた中大陸の王や貴族、僧侶の連合軍を言う。

それがフォティア建国の章だが、昨年、それに新たな事実が書き加えられた。女騎士ルキアが、十二使徒と共に聖戦で戦ったという一節だ。

ルキアはその聖戦で陣頭に立ち、様々な奇跡を起こした後に戦死した。その死によって半島中の民が奮い立ち、異教徒を撃退したという感動的な一節である。

「王家に昔から伝わる口伝の一つに、このようなものがある。実は山の民の祖とは、フォティアから流された罪人などではなく、軍神ルキアの子を守るために、デュオンが遣わせた守人《もりびと》であるという言い伝えだ」

——え……？

「先ほど、記録はどこにもないと言ったが、実は唯一、その秘密を書き残した石版が現存していると言われている。——それが、セロが代々受け継いでいるという『始の書《はじまり》』だ」

「……始の書……？」

「山の民は、その始の書を、千年にわたり大切に守って受け継いでいる。しかしそこに書かれている文字は誰にも、——セロでさえ読むことができないのだ」

アディスは動揺しながら、壁に刻まれた文字を見上げた。幼い頃父から教えられた古のヨラブ語を、息をのむような思いで見つめた。

「石版には、この洞窟に描かれたのと同じ文字が刻まれているという。父上は八年前、まさにこの文字を知るためにフォティアに赴き、あの政変に巻き込まれてしまったのだ」

しばらく言葉が出てこなかった。これで、あの日漏れ聞いた父アンキティオとハンニバルの会話の意味が理解できた。

（こたびフォティアに立ち寄ったのは、件の調査のためか）

あれは、そういうことだったのだ。おそらくハンニバルは、法皇のみが知るという古のヨラブ語のことを、どこかで耳にしたに違いない。

けれど、山の民の起こりや建国時の謎を解くことが、そこまで重要なのだろうか。いや、もちろん山の民と接触を図るためには必要なのだろうが、あの時のハンニバル国王には、もっと切実な――たとえて言えば命がけのような真剣さがあった気がする。

「……国王様は、どうしてそこまでして、始の書を？」

初めてラウルの返事がなかったので、アディスは少し狼狽えて顔を上げた。

「申し訳ありません。……あの、失礼なことをお聞きしたのなら」

「いや、そうではない」

ラウルは苦笑して、アディスの肩を抱き寄せた。それだけで、もう何も喋れなくなる。

「いつかあなたにお伝えする日が来るだろうが、今、俺の口からは話すのは難しい。――

いずれにしても、父上は始の書を読み解くことに、強い執念を抱いておられたのだ」

そういえば、あの時ハンニバル国王は、盟約がどうとか言っていた。あれはどういう意味だったのだろう。

しかし、それを今考えても仕方がない。そして私には、彼の望みを叶えることはできない。——

「……せっかくお連れいただいたのに、なんの役にも立てず申し訳ございません」

俯いたアディスは、迷うように口を開いた。

「……できれば、ラウル様のお役に立ちたいのですけれど、私には……」

「何を言う。謝るのは俺の方だと最初に言っただろう」

彼は申し訳なさそうに言って、アディスの髪を優しく撫でた。

「正直言えば、あなたの知識を利用しようとした自分自身に腹が立っている。戻ろう。この話はこれで終わりだ」

アディスは何も答えられずに壁画の文字に目をやった。もし始の書がヨラブ語で書かれているのなら、私にはそれが読める。今、壁に書かれた文字が本当は読めるように。

『神の子はここにあり』。壁にはただその一文だけが記されている。

神の子とはデュオン教の信者を指す言葉だ。おそらく山の民自身のことを記しているのだろうが、一緒に描かれている赤ん坊の絵の意味はよく判らない。

それをラウルに伝えられないことがもどかしいし、口惜しい。彼は言わないだろうが、評判の悪い南部の姫を、山の民に認めさせたいという思いも当然あったはずなのだ。

しかし、ヨラブ語を知っているのは現世の法皇だけ。カミッロに尋問された時も、アディスはついにそのことだけは語らなかったし、父も、拷問されても伝えなかったに違いない。今さらヨラブ語のことが公になれば、カミッロは怒り狂うだろう。それに――

（お前が再び民を偽り、かつてのような振る舞いをすれば、今度こそお前の命を絶たねばならぬことになる。もしそれにゴラドという国が加担するなら、聖なる火でまずはゴラドを焼き滅ぼさねばならなくなる）

ゴラドで出すぎた真似をしたことが知れれば、兄は間違いなく報復に出る。その矛先が、もし私でなくラウルに向けられてしまったら……。

その時、外から荒々しい足音が聞こえてきた。

「ラウル様！　敵襲でございます！」


「奥方様、こちらへ！」

エスミに腕を引かれたアディスは、再び洞窟の奥に連れて行かれた。外に向かって駆け出したラウルの姿はもう見えない。外からは、喚き声と馬の嘶きが聞こえてくる。

「何が起きたの？」

「山の民が境界を越えて襲ってきたのです。今、お味方が外で戦っています。しばらくの間、ここにお隠れになってください」

——山の民が？　どうして？

その時、洞窟の入り口から、二人の男が奇声を上げて駆け込んできた。赤黒い顔に長い髪。手には幅広い大刀を持っている。

「奥方様、逃げて！」

アディスを押し除けたエスミが、腰の剣を抜いて、男二人に応戦した。

「早く、早く外に！　馬で遠くにお逃げください！」

立ちすくんでいたアディスは、頷いて踵を返した。悔しいが、今、自分が一番の足手まといだという自覚はある。

外に出ると、洞窟の入り口に首から血を流した男が転がっていた。風体からして山の民だ。でもどうして？　何故彼らは境界を越えて襲いかかってきたのだろう。

風が舞い、雪がちらつき始めていた。少し離れた場所では、ラウルが剣を振るって戦っている。山の民の数は数十名、明らかに数では負けているが、次々と斬り伏せられているのは山の民ばかりだ。

アディスは馬を探したが、しかし、繋いでいたはずの場所に馬はいない。

「奥方様、何をしているのです！」

その時、背後からエスミの声がした。手に持つ長剣からは血が滴り落ちている。

「エスミ、馬がないわ」

一瞬、途方に暮れたように立ちすくんだエスミは、すぐにアディスの手を摑んで走り出した。しかし不意にその足が止まり、彼女の口から引き絞られるような悲鳴が漏れる。

アディスは愕然として足を止めた。エスミの右腕の付け根辺りを、細身の槍が貫いている。目の前に立ち塞がるのは、二人の騎士。山の民ではない。山吹色の立派な外套は、ギデオンの生家、ゴッサム家の騎士である印《しるし》だ。

槍が引き抜かれ、エスミの身体から鮮血が飛び散った。それでもエスミは、アディスを突き飛ばし、左手で剣を構える。

「――、奥方様、ラウル様の所へ！」

槍が再びエスミに向けられる。このままでは確実にエスミは死ぬ。アディスは反射的に、彼女の前に飛び出していた。


「ラウル様！　あれを」

味方の声に、敵の刃を正面から受け止めたラウルは振り返った。二頭の馬が駆け去って行くのが見えた。その一頭から見覚えのある外套の裾がひらめいている。

「――アディス！」

愕然としたラウルの横から、別の大刀が振り下ろされる。剣を翻してそれを受けると、駆けつけた味方が放った一撃が、すかさずその男の頭に叩き込まれた。

「皆は殺すな！　一人は生きたまま捕らえて口を割らせろ！」

叫んだラウルは、行く手を塞ぐ山の民を蹴り倒し、駆け去る馬の後を追おうとした。

しかし、馬の影はみるみる雪の中に消え、吹雪き始めた雪がその足跡さえ消していく。

「アディス！　――アディス！」

声だけが雪山に虚しく響く。目の前で妻が連れ去られた。あの外套はゴッサム家だ。まさか――この襲撃の目的は、最初から彼女だったのか？

呆然と立つラウルのそばに、味方が次々と駆け戻ってくる。

「奴ら、潮が引くように逃げていきました。一体何が目的だったのか……」

「馬が連れ去られています。吹雪がひどくなる前に戻らなければ皆死んでしまいます！」

すぐには追えない。その現実がラウルを愕然とさせた。どうすればいい。――いや、落ち着け。ここは、俺が冷静にならなければ。

「――ラウル様、エスミが！」

ただならぬ声に異変を察して駆けつけると、エスミが上半身を血に染めて倒れていた。

「……ラ、ラウル様、申し訳ございません……、お、奥方様が、私を守られて……」

「エスミ、喋るな。傷は急所を逸れている」

止血を済ませたラウルは、エスミを背に担いでから、味方を振り返った。

「妻が連れ去られた。行き先はゴッサム家だ。戻ったらすぐに後を追うぞ」

その時、地響きのような蹄の音が鳴り響いた。舞い散り始めた吹雪の向こうに、山吹色の外套に身を包んだ騎馬の大軍が、突如として姿を現す。

その群れはたちまちラウルらを取り囲んだ。先頭の馬から見慣れた巨体が飛び降りる。

「これはこれは王太子。このような危険な所で一体何をなさっておいでで」

――ギデオン……。

声をなくし、ラウルはその場に立ちすくんだ。


馬車が夜道を駆けていく。音の変化で雪が深くなったことがアディスにも判った。

――私……これからどうなるの？

前の席には恐ろしく重量感のある騎士が二人、無表情でアディスを見つめている。それぞれの腰には長剣短剣を携え、態度には全く隙がない。

エスミを庇って捕らえられたアディスは、馬に乗せられ、しばらく駆けた所で用意されていた馬車に身柄を移された。馬車を率いているのは山吹色の外套を纏ったゴッサム家の騎士達だ。そしてなんの説明もなく馬車は走り出し、外は一気に夜の闇に包まれた。

――どうすればいいの……。

悩んだところで、答えは一つしか見つからない。逃げようがない以上、流れに身を任せて機を待つしか道はない。この六年やってきたのと同じことだ。

けれど、この先私を待っているものはなんだろう。ギデオンの慰み者？　それとも他の男と交合を強いられ、不貞の烙印を押されること？

激しい嫌悪で全身が震えた。嫌だ、耐えられない。それなら殺された方がまだましだ。

ラウルとの幸福なキスを知る前の自分なら、耐えようと思ったかもしれない。でも、もう無理だ。そんな真似をラウル以外の誰かにされたら、きっと心が死んでしまう。

——考えて……、考えるのよ、アディス。

騎士二人は強そうだが、丸腰の女を本気で警戒してはいないだろう。寒さのせいか両腕を組み、腰にぶら下がった短刀は無防備に揺れている。馬車の扉に、鍵はない。

剣を奪うまでの流れを頭に思い描いたアディスは、その次の行動を思い、足がすくむような戦慄を覚えた。逃げるなら、少なくとも一人は確実に息の根を止めなければならない。果たしてそんな真似が、この私にできるのだろうか？

アディスが学んだ武術は、あくまで護身のためのものだ。殺人は、聖職者だったアディスには想像すらできない禁忌であり、大罪である。

けれどこのことについて、アディスは常々強い罪悪感を覚えていた。

確かに自分は、直接人を殺《あや》めたことはない。しかし法皇宮を脱出した後、アディスを守るために、ナギを始め多くの者が人を殺し、殺された。

——私を守るために、誰かが、その手を血で汚している。……

そうしなければ生き残れない世界で生きたいと願い、なおかつ自分だけが綺麗でい続ける。それこそが、罪なのではないだろうか。

その時、岩にでも乗り上げたのか、馬車が大きく傾いた。

騎士二人が驚いたように半立ちになる。その刹那、アディスの腹は決まっていた。

素早く床に屈み込み、飛び込んだ男の腰から短剣を抜き取った。摑みかかってくる男の腕を逃れ、必死で握りしめた短剣を横に払う。しかし、喉を狙う寸前で迷いが生じた。振り切った刃は、髭だらけの男の顎を、浅く抉る。

失敗した――そう思う間もなく、もう一人の騎士が飛びかかってくる。狭い馬車の中で身体を反転させたアディスは、ぶら下がるランプの弦に無我夢中で短剣を叩きつけた。

小さな焔が上がった車内に、怒声と人がぶつかり合う音が響く。床を這って扉に辿り着いたアディスは、そのかけ金を外し、思い切り押し開いた。

風がごうっと吹きつけてくる。目の前には雪に覆われた斜面。底は真っ暗で、崖なのか道があるのかも判らない。馬車の前後には騎馬隊がいて、その先頭の馬が異変に気づいたのかぐんぐん距離を詰めてくる。迷っている猶予はなかった。生きるか死ぬか。飛び降りたら死ぬかもしれないが、飛び降りなければ心が死ぬ。

床を蹴って身を翻した刹那、背後から外套の襟を摑まれた。

「逃がすな！　南部の姫は自害する気だ！」

留め金が飛び、外套が脱げた。半ば車外に出た身体が、髪を摑まれて引き留められる。反動で喉が反り返り、激痛に悲鳴が漏れた。ぶつぶつっと音を立てて髪が抜ける。最後の気力を振り絞って身をよじったアディスは、髪を摑む手めがけて短剣を振り下ろした。

後は、どうなったのか判らない。吹きつける吹雪と暴風の中、ふわっと空に浮いた身体が、次の瞬間、雪の積もった斜面に叩きつけられる。

目の前が暗くなり白い閃光が瞬いた。猛烈な速さで視界が回り、一瞬意識が途切れた後に鮮明になる。

雪にまみれた顔を上げると、遙か頭上で、複数の松明が右往左往しているのが見えた。粉雪と怒声が飛び交う中、馬車も騎馬も停止しているようだ。やがて松明の幾つかが斜面を下り始める。アディスの行方を探しているのだ。

——逃げなきゃ……

歯を食いしばって起き上がったアディスは、凍える身体を抱くようにして歩き始めた。幸いなことに、この斜面の底は、どうやら平地になっているようだ。

その時、ひゅっと風を切る音がした。息を引いた刹那、どんっと足下に火矢が打ち込まれる。油でも塗りたくっているのか、燃えさかる矢は雪にまみれてもなお火勢が衰えない。それが発端で、次々と火矢が降ってきた。

一時恐怖で立ちすくんでいたアディスは、死に物狂いで足を速めた。信じられない。彼らは私を、狩りの獲物だとでも思っているのだろうか。ふざけるな。不吉な花嫁だか何だか知らないが、そんなくだらない理由で殺されてたまるか。

火矢で淡く照らし出された視界の中、一頭の馬が駆けてくる。咄嗟に身を翻して反対方向に逃げようとした時、幻聴のような声が飛び込んできた。

「アディス、こっちだ！」

みるみる近づいてくる馬から、身を乗り出さんばかりにして片腕を伸ばしているのはラウルだ。髪を風になびかせ、雪にまみれた黒い外套が空を舞っている。

あり得ない。しかし理性がそう判断する前に、アディスは懸命に両手を伸ばした。火矢が髪を掠め、足下に突き刺さる。その火矢が飛び交う空でがっしりと腕を掴まれると、次の瞬間には強い力で一気に馬上に引き上げられていた。

頭を抱かれ、胸に抱き寄せられる。夢でも見ているような気持ちだった。けれどそれが現実である証拠に、彼の胸は激しく脈打ち、顎には乾いた血がこびりついている。

彼は厳しい顔のまま、アディスを見もしなかった。片腕でアディスを抱き、もう片方の手で手綱を引いて馬を反転させる。そこには味方の騎馬が三騎いて、降るように落ちてくる火矢を剣でなぎ払っていた。

「馬を退け、退却だ！」

猛烈な速さで風景が流れていく。馬から振り落とされないよう、アディスは懸命にラウルにしがみついた。温かい胸と腕。ようやく実感が込み上げてくる。信じられないし、まだ夢を見ているようだけど、夢じゃない。彼が私を助けに来てくれた。

「……ラウル様」

そっと囁くと、頭をぎゅっと抱きしめられた。

「信じられないことをする。これで見失っていたら、どうしようもなかった」

どうして彼にはこの場所が判ったのだろう。様々な疑問が頭をよぎったが、そんなことはどうでもよかった。もう、二度と会えないかもしれないと思っていたのに、またこの人と会うことができた――

馬は吹雪を割くようにして駆け、ようやく火矢が途切れたのか闇がいっそう深くなる。馬の速度が緩やかになった時、ふと違和感を覚えたアディスは顔を上げた。彼の呼吸が荒かった。それだけではない、あの夜と同じ、ナギと最後に抱き合った時と同じ匂いがする。

「……アディス、ここは山の民の領域だ」

耳元で、彼が低く囁くのが聞こえた。

「この先をまっすぐ行けば、境界から外に出られる。俺は先ほどの戦闘で怪我をした」

――怪我？

「いざという時は、俺を置いて逃げられよ。――もし……」

言葉が途切れ、不意に力を失ったように、ラウルの身体が重くのしかかってきた。

「奥方様！　手綱を！」

併走する騎士が叫んだ時、ラウルの手が手綱から離れ、身体が横に崩れていった。温もりが背中から離れるのを感じながら、アディスは必死に手綱を摑み、馬を止める。

積もった雪の中に、落馬したラウルの身体が沈み込んだ。馬から飛び降りたアディスは、その傍らに膝をつく。

「ラウル様――ラウル！　どうなさったのです！」

彼の目は固く閉じられ、唇だけが呼吸を求めるように薄く開いている。青白い肌には生気がなく、触れると雪よりも冷たく感じられた。

脈はある。息もしている。けれど意識は失っているようだ。彼の外套を開いたアディスは、息をのんだ。黒の鎖鎧がじっとりと濡れている。その下から、新たな液体が滲み出て鎖の網目から浮き上がり始めている。――血だ。

――そんな……。

その時、風を切る音がして、数本の矢が飛んできた。騎乗していた騎士達が叫び声を上げて落馬する。

一人無事だった若い騎士が、血相を変えて駆けつけてきた。

「行きましょう。ここにいては、奥方様まで殺されてしまう！」

腕を引かれたアディスは、彼がラウルを置いていくつもりなのを知り、愕然とした。

「――待って、まさか私達だけで逃げるつもりなの？」

「この吹雪、自力で動けない者は置いていくしかございません。ラウル様もそれはお覚悟の上で、ここまで来られたのです」

アディスの腕を掴む騎士は、そう言って激しく唇を震わせた。

「奥方様を追って山の民の領域に侵入する際、ラウル様は、待ち構えていた山の民の一団に襲われました。――なんとも卑怯な、不意打ちのような奇襲で……」

アディスは混乱しながら、溢れ出る血を手で押さえた。

――どうして私を乗せた馬車が、山の民の領域に……？

山の民が住んでいるのはイレネー山。そしてその向こうは東国だ。一体、あの馬車はどこへ向かっていたのだろうか。

「……ギデオンは、私をどこに連れて行こうとしていたの？」

「いえ。……この件にギデオン大公は無関係です。むしろあの者の助けと忠告により、我らはアディス様の行き先を知ることができたのです」

「――どういうこと？　じゃあ、誰が何のために私を攫《さら》ったの？　もしかして山の民？　彼らは最初からラウルを殺すつもりだったの？」

「……、山の民は、ラウル様を王太子と認識せずに襲ったのだと思います。知っていれば、さすがに手を出すはずがない。今、王太子に何かあれば、王妃様が山の民を許しはしない。……かつてない大虐殺が始まるでしょう」

再び矢が飛んでくる。それを剣で払った騎士は、必死にアディスを振り返った。

「奥方様！　早くお逃げください。ここは私が引き受けます！」

逃げる？　ラウルを置いて？　ここに残る者達が、確実に死ぬのが判っていて？

「――奥方様！」

ラウルを攫うように覆い被さりながら、アディスは自分に言い聞かせた。――大丈夫。山の民が私を攫おうとしたのなら、彼らの目的はあくまで私だ。彼らが王太子と知らずに襲ってきたのなら、正体を明かせば、攻撃をやめてくれるかもしれない。

大丈夫――今度は私が、この人を守る。

第五章　二人の選択

　どこかで水滴の落ちる音がする。一時うとうとしかけていたアディスは、その音に呼び覚まされるように目を開けた。

　すぐに半身を起こし、眠っているラウルの顔を覗き込む。暗くて顔色までは判らないが、呼吸は浅く、触れた首筋は火のように熱い。

　立ち上がったアディスは、傍らの水釜から杯で水をすくい取ると、それを口に含んでラウルの唇に持っていった。

　何も食べられないなら、少しでも水分を取らせた方がいい。彼を診てくれた者にそう言われていたからだ。動かない唇から水がこぼれて喉に伝う。アディスはそれを拭いながら、何度も同じことを繰り返した。唇が冷えて感覚がなくなるまで。

　――お願い……助かって……。

　三日前の吹雪の夜、アディス達は、追ってきた山の民の一団に取り囲まれた。

唯一生き残った味方の騎士に抵抗しないように命じると、アディスは今の状況を訴えた。傷ついた王太子の命を救って欲しいということ。このままでは、ゴラド軍と山の民との間に争いが起きかねないこと——

その訴えが聞き入れられたかどうかは判らないが、馬に乗せられた三人は、その夜の内に彼らの暮らす集落に連れて行かれた。雪深い山間に幾つも張られた天幕が彼らの住居で、獣の皮を鞣して重ねた天幕は、確かにとても暖かく、居心地がよかった。

アディスとラウルには、客用の天幕が与えられた。そこには寝具や食事用の卓などが置いてあり、驚いたことに見張りもいなければ、出入りも自由のようだった。

ただ——だからといって逃げられるとは思えなかった。外は雪、そして山の奥深く。なんの準備もなく飛び出せば、たちまち死が待っている。

気を失ったままのラウルの手当ては、集落の者達の手によって施された。血は止まり、なんとか命だけは取り留めたようだが、三日過ぎてもなお彼の意識は戻らない。

——どうしよう……。もしこのまま、彼が目を覚まさなかったら……。

その時、天幕の扉がはね開けられた。はっとしたアディスが振り返ると、数人の男達が靴についた雪をまき散らしながら入ってくる。その中に、ラウルの手当てをしてくれた男の姿を認め、アディスは緊張を強めて立ち上がった。

山の民の長、セロ。

年の頃は三十代半ばくらいか。名乗られてもしばらくは信じられなかった。偏見かもしれないが、いかにも野蛮そうな集団の長が、これほど若く、穏やかで、理知的な風貌の持ち主だとは思わなかったのだ。

「昨日より、幾分か顔色がよくなっているようですね」

セロはアディスを元気づけるように微笑むと、ラウルの顔を覗き込んだ。瞼を押し上げ、首に指を当てて脈を取り、口元に耳を寄せる。

耳下で切り揃えられた灰色の髪——これはフォティアでは僧兵の印で、かつてナギも同じような髪型をしていた。ゴラドでこのような髪型をしている者を見たのは初めてだ。

「ただ、未だ意識が戻らないとなると、あまり安心はできませんね」

ひと通りラウルを診ると、セロはくつろげた彼の衣服を元通りに直した。

「血を失いすぎると身体の一部が死んでしまうといいます。そうなると、王太子は二度と目覚めることができません。生きながら死者の仲間入りをしたようなものです」

「……それは、どうすれば治るものなのでしょうか」

胸が締めつけられるような思いで聞くと、セロは息を吐くように微笑んだ。

「フォティアの神童も医学には疎いのですね。そうなれば、いっそ死なせた方が慈悲というものですよ。こんなことで命を使い果たす王太子には、ほとほと呆れるばかりですが」

背筋に冷たい水を落とされたようになって、アディスは無意識に一歩引いた。

セロの背後には、一緒に入ってきた男達がいて、油断のない目でラウルとアディスを見つめている。全員が背中に長剣を背負い、明らかに殺気を滲ませている。

「……あの……、私と一緒にこちらに連れてこられた騎士は、どうなりましたか」

　セロは黙ったままでただ微笑み、誰もそれには答えない。

「城へは、……王妃様へは使いを出してくださったのでしょうか」

　おそらくそんなものは出ていないし、また、出す気もないのだろう。

　命を助けてくれたしラウルの手当てもしてくれた。けれど彼らは決して味方というわけではないのだ。理由はまだよく判らないが、私を攫ったのも、殺そうとしたのも、彼らの仕業だったのかもしれないのだ。

「……私を、どうするつもりなのですか」

　勇気を振り絞ってそう聞くと、セロは穏やかに口角を上げた。

「どうするとは？　フォティアの神童でも判らないことがおありですか？」

「判らないから聞いたのです。……わ、私はどうなろうと構いません。けれど、ラウル様のお命だけはお助けいただけないでしょうか」

　その時、オオーッと外から鬨《とき》の声があがった。それは木霊《こだま》のように次々と響き、遠ざかったり近づいたりしながら、いつまでも終わらない。

　怯えて身をすくませたアディスを、セロは静かな目で見下ろした。

「あれは決戦に備えた同胞達の叫びです。なにしろ、ゴラド軍が既に山の麓にまで押し寄せている。明日にも戦が始まるかもしれませんので」

　——え……。

「それより、王太子だけでもと仰いましたね。本当にあなたご自身は、どうなってもいいのですか？」

「――もちろんです。今は一刻も早く王太子を城へ戻さなければ。そうすればゴラド軍も、矛先を収めて兵を引くのではないでしょうか」

その時、背後からいきなり手首を摑まれた。

「……駄目だ」

振り返ったアディスは目を瞠った。ラウルがアディスの手首を摑み、歯を食いしばるようにして、半身を起こそうとしている。

意識が戻った。束の間、目を輝かせたアディスは、すぐに我に返ってラウルの肩を抱き支える。そんなアディスを押しのけると、ラウルは燃えるような双眸をセロに向けた。

「……久しぶりだな、セロ。ようやくあなたにお会いすることができた」

セロは答えずに微笑んでいる。寝台から下りたラウルは、よろめきながら前に出た。

「ひとまず、俺と妻を助けていただいたことには礼を言う。その上で聞くが、ここに俺達を留めているのはお前の決めたことなのか？」

「お言葉ですが、この状況で意識のないあなたを城にお返しすればどうなると思います。王妃は怒り狂い、凄まじい報復を仕掛けてくるでしょう」

眉を寄せたラウルの表情がいっそう険しくなるのが判った。

「どこまでが、想定の範囲内だ」

「全てが想定の範囲外です。こたびの王妃様の企みに、私は一切関与していない」

——王妃様の企み……？

アディスは思わずラウルを見たが、彼は答えず、黙ってセロを睨みつけている。

その時再び、山を揺るがすような鬨の声があがった。

「フォティアとの和睦以来、山の民には王家に対する不満と不信が渦巻いています。それがいよいよ、先日のホウで決定的になりました。一部の部族が、王妃様の計画に協力することにしたのはそのためでしょう。——全く、愚かとしか言いようがありませんが」

「どういう、ことなのですか」

アディスがそう聞くと、セロは初めて憐れむような表情を見せた。

「……ご存じなかったのですか？　王妃様はあなたを東国のムタフィム三世に貢ぎ物として捧げ、それを契機に東国と同盟を結ぶ心づもりだったのです」

——えっ……？

「私も小耳に挟んだ程度ですが、ムタフィム三世は、かの有名なフォティアの神童にひどく執心しているようでしてね。それで王妃様と密かに取引を、」

「やめろ！」

ラウルが怒りを堪えるような声で言って、前に出た。

「——セロ、ならば一刻も早く、城に使いを出してくれ。このままでは山の民とゴラド軍の戦争になる。それはお前も本意ではないはずだ」

アディスは呆然とラウルを見た。様々な驚きで頭がどうにかなりそうだった。私を攫ったのは、ギデオンでも山の民でもなく、王妃だった。しかも、東国と同盟……!?

「本意ではありませんが、もはや、私にもどうしようもない」

どこか遠くを見ながら、淡々とセロは言った。

「アディス様の誘拐に関与したのも、それを止めようとした王太子を傷つけたのも、全て私のやり方を快く思わない部族の連中です。しかし私にとって最大の想定外は、この不幸な事故を、戦の端緒として、山の民の大半が歓迎しているということなのです」

再び外で鬨の声があがった。

「王家に対する積年の恨みと、南部との和睦に対する不満は、もう私にはいかんともしがたい。戦はもはや避けられないでしょう」

「――セロ、このままでは多くの山の民が犠牲になる。女も子供も、老人もだ」

ラウルを見上げたアディスは、思わず息をのんだ。これほど寒いのに額に汗が浮いている。足下もどこかおぼつかない。

「俺とこの方をここから外に出してくれ。麓に下りれば、必ず戦を止めると約束する。今、内部で争うなどあまりに馬鹿げていると思わないか」

「――どのみち、山の民は犠牲になる定めなのです。我らは罪人。あのカミッロサンドロ一世が、我らを聖戦に加えるはずもない」

冷ややかに言って、セロは上衣の裾を翻した。

「よしんば加わったにせよ、用が済めば皆殺しにされる。——判りませんか。そのような無慈悲な法皇と、ゴラドは同盟を結んだのですよ」

「法皇にそのような真似は絶対にさせない。父上はあなたにそう約束したはずだ」

「そうです。なのにあなたは、どうしてこのような無謀な真似をなされたのですか？」

不思議なことを言ったセロは、黙るラウルを見つめて微かな冷笑を浮かべた。

「いいでしょう、新たな軍神はまだ若い。——そして私も、確かに本音では戦などしたくはないのです。アディス様、王太子を山から下ろしてもいいですが、条件があります」

「なんですか」

「——駄目だ！」

アディスとラウルが同時に声を上げた。セロが冷めた目で二人を見る。

「それほど難しい話ではありません。代々山の民に伝わる始の書、それをアディス様に読み解いていただきたいのです」

——え……？

「あなたはかつてフォティアの神童と呼ばれていた。それはあなた自身が偽りだと認めましたが、あなたがフォティアで多くの知識や言語を学ばれたのは間違いない」

腕を組み、セロはゆっくりと歩き始めた。

「始の書には、山の民の起こりが記されているといいます。——我らの祖が果たしていかなる罪を犯したのか、それとも無実だったのか。——もしその謎が南部の、しかも法皇の血筋の者よって解ければ、流れが一気に変わる可能性はあります」

「……流れ？」

「山の民の、フォティアやあなたに対する、悪感情が変わるという意味ですよ」

セロはふっと微笑んだ。

「それは同時に、ゴラド王家に対する不満の払拭にも繋がります」

つまりそれは、ゴラド軍と山の民の戦いを防ぐことができるかもしれないということだ。

アディスはラウルの顔を見た。青ざめた彼の横顔には険しい苦渋が刻まれている。

「……先ほど、俺一人を山から下ろすと言ったな」

「戦を止めたいのでしょう？　そうであれば、まずあなたを解放しなければ王妃様が納得しますまい。それとも、己が妻恋しさにみすみす大勢の命を見捨てますか」

「――ではアディスはどうなる。必ず解放すると約束できるのか」

「約束はできません。ただし無事に書を読み解ければ、すぐに王太子にお返しします」

「やります」

アディスは迷わず言っていた。正直に言えばこの問答をしている時間さえ惜しかった。

ラウルの様子は明らかに異常だ。今は一刻も早く、彼を山から下ろしたい。

「駄目だ、絶対に許さない」

しかしラウルも譲らなかった。彼はセロを睨みながらアディスの前に立ち塞がる。

「何が書いてあるか判らない。しかもそれを読める保証もない。あまりにも危険すぎる」

「いいえ、大丈夫です。本当は私、ラウル様のお話を聞いた時から、」

「まだ判らないか、セロはあなたを利用しようとしているのだ！」

——利用……？

「ラウル様、始の書の解読は、あなたにとっても重要事なのでは？」

不思議そうな目になって微笑すると、セロは窺うようにラウルの顔を見た。

「少なくともあなたのお父上は、そのために命すら懸けておられた。万が一アディス様が始の書を解読すれば、病床のお父上もさぞお喜びになると思いますが」

「セロ……」

怒りを堪えるように呻《うめ》いたラウルの膝が、がくりと崩れた。手をついてうなだれた肩が微かに揺れている。彼を支えたアディスは全身の血が引くのを感じた。あれほど熱かった彼の身体が、氷のように冷えている。

「セロ、お願いです。早くラウル様を王妃様の所へ！」

「……だ、駄目だ……」

息を吐くのさえ辛そうなラウルは、苦しそうに身を屈める。それを背後から山の民の男二人が抱え上げる。連れ出されるラウルから目を背け、アディスはセロに向き直った。

「どうぞ始の書のある場所へ、私を連れて行ってください」

山肌一面に松明の焔が燃えている。セロの天幕へは、複雑な洞窟を通って案内された。

どうやらこのイレネー山には幾つもの洞窟が存在しているらしく、全てが雪に覆われていると思いきや、思いのほか暖かな場所や、雪の積もっていない場所もあるようだ。

　これも以前ラウルに教えられた、地下を通っているという熱の道のせいかもしれない。

　セロの天幕に辿り着くまでに、アディスはこの山全体を取り巻く山の民の、並々ならぬ期待と興奮を肌で感じた。

「アディス様！　アディス様！　アディス様！」

　尽きぬ歓声の中、自分の名前が連呼されている。その異様な興奮ぶりに、むしろアディスは恐怖を感じた。この期待が失望に変われば、彼らはどのような行動に出るのだろうか。

「どうぞ。これが始の書です」

　天幕の中で用意された席に着くと、目の前に青銅製の箱が音を立てて置かれた。アディスは、少しだけ警戒しながらセロを見上げる。

　ここにはセロとアディスの二人きりしかいない。この何重もの護衛と柵に囲まれた天幕は、山の民の長だけが入ることのできる神聖な場所なのだ。

「……ラウル様は？」

「ゴラド軍の陣に送り届けました。ゴラド軍が動かないところを見ると、王太子自身が軍を止めたのでしょう。――ご無事だということですよ」

　ようやくほっとしたアディスは、躊躇いながら目の前の箱に手を伸ばした。

「最初に断っておきますが、その石版はデュオン自ら記したという神聖なもの。代々セロの称号を受け継ぐ者のみ触れることが許され、異教徒が触れればたちまち文字が消えてしまう——そう、言い伝えられています」

頷きながら、次第に高まる不安で胸がいっぱいになった。戦を止めるには、これしかなかった。けれどラウルは、こんな勝手な真似をした私に怒りを覚えているに違いない。

（まだ判らないか、セロはあなたを利用しようとしているのだ！）

たとえそうでも、もう城に私の戻る場所などない。王妃にそこまで邪魔に思われているなら、城から離れた方がいい。そうしなければラウルが苦しむだけなのだ……。

「アディス様。書をご覧になる前に、一つ聞いていただきたい話があります」

立ったままのセロが静かに口を開いた。

「最初に申し上げましたが、セロというのは世襲で継いでいく名前です。私の父、祖父、曾祖父……、それを最後まで遡れば、セロという名の聖職者に行き着きます」

アディスはセロを見上げた。ナギと同じ髪型——今では僧兵の証であるこの髪型は、かつて聖職者の間で流行した髪型だったはずだ。

「千年続く山の民には、様々な伝承が残っています。その中の一つに、山の民の祖は罪人などではなく、軍神ルキアの子を守るためにデュオンが遣わせた守人だったこと。——その真実をデュオンが書に残し、初代セロに授けられたというものがあるのです」

驚くアディスの前で言葉を切り、セロはそっと目を伏せた。

「この書は、希望であると共に絶望です。こんなものがあるために我が一族は千年もの長きにわたり、罪人としてイレネーに閉じ込められ続けてきた。この書があるから耐えられたとも言え、この書があるから逃げられなかったとも言える」

その瞬間、閃くようにアディスは思い出していた。フォティアを追放された聖職者の話。それをどこで聞いたのかを。

「迫害され、卑しまれ、蔑まれた。あまりに辛く、そして長すぎる歴史です。我が民は、始の書こそ潔白を証明してくれると信じている。――しかし、希望をなくし、信じるものをなくした時、山の民はどうなると思いますか？」

「……どういう意味ですか」

「アッミーラ」

はっとアディスは眉を寄せた。

「どこでこの言葉を知りましたか？　お父上のアンキティオ様からですか？」

アディスを見下ろし、セロは微かに微笑んだ。

「これは先祖からの伝え聞きですが、法皇宮の地下にも始の書と同じ石版が収められていると聞いたことがあります。千年前、デュオンは二枚の石版に書を残された。そして、それを読み解く力を、最初の弟子に伝え、代々の法皇に受け継がれていったと」

アディスはごくりと唾をのんだ。

「あなたがこの国に嫁いでくると聞いた時、私はようやく祖先から受け継いだ呪いを手放せるのだと思いました。もうじきカミッロサンドロ一世が我らを罰しにやってくる。もはや始の書の力では、民の不満は抑えられないところにまでできていたのです」

「それは、どういう意味なのですか」

セロは答えずに微笑むと、衣の裾を翻した。

「古い文字は難解です。夜明けまで時間をあげましょう。それでは朝に――賢い王女よ」

一人になったアディスは、暑くもないのに全身に汗が滲んでいるのを感じた。間違いなくこれは罠だった。セロは最初から私がヨラブ語を読めることを知っていたのだ。

アディスは、急いで蓋を開けた。油紙に包まれた分厚い石版が現れる。それを、破らないようにゆっくりと剝がしていく。そしてあっと息をのんだ。

石版には何も記されていなかった。青白く磨かれた表面には何も記されていなかった。


「始の書が、存在しない？」

「……そ、そのような噂は、かねてより山の民の間にありました」

ラウルの問いに、エスミは苦しげに息を吐いてから、身体を起こした。開いた衣服の下から、血で汚れた包帯が覗いている。ラウルは目を背け、エスミの身体を抱き支えた。

「どういうことだ、エスミ」

「始の書と呼ばれる石版は何代か前のセロが破壊し、以降は、代々のセロが口伝で内容を受け継いできたという噂です。しかしそれも、三代前のセロがゴラド軍の攻撃を受けて急死したため、途絶えてしまったと……。最近では、聖十字軍が到着する前に書を開示しろとの声が専らで、セロも相当苦しい立場だと、先日、ザバの村でも耳にしました」

「馬鹿な……！」

愕然としたラウルは、握りしめた拳を震わせた。ではあの方はどうなるというのだ。イレネーにはなお松明が赤々と灯り、明け方近くになった今でも快哉《かいさい》を叫ぶ声が響いている。皆が、千年の謎が解き明かされる瞬間を待ち望んでいるのだ。

あの時、殴ってでも止めるべきだった。しかしセロが最初からそのつもりだったのなら、どうすることもできなかっただろう。

――セロは、あの方に山の民の憎悪を背負わせるつもりなのか。それでフォティアへの復讐を果たそうとでもいうのか。

「今すぐ、腕の立つ騎士を集めてくれ。今夜の内にここを出てセロの集落に行く」

エスミを寝台に横たえると、ラウルは、背後で控える部下に、そう命じた。

ここはイレネーの麓に作られた仮小屋だ。ラウルの体調を慮ったゴラド軍が、明け方までここで休ませることに決めたのだ。ラウルに意識があったのは、セロの集落から運び出される寸前までだったが、目覚めてすぐに、自分一人が山を下ろされたことを理解した。

起き上がったラウルは別の場所に陣を構えるジェラルドに手紙をしたためると、信頼できる部下を呼び寄せた。そこで初めて、エスミが軍に同行していることを聞いたのだ。

「私に行かせてください。私なら、迷わずセロの集落に辿り着くことができます」

エスミが、血の気の失せた顔で訴えた。彼女は怪我を隠し、道案内役としてこの行軍についてきた。おそらく自責の念で、居ても立ってても居られなかったのだろう。

「奥方様が攫われてしまったのは私のせいです。どうぞ私に、汚名返上の機会を」

「エスミ、お前は自分の怪我を治すことだけを考えろ」

「いいえ！」と、エスミは、首を激しく横に振った。

「ラウル様こそ、そのような身体でセロの元に向かうのは自殺行為です。ラウル様のお命はゴラドにとって」

「やめてくれ！」

思わず厳しく遮ったラウルは、眉を顰めるようにして顔を背けた。エスミは、狼狽えたように面を伏せる。

「お前までそんなことを言うのはよせ。言われなくとも、命を粗末にするつもりはない」

「――ラウル様」

「案ずるな。俺に天命があるなら、こんな所で死ぬはずがない。――それに、……今回のことは、いわば俺が引き起こした人災のようなものなのだ」

身を裂くほどの自責の念が、拳を微かに震わせた。俺があんな場所に連れて行ったために――俺が、始の書の話などしたために。……

俺がエスミを大事だと言ったから、彼女はエスミを庇ったのだ。あの人の本質はどこまでいっても聖職者だ。いざという時、無意識に自身を犠牲にするようにできている。

「――……一つ……、申し上げられなかったことがございます」

振り絞るような声に振り返ると、エスミが俯いて肩を震わせていた。

「先日のホウのことで、隠していたことがございます。それが今回の出来事とどう関係しているかは判りませんが、奥方様をハミル砦にお連れすると言われた時、迷わず打ち明けるべきでした。……これはラウル様ではなく、私が引き起こした人災なのです……」

夜明けを告げる暁暗《ぎょうあん》が、分厚い天幕を通して伝わってくる。

まんじりともせずに夜を明かしたアディスは、背後に人の気配を感じて、振り返った。ばさっと音を立てて天幕の扉がはね開けられる。そこには黒の上衣に雪を纏わりつかせたラウルが立っていた。

「――ラウル様！」

唇に指を当てたラウルは、素早く天幕の中に身を滑り込ませてきた。駆け寄ったアディスは、夢でも見ているような気持ちで彼の胸に飛び込んだ。

すぐに腰を抱かれて、引き寄せられる。冷たい唇が合わさり、アディスは夢中で彼の頬に手を当て、互いの体温を確かめ合うようなキスに応えた。

「顔を見るまで、生きた心地がしなかった。ご無事で、何よりだ」

唇を離したラウルの囁きに、胸がいっぱいになりながら頷いた。もう自分の気持ちは誤魔化しようがない。まだ結婚して間もないのに、私はこの人を愛しているのだ。――

「ここを出よう。今なら山裾まであなたを連れて逃げられる」

　そう言ったラウルが、扉に向かって歩き出す。数歩その後に続いたアディスは、はっと我に返って足を止めた。

「駄目です。ラウル様、今逃げ出せば余計に大変なことになります」

「あなたの言うことはもう聞かぬ。男の俺が、これ以上庇われるのはまっぴらだ」

　――そうではない。ここを私が逃げ出すことも、ラウルが助けに来ることも、セロには想定の範囲内なのだ。

「見てください。これがセロが守っていた始の書です」

　ラウルの手を振りほどいたアディスは、卓上から石版を取り上げた。

「も、文字など一つも記されておりません。――元々なかったのか、それとも時と共に消えたのか。けれどセロがどう抗弁するのかは判ります。異教徒の私が触れたから字が消えたと言うでしょう」

「――セロの魂胆《こんたん》は判っている。だから一刻も早く逃げよと言っているのだ」

　ラウルが苛立ったように声を荒らげた。

「千年の期待が裏切られた。山の民はあなたを八つ裂きにするだろう。夜が明ければもうどこにも逃げ場はない」

「いいえ！」

　アディスはきっぱりと首を振った。

「今私が逃げて、城に戻れば、山の民の憤りはそのまま王家に向かいます。それが正しき振る舞いでしょうか。私……私は、ここに残るべきだと思っているのです」

「……なんのための選択だ」

　唖然として呟いたラウルは、怒りをもてあますように両手を広げた。

「フォティアで生まれたあなたがそのような咎を負う必要はない。あなたがしようとしていることは、本来俺が背負わねばならぬことだ！」

「ラウル様。私、この書に記されていたことを、知っているかもしれないのです」

「……なんだと？」

　一時唇を震わせたアディスは、迷うようにラウルから目を逸らした。

「私が幼き頃、父は私に、法皇のみが知ることのできるヨラブ語の読み書きを教えてくれました。父はヨラブ語で、幾つもの物語を私に語ってくれたのです。――その一つに、アンセル騎士団の物語というものがありました」

（――アンセル騎士団とは、千年の昔に結成された、聖職者の武装集団だ）

（聖戦の折、聖職者だった彼らは法衣を脱いで剣を取り、騎士団を名乗って戦った。それは凄まじき強さで異教徒を壊滅させ、ルキアと共にフォティアを守ったのだ）

「……けれどアンセル騎士団は、その強さゆえにフォティアで力を持ちすぎました。やがてデュオンの弟子である十二使徒と激しく対立するようになり、フォティアに内乱の嵐が吹き荒れたのです。――戦が起こり、民の五分の一が業火に包まれて死にました」

　父の物語を思い出しながら、アディスは続けた。

「十二使徒にも罪があり、武力で応じた騎士団にも咎があります。しかしデュオンは騎士団にのみ国外追放の罰を与えました。それには理由があったといいます。騎士団はデュオンから大切な宝を預かり、それを子々孫々まで守る使命を負ったのです。そして彼らは誰も寄りつかぬ雪山に新しい国を作りました。——それがアンセル騎士団の物語なのです」

ラウルはしばし、呆然とした目でアディスを見ていた。

「にわかには信じられぬ。それは、本当の話なのか」

「今となっては判りません。当時の私は、それを父の作り話だとばかり思っていたのです。ヨラブ語を教えてくれる時、父は聞いたこともない物語をその場で作っては話して聞かせてくれました。——アンセル騎士団の物語も本当は嘘なのかもしれません。——けれど本当のことは父以外誰にも判らないのです」

「……しかし、そこに軍神ルキアの話は一切出てこない。いや、大切な宝がルキアの子という意味なのか？　いずれにしても、それでは山の民は納得すまい」

ラウルの懸念は尤もだ。それはアディスにも判っている。

「……ラウル様、セロは私に、一夜の猶予をくれました。それは私に選択せよということです。私はこの世でただ一人、父の言葉を語ることができるのです。——かつてフォティアで神童として振る舞っていたのと同じことを、セロは私に求めているのです」

「つまりあなたは……、山の民の前で嘘を語るつもりなのか。始の書を読んだと偽って」

「いいえ」

首を横に振ったアディスは、睫毛を震わせながら膝をついた。

山の民を欺くか。または読むことができないと認め、彼らの怒りを引き受けるか。どちらを選択するのかは、一晩アディスを悩ませ、苛《さいな》み続けた。

「ラウル様、私が再び人前に立つことを兄は絶対に許しません。それは兄を激怒させ、間違いなくゴラドに害を及ぼすでしょう。――私は……私はそれが恐ろしいのです」

ゴラドの弱点を知ってしまった今、聖十字軍の訪れはアディスにとっても恐怖だった。兄がゴラドに報復しないはずがない。和睦とは名ばかりで、東国との戦いが終われば必ず北部を我が物にしようとするだろう。今はそれが、何よりアディスには恐ろしい。

「正直に申し上げます。私はヨミの洞窟の文字を読めるのに読めぬと言いました。……それだけではありません。この国に嫁いで来た時、私はあなた様や国王を利用して、カミッロを殺してしまうつもりでいたのです」

フォティアを出る時のいきさつを、アディスは全て打ち明けた。

「私はセトルキアンの言葉を信じ、その同志を探そうとしていたのです。王妃やギデオン大公の選択は間違いではありません。私は、ラウル様のそばにいるべきではないのです」

絞り出すような声で言い、アディスはその場に両手をついた。これでいい。これが、ラウルを欺き続けてきた私が受ける報いなのだ。

「お許しください。――そしてどうか、私のことはお忘れください」

ギデオンの罠にかかってしまったのも、元はと言えばセトルキアンの同志を探そうとしたためだ。そのせいで、今日までラウルがどれほどの辛苦を舐めたのか。思えば私は最初から、彼にとって不吉な花嫁だったのだ。

始の書が読めぬと知れれば、山の民の怒りは全てアディスに向けられるだろう。しかし、もうそれでいいのだ。フォティアに憎しみを向けることでゴラドという国が一つになるなら、それだけでカミッロに一矢報いたことになる。

「どうか、ここは私の思うようにさせてくださいませ。カミッロは父と大切な者の敵。この国にカミッロへの憎しみが宿るなら、それで私は本望なのでございます」

ラウルはしばし身じろぎもしなかった。アディスもまた動けなかった。危険を冒して助けに来てくれたラウルに、最大の裏切りを告白した。今ほど彼の顔を見るのが怖いと思えたことはない。そして同時に、胸が張り裂けそうな苦しさと痛みを感じている。

「……ご立派なお覚悟だ」

低く呟いた彼の靴が、ぎっと床を踏みしめる音がした。

「しかしそれが、本当にあなたの望んでいることなのか？」

——私の、望んでいること……？

「まぁ、今はそれはいい。しかし一つ判らぬことがある。カミッロを殺したいはずのあなたが、どうしてこの期に及んでそうもカミッロを恐れているのだ」

はっとアディスは顔を上げた。まるで見えない何かに頬を叩かれたような衝撃だった。

「言っておくが、俺はあなたに二度とフォティアの神童と呼ばれていた頃の真似をして欲しくはない。それはあなたが、そのために苦しんできたことを知っているからだ」

ラウルはつかつかと卓に歩み寄ると、石版を持ち上げた。そしてあっという間もなく、それを床に叩きつける。

「――ラウル様！」

「俺のせいだな」

粉々になった石版を見下ろし、ラウルはあっさりと言い捨てた。

「しかしカミッロを恐れるが故に己が行動を抑えるのだけはやめておけ。それは戦う前からの敗北を意味している。カミッロがゴラドに害を及ぼす？」

言葉を切り、ラウルは皮肉な苦笑を片頬に刻んだ。

「それは、父があの悪魔に戦いを挑んだ時から決まっている未来だ。その未来を少しでも変えるために、あなたには尽力していただきたいと思っている。しかしそれは、カミッロの顔色を窺って生きろという意味ではない」

アディスは俯いたまま動けなかった。一体いつから、私はこんな弱い女になってしまったのだろう。生き延びるための演技が、いつしか私から誇りや矜持まで奪い取っていた。カミッロの前にかしずくことが当たり前のようになっていたのだ――

アディスの前に膝をついたラウルが、そっと手を伸ばして頬を抱いた。

「聖職者の武器は言葉だ。いかようにも俺を言いくるめればいい。――けれど無駄だ。あなたは俺の妻なのだ」

――ラウル様……。

「俺は、何があってもあなたを見捨てたりはしない。それをよく覚えておくことだ」

イレネーの山からは、いつまでも尽きることのない快哉が続いている。

「アッミーラ！　アッミーラ！　アッミーラ！」

アディスは、山の民が用意した馬車の中でその声を聞いていた。隣にはラウルがいて、アディスの手を握りしめてくれている。

セロの声がその快哉に交じった。

「千年、我らは信じる神を持たなかった。それが我らの悲劇であり、罰だった。しかし今は違う。始の書は読み解かれた。フォティアの神童が我らの女王になったのだ！」

山全体が震えるほどの歓声が響いた。アディスはごくりと喉を鳴らした。覚悟していたとはいえ、自分が背負ったものの重みに押し潰されそうな気持ちになる。

「本当にこれでよかったのか」

ラウルの声に、一瞬びくっとしたアディスはそっと頷いた。

「……フォティアの時とは違います。私が決めたことですから」

再び『神童』になることを自分で選んだ。その仮面はもう二度と外したりはしない。

「ラウル様。私はあの日――兄から偽りの神童であることを認めるか、それとも死かの選択を迫られた時、心のどこかでこの重荷を下ろすことにほっとしていたのです」

自分に課せられた責任から、その重さから、逃げて楽になりたいと思っていた。

「思えば私は、その時からずっと逃げ続けていたのかもしれません」

その時、馬車の窓が開かれた。外には山の民の部族長達を従えたセロが立っている。

「先ほどの演説、お見事でした。これで山の民は千年の呪いから解き放たれた」

歩み寄ってきたセロは、薄く微笑んで、恭しく頭を下げた。

「アンセル騎士団の話は初耳でしたが、ルキアの子をデュオンから託されたくだりには涙を禁じ得ませんでした。――全く見事な、非の打ちどころのない物語でした」

「――セロ、忘れるな。お前は今日、俺の妻を謀り、殺そうとしたのだ」

ラウルの燃えるような目を、セロは涼しげにやり過ごした。

「誤解です、王太子。私は王太子が望まれる結末を用意したにすぎない。南部の姫にこの国での居場所を用意したのです」

山の民の、アディスを称える声はまだ続いている。

「お聞きなさい、この声を。声はイレネーの山裾に駐留するゴラド軍にも届き、彼らもアディス様が、この国で最も大きな問題の一つを解決したことを知ったでしょう。イレネーに住む山の民は全て、今日からアディス様の僕《しもべ》なのです」

この声は、同時にカミッロへの宣戦布告だ、とアディスは思った。

カミッロは凄まじく怒るだろう。あのコバルト色の瞳に凍てついた殺意を浮かべ、妹への報復を考えるに違いない。けれどそれが、今は不思議と怖くはない。

ラウルに包まれた指に、アディスはそっと力を込めた。

もう私は一人ではない。これからは、この人と一緒に生きていくのだ。——

燭台で淡い灯りが揺れている。寝台に腰かけていたラウルは、天蓋の覆いを払って入ってきたアディスを見て、少しだけ目元を優しくさせた。

緊張と不安と、こうやってそばにいられる嬉しさで、すぐには言葉が出てこない。アディスはぎこちなく微笑すると、ラウルに手を引かれるままに、彼の隣に腰かけた。

しんしんと雪が降る中、ここ数日の騒ぎが嘘のように館の中は静まり返っている。

「……お身体の方は？」

「もうすっかりよくなった。明日には剣の訓練も再開していいそうだ」

二人がシュベルク城に帰ってきてから、今日で十日が過ぎていた。アディスはすぐに館に戻されたが、ラウルには大きな変革と新しい仕事が待っていた。

王太子だった彼は、国王代理になったのだ。山の民との戦を急ぎ止めるため、彼は王妃を逮捕するようジェラルドに命じた。ジェラルドはその日の内に諸侯に話をつけ、王妃の拘束とラウルが国王代理に就くことを了承させたのである。

王妃が国外追放になったと聞いたのは、帰城から三日後のことである。

イザベッラが密かに東国と通じていた証は、対立していたギデオン大公が摑んでいた。

これもその時に聞いた話だが、アディスを攫ったゴッサム家の外套を着た騎士達は、全てをゴッサム家のせいにしようとしたイザベッラの騎士達だったらしい。

その動きを察知したギデオンが、イザベッラの企みをラウルに知らせたために、アディスの誘拐は未遂に終わったのだ。

ギデオンの蟄居は解かれ、アディスは登城した彼に直接礼を言った。ギデオンはひどく面食らっていたようだったが、最後は皮肉な笑みを浮かべてこう言った。

（誤解なさらないでいただきたいが、私はあなたをお助けしたわけではない。フォティアは憎いが、異教徒の国と結ぶなど吐き気がする。ただそれだけの理由です）

もちろんアディスにしても、ギデオンを心から許したわけではない。しかし彼の考えに筋が通っていることや、息子を死なせた悲しみを引きずっていることだけは理解した。

きっと根から悪い人間はいない。王妃にしても、胸を開いて話をする機会さえあれば、あるいはわかり合えたのではないだろうか――

いずれにしても、実の母を追放しなければならなかったラウルの心中はいかばかりだろうか。彼は何一つ言わないが、内心では多くの葛藤を抱えているに違いない。

もう一つ、アディスがひどく気がかりに思っているのは、城を去ってしまったエスミのことだ。ジェラルドの話ではセロの元で療養しているそうだが、どうして城仕えを辞めてしまったのだろうか。せっかく親しくなれたと思ったのに……。

「どうされた、浮かない顔だな」

「え、いえ……。エスミのことが気になって」

「エスミなら大丈夫だ。元気になれば、きっとまた戻ってくる」

今、寝支度を済ませた二人は、結婚初日に初めて過ごした部屋で、二度目の夜を迎えようとしていた。

それも彼の怪我がよくなったからだが、正直言えば嬉しさより、不安の方が勝っている。破瓜の痛みはまだ意識のどこかに残っていて、アディスを知らず緊張させているのだ。

抱き寄せられた彼の身体から、清涼感のある香りが立ち上る。幸福で胸が詰まりそうになりながら、アディスはそっと目を閉じた。

大丈夫――きっと平気だ。彼にされることなら、私はどんなことでも耐えられる。

「……私、服を脱ぎましょうか」

覚悟を決めて恐る恐る言うと、遮るように額に唇が当てられた。

彼の大きな手――大きいだけでなく温かい手が、アディスの頬を撫で、首筋を辿る。衣ずれの音――彼の身体から立ち上る香り――自分の心臓の音だけがうるさくなる。額からこめかみ、頬に、耳に、軽くて温かなキスが落とされる。

力の抜けたアディスの身体が、ゆっくりと寝台の上に横たえられた。彼の影に覆われた時、反射的に肩に力が入ったのは、交合の痛みを思い出したせいかもしれない。

「……ま、前のように、しなくてもよいのですか？」

「前のようにとは？」

「あの……、私がうつ伏せになって」

返事の代わりに指が絡まり、唇が淡く重ねられる。少しだけ緊張して目を固く閉じると、唇がそっと離された。額にかかる髪を優しくかき分けられる。

「もう少し、身体から力を抜かれたらどうだ」

「す、すみません」

頬を染めて俯くと、ラウルはおかしそうに苦笑した。

「セロの所では、あなたの方から何度も口づけてくれた。――またあの時のように、してはくれないのか？」

訝しく眉を寄せたアディスは、あっと喉を小さく鳴らした。まさかそれは、セロの集落で、水を口移しに飲ませた時のことを言っているのだろうか。

「最初は夢かと思ったが、水が喉を伝う感覚で目が覚めた。――あなたが俺の口に」

アディスは咄嗟に手を伸ばして彼の口を塞いでいた。火がついたように顔が熱くなる。

ひどい、それが判っていて眠ったふりをしていたの？

「――ラウル様、これ以上語るのは許しません。私があの時どんな気持ちで」

「そう言うな。目は覚めたが、あの時は本当に身体が動かなかったのだ」

「だからといって、ひどすぎます」

「許せ。――でも、あなたは怒った顔の方が可愛いな」

楽しそうに笑ったラウルが、アディスを抱いたままで身体を反転させた。

アディスが上に、ラウルの身体が下になる。このような形でラウルを見下ろすのも、また見上げられるのも初めてで、みるみる頬が熱くなった。

頭を抱かれて引き寄せられ、唇に軽く唇が触れた。

「……あなたの唇の冷たさが、愛おしかった」

温かな唇がアディスの唇をそっとついばむ。

淡く、優しい口づけが、少しずつ深く、甘くなっていく。

濡れた音が、互いの唇の間から響いている。髪を撫で、首を抱いてくれる大きな手。この人とするキスは好きだ。唇を触れ合わせているだけなのに、胸が痺れるような、不思議な気持ちよさが込み上げてくる。――

やがてラウルは唇を開き、そっと舌を差し入れてきた。前と同じようにその感覚に怯えたアディスは、顎を引いて逃げようとしたが、今度はラウルが引かなかった。顎に手を添えられ、いっそう深く唇が重ねられる。

「……あ、……」

差し入れられた彼の舌が、ゆっくりと口内を探っている。胸が疼き、その感覚が臍の方にまで広がった。周囲の空気さえ、その時から違うものになった気がした。

次第に息が上がり、アディスはすがるようにラウルの肩に手を添える。ラウルは大きな手でアディスの胸を包み込むと、キスをしながらゆっくりと押し揉んだ。

頭の中がぼうっとした。現実ではなく夢の世界にいるようだった。肩から上衣が下ろされ、襟の内側に彼の手が滑り込んでくる。大きな手――広い胸。こうやって抱かれているだけで、自分が彼に守られ、大切にされているような気持ちになる。

シュミーズの紐が解かれ、肩からするりと滑り落ちた。素肌が冷気にさらされる。彼の指が丸みをじかに辿り、膨らみを優しく包み込む。

「ぁ……、ん……」

そうしながら、彼の舌がさらに深みを探ってくる。体勢が変わり、再び身体が寝具に沈んだ。上になったラウルが身を屈め、唇を深く重ねてくる。

彼の呼吸の荒さに、気持ちが千々にかき乱された。大きな手が熱っぽくアディスの腹部を這い、もう一度胸を包み込む。

「あ……、」

指先が先端の蕾に触れた。名状しがたい甘い痺れが、ピリッとその場所を疼かせる。

彼は愛おしむように蕾を撫で、手のひらで転がすと、それを摘まむように持ち上げた。

「ん……、あン……」

鼻にかかったような自分の声に、はっと耳まで熱くなる。

——いや、私……どうして、こんな恥ずかしい声……。

なのに胸の先端を弄られるたびに、甘い電流がそこから腹の底にかけてを痺れさせる。

嚙むように口づける彼の唇が熱かった。横向きにしたアディスを、彼は背中から抱きしめる。胸を揉まれながら、濡れた舌にうなじや耳朶を舐められて、アディスははしたなく腰を浮かせた。

「や……、だめ」

硬く立ち上がった蕾を摘ままれ、またも腰が浮き上がる。どうしてだろう。そこを触れると下肢の間が甘く痺れてじんじんする。それが判っているかのようにラウルの指は執拗に二つの蕾から離れない。堪らなくなったアディスは両手で顔を覆って首を振った。

「ん、……んっ、や、やぁ」

これは何？　どうしてこんな風になるの？　この人は、私をどうするつもりなの？　顎に手が添えられ、顔を上向かせられた。優しいキスに不安が少しずつ収まってくる。

「……最初の夜は、辛い思いをさせて悪かった」

唇を離したラウルが、掠れた声で囁いた。アディスは胸を喘がせながら彼を見上げる。

「今夜は、できるだけあなたが痛みを感じないようにするつもりだ」

目の奥がふっと熱くなる。急いで顔を背けると、彼は半身を起こして上衣を脱いだ。胸を覆う包帯が痛々しかった。けれど焔に照らされた裸体は逞しく、触れれば弾けそうなくらいに引きしまっている。

ラウルは屈み込み、アディスの目を覗き込むようにして囁いた。

「俺の子を産んでくださるか」

胸の奥がズキッと疼いた。この人の子を産む——母になる。そんな夢のような未来が本当に私のものなのだろうか？

実感のないままに頷くと、ラウルは嬉しそうに微笑する。

ちゅ、と瞼に口づけが落とされた。そのまましっかりと抱きしめられる。

彼の肌は滑らかで温かく、どこもかしこも硬かった。広い胸に逞しい腕。美しい影が腹部の筋肉に彩りを落としている。

彼の手が、アディスの喉を辿り、胸に触れた。顔を傾け、再び唇を近づけてくる。互いに開いた唇の間で、舌先がぎこちなく触れ合った。

「……、ん」

ドキドキする。胸が苦しい。もうキスなら何度もしたのに、どうしてこんな気持ちになるんだろう。あ——私……、私……。

「あ……、んっ」

甘く疼く腰を浮かせると、すぐにその腰を抱き支えられた。ラウルの唇と舌が、喉を辿り、胸の丸みに這わされる。

濡れた唇で乳首を包まれて、アディスは睫毛を震わせた。熱い唇と舌が、疼く尖りをぬるぬると舐め、包み込むように優しく吸った。無意識に膝をすり合わしていた。身体中に心地いい電流が広がっていく。

「あ……、ラ、ラウル様……、あ」

唇と舌で胸を愛撫しながら、彼の手がアディスの腹を滑って臍の下を撫でた。下腹部を覆う下着の紐を解かれ、緩まった亜麻布の中に指が滑り込んでくる。

太い指が、薄い茂みを愛おしむように撫で、ゆっくりとかき分ける。潤み始めた割れ目を押し拡げ、そこに指を滑らせる。

「や……っ」

くるりと柔肉の狭間を撫でられ、きゅぅっと腹の底で何かが縮む。クチュ、クチュ、と濡れた水音が天蓋の中に響き始める。アディスは両手で顔を覆った。あまりの恥ずかしさに、このまま消えてしまいたいほどだった。

それなのに気持ちがいい。まるでぬるま湯の中でたゆたっているようだ。

「――あ……、ん……ん」

彼の舌――指――あれほど無骨そうな人に、どうしてこんな真似ができるのだろう。甘くて淫らな電流に身体中をかき乱されて、心までとろけそうだ。どこかでこの状態を恐ろしいと思っているのに、理性まで甘く溶け落ちたようで、身体に力が入らない。

彼の手が背中を辿って、尻の膨らみを持ち上げる。指がその狭間に滑り込み、濡れた肉の奥に指が半ばまで沈み込む。

不意に体内に入ってきた異物に、アディスは身体を硬くした。しかし緊張したのは一瞬で、ゆるゆるとかき回される気持ちよさに、次第に何も考えられなくなる。

彼のもう片方の手は、裂溝への愛撫をやめてはいない。薄い肉の壁を通して、前と後ろから指がぶつかり合うのが感じられる。緩やかに漂っていた快感が、急速にその場所に集中し、耐えられなくなったアディスは首を横に振った。

「あ……、やぁ……、あ……」

声は堪えられても、花芯が淫らな鳴き声を上げた。ラウルは自分の足を使ってアディスの足を開かせると、いっそう深く指を埋める。それはゆっくりと進んでは引き抜かれ、単調で優しい抜き差しを繰り返す。

「んっ、んっ、ん、いや……、あん、……いや」

甘い声を上げた唇が、キスで荒っぽく塞がれた。口中を愛撫する彼の舌に、アディスは無意識に応えていた。淫らに波打つ身体も心も、自分のものではないようだ。否応なしに高まる快感は理性を超えて、頭が空っぽになったような気がする。

耳に響く彼の呼吸の荒さが、愛おしかった。愛おしくて、思わず肩に手を回して抱きしめる。けれどその余裕も束の間で、快感に支配された身体はひくつき、アディスは甘い声を上げて腰を波打たせた。

知らなかった。交合にこんな淫らな効能があったなんて。この私がこんなにいやらしい声を出すなんて。これからどうなってしまうんだろう。破瓜の痛みの方がまだましのように思えてきた。このままだと――私、――私……。

「あっ、ラウル様……、あ……、――」

甘苦しさに喘ぐ身体の中でみるみる緊張が高まっていく。不意にその全てが弾けたように、頭の中が空白になった。

「っ、んんっ……、……」

強い快感が腰を跳ね上げさせ、アディスは口を手で押さえたままで、ひくひくと彼の指が埋まっている場所を痙攣させた。

――……、い、今のは……何？

胸は痛いほど苦しく、思考は白いままだった。なのに快感の余韻はなおも身体の奥深い所で疼いて震え、甘い毒のように全身を痺れさせている。

「アディス……」

性急に抱き寄せられ、覆い被さってきたラウルと目が合った。彼の表情の余裕のなさに胸が震えた。広げられた足の間に、硬くて質量のある異物がゆったりと押し入ってくる。

「あ……」

肉を割る槍のあまりの大きさに、アディスは息を止めて目を閉じた。けれど覚悟していた痛みはなく、代わりに胸がぎゅうっと締めつけられ、切ないような苦しいような名状しがたい気持ちになる。

「大丈夫か」

「……は、はい」

圧迫感で息が詰まりそうになったが、苦しさと言えるものはそれだけだった。ただ最初の時より、彼と繋がっているという実感がある。

アディスの腰を両手で固定したラウルが、ゆっくりと腰を動かし始めた。太い陰茎がゆったりと単調な抽送を始める。それも、初めての時とはまるで違った。あの時は荒々しいだけで――苦しくて、息もできなくて――

「あ……、はぁ……、あ」

淡い快感が下肢に集まってきた。彼の手が腿を撫で、足首に唇が当てられる。

「ン……」

太い陰茎で繰り返し穿たれながら、何度も足首やふくらはぎにキスをされる。腿を撫でていた手は内腿の秘裂に入り込み、ぬるぬるに濡れた肉芽を親指で捏《こ》ね回される。一気に頭の中が白くなり、アディスは腰をひくつかせた。

「……、あ、あ、あん、あっ」

あ、頭がおかしくなる。いや、これは駄目。こんなことされたら、頭がおかしくなる。

「いやっ、やめて、ああ、あああっ、あ……」

容赦なく押し寄せる快感に、はしたなく身体がうねり、痙攣する。蜜を零しながら震える花芯に、ラウルは深く腰を突き入れてくる。

余裕のない、嚙みつくようなキス。互いの呼吸が乱れ、抽送が次第に激しくなる。

いや、気持ちいい。――やぁ、あ……、こんなの、だめ……！

「あ、――ラウル様、あっ、……あん、あ……っ」

「アディス……、アディス……」

譫言《うわごと》のように囁いた彼が、いっそう強く腰を打ちつけてくる。眉根に寄せられた苦悩と、額に浮いた汗に胸がきゅっと締めつけられた。けれどその感傷もたちまち快感の波にのみ込まれていく。

「や……、おかしくなる。……あん、やっ、だめ、私、……、」

我を忘れてアディスは喘ぎ、快感の波に抗うように首を振る。ラウルの呼吸が荒くなり、それを意識する間もなく頭の中が白くなる。闇に落ちていくような感覚の中、彼の手が自分の手を握りしめ、耳元で何かを囁く。記憶していたのは、そこまでだった。


どのくらい眠っていたのだろう。まどろみから目覚めたアディスは、自分を包む温かな肌の感触に、驚きながら顔を上げた。

明け方の暁暗の中、眠るラウルの横顔が見えた。彼の腕はアディスの肩の下に回されて、互いの上半身は裸のままだ。

微かに呻いたラウルが、眩しそうに目を細めてからこちらに顔を向けた。

「起きたのか」

ドキッとした。彼の顔を見た途端、夕べの記憶がみるみる蘇ってくる。変な声をいっぱい上げて、おかしなことを沢山言った。恥ずかしい、恥ずかしい、いっそ消えてしまいたい。どうして私、あんな風になってしまったんだろう。

俯いていると、髪をそっと指でかき分けられた。見下ろす彼の目は温かかった。

「婚礼の夜の非礼を、許してくださるか」

「……婚礼の夜、でございますか？」

ドキドキしながらアディスは顔を上げた。どうして今、そんな昔の話をするのだろう、と思いながら。

「ひどいことを沢山言った。あなたのお父上のことや……」

言葉を切ったラウルは、アディスを抱き寄せると、乱れた髪をそっと撫でた。

「白状すれば、あの時の俺は、八年前のあなたに会いたかったのだ」

――八年前の、私……？

「笑わないでいただけるか。俺はあなたが忘れられなかった。もちろん最初から好きだったわけじゃない。ただ、行方をくらまされたと聞けば心配だったし、捕らえられたと聞いた時は、できることなら助けに行きたいと思った」

ドキンと胸の底が微かに疼いた。

「叔父上には恋だろうと言われてからかわれた。当時はむきになって否定したが、今ではよく判らない。……よく判らないが、あなたはずっと、俺の中にいたような気がする」

アディスは何も言えずに、ただ瞬きを繰り返した。

（あなたは、誰だ？）

婚礼の夜、訝しげな目で自分を見ていたラウルのことが思い出される。その次にかけられた様々な質問や言葉に、自分はなんと答えただろうか。あれは尋問ではなかった。彼はただ私を――八年前の私を探していたのだ。

抱き寄せられ、唇がそっと重なった。胸がいっぱいで言葉が何も出てこない。

愛おしい目、鼻、唇。――温かな肌と声。今日からここが、確かに私の居場所なのだ。

お父様とナギは許してくれるだろうか。こんなにも彼を好きになって、幸福を感じている私を——許してくれるだろうか。

こめかみに、そっと唇が触れた。

「……俺の女は、死ぬまであなただけだ」

目の奥が熱くなる。知らなかった、幸福な時も、人は泣きたくなるものなのだ。彼の背に両手を回し、アディスは次第に深くなるキスに身を委ねた。

法皇宮に死の沈黙が満ちていた。

砕けた陶器や破壊された装飾品が床一面に散らばっている。黒衣の男はその欠片を踏みながら入ってきて、月明かりの差し込む窓辺で足を止めた。

——もし、あの小賢しい妹が、この男の姿を見たら、一体どんな顔をするだろう。

そんなことをうっとりと考えながら、カミッロは酔眼を巡らせて男を見上げた。

「遅かったな。それで、ゴラド王妃が東国に送った密書は手に入れたのか」

「——ここに」

黒手袋に包まれた手で差し出された封書を、カミッロは上機嫌で取り上げた。

これでゴラドの命運は決まった。苦労して仕掛けをした割にはあっけない幕切れだった。

愉快なのはゴラドの次期国王だ。逃げ場はなくなり、いよいよ己の運命を受け入れるしかなくなった。実の母親の、愚かで馬鹿げた過ちのために。

「――それにしても、女というのはつくづく愚かな生き物だ。お前もそうは思わないか」

ドミノから薄い唇だけを覗かせた男は、無言で周囲に視線を向けた。そこには、装飾品と同じように壊された娼婦達が、見るも無惨な様で横たわっている。

「罰だ」

カミッロは眉を上げ、紅い唇を広げて笑った。

「二人がかりでも私を満足させられなかった。大罪だ。拷問と死に値する」

杯を一気にあおると、カミッロは自分で酒瓶を取り上げ、新たな酒を杯に注いだ。

「――それより聞いたぞ。お前は私の計画に、異論を申し立てているようだな」

「異論ではなく提言です。黒色火薬の威力は確かに凄まじいものがありますが、それだけでホウは起こせません」

「――待て、ホウと言ってもたかだか雪崩だ。それを無知で迷信深い連中が、大げさに騒ぎ立てているだけだろう？」

なおも口を開こうとした男を遮るように、カミッロは冷ややかな双眸を上げた。

「その話は二度とするな。それより、妹がゴラドで、始の書を読み解いたというのは本当か」

「……いえ。始の書は、もうどこにも存在しません。おそらくアディス様は、山の民が願う筋書きに沿った物語を語ったのでしょう」

「つまり私との約束を破ったということだな。――罰に値するとは思わないか」

答えない男を見やり、カミッロは微かに鼻で嗤《わら》った。

「千年前の書などどうでもいいが、父上が、法皇宮にあった始の書をあえて破壊したのが気にかかる。――父上はハンニバルと何を謀り、何を私に隠そうとしていたのだ？」

「判りません。私も政変の折は法皇宮を離れていましたので」

「まぁ、いずれ妹に吐かせれば済むことだ。――セトルキアンから、妹への連絡は？」

「ございません。再三罠を仕掛けましたが、双方連絡を取り合う気配もありません」

「――妹に、妊娠の兆しはあるか」

「……、ございません」

「計画通り、ゴラド国内の危険分子は一掃した。近い内にヴァレン家は滅亡し、ゴラドは私の物になる。――むろん、彼らが持つ軍神の血もだ」

カミッロは、赤く燃える目を闇に立つ男に向けた。

「ナギ。この時をもって八年前の裏切りは許してやる。再びゴラドに発ち、必ず妹を連れ戻せ。ただし軍神の血を腹に宿した妹を、だ。あれが王太子妃か王妃である間にできた子であれば、相手は犬でも構わない。――たとえお前の子でもな」

第六章　この雪がとけるまで

「アディス様——奥方様！　一体どこにおいでなのだ」

ジェラルドの声に、槍を構えていたアディスは、その姿勢のままで振り返った。

シュベルク城。広い中庭に、午後の明るい陽光が差し込んでいる。屋根に囲まれたこの一角は雪も雨もしのぐことができ、平素から兵士達が訓練の場として使っている。

その中庭で、先日ザバからやってきたばかりの女兵士達が、槍の訓練をしていた。

「奥方様——ああ、またしてもそのような真似を！」

屋根を支える柱から顔を出したジェラルドは、額に手を当てて天を仰いだ。

「いくらラウルが許してもそれだけはおやめくだされ。いずれこの国の妃になられる方に、万が一怪我などされては、この俺の立場がない」

「怪我などしないわ。みんな優しいし、手加減してくれるもの」

アディスが槍を下ろしてそう言うと、背後から女達が口々に言い募った。

「言わせてもらいますが、危ないのはこっちですよ」

「アディス様のお強いことと言ったらもう。こちらが教えを乞うているくらいです」

「悪いが、今そういう援護はいらないんだ。奥方様に忠実なのはいいが、こういう時は俺に従え」

ジェラルドは呆れたように言って、アディスの腕を引っ張った。

「ラウルが帰ってきているぞ」

思わず歓喜に目を輝かせたアディスは、俯いて頬を染める。

「ほ、本当ですか。お帰りはまだずっと先だと……」

「こういう時は身体を清め、いい匂いのする香でも塗って、しおらしく夫を出迎えるものだ。ただでさえ滅多に会えないというのに、そのような色気のない……」

「――、すぐに着替えます」

アディスは急いで、稽古用にあつらえた衣装を翻した。

黒を基調とした上衣とズボン。髪はひと纏めにし、額には銅入りの鉢巻を巻いている。そんな姿で颯爽と歩くアディスに、すれ違う誰もが目を止めた。

「見ろ、王太子妃のお通りだ」

「こうして見ると、なんとも凛々しいお姿だ。昔の王太子を見ているようじゃないか」

ラウルが国王代理に就いてから一カ月あまり。南部の花嫁が来て以来、揺れに揺れ続けたゴラド王国は、ようやく安寧と結束を取り戻しつつあった。

王妃が追放されたことにより、その生家のタイル家だけが、一時反乱の兆しを見せたものの、それもラウルの説得で収まった。ギデオンの態度は相変わらず尊大だが、それでもラウルには逆らうことなく従っている。

軍神ルキアの血を引くラウルの存在は、一度表に出ればこうも絶対的なものなのだ。それを驚くと同時に、どこか気の毒な気持ちになる。大人びて見えるが、彼はまだ十八歳。南部では大人扱いすらされない年齢なのだ。

一方で、山の民を服従させたアディスの人気は国民の間で高まるばかりだった。

月に一度、王家が公開で行う礼拝の儀式には、かつてないほど多くの民が押し寄せた。アディスが姿を現すと喝采と拍手が沸き起こり、中には泣き出す者もいた。

改めてアディスは、実感せざるを得なかった。この新しい居場所で、自分は再び『フォティアの神童』になったのだと。——

「ジェラルド、私が以前にお願いしたことですが」

「——ああ、セトルキアン元枢機卿の行方だったな」

短い髪に指を入れたジェラルドは、苦い目で顎を擦った。

「各方面に探りを入れてはいるが、新しい情報は入ってこない。八年前、真珠海から船を使って中大陸に渡られたらしいが、判っているのはそこまでだ」

「そう、ですか……」

アディスは落胆を隠せずに肩を落とした。ジェラルドは不審そうに眉を寄せる。

「仮に生きていたとしても、もう七十になる爺さんだ。しかも政変前にフォティアを捨てて逃げ出した臆病者だろう？　どうしてそこまで、その老人が気になるのだ」

　確かに時系列だけを辿ればそうだ。しかし実際のところ、突如として枢機卿職を辞したセトルキアンの真意を知る者は誰もいない。ただ父と不仲であったことから、様々な噂が尾ひれがついて広まっただけだ。

「……以前も話した通り、私はその者から、ゴラドに同志がいると知らされたのです。それが本当なのか嘘なのか、どうしても気になって」

「欺かれたと見るべきではないのか？　目的はよく判らんが、あなたを使ってゴラド国内を攪乱《かくらん》するための虚言だったのかもしれん」

　アディスは黙って目を伏せた。だとしたら、それを企んだ者は一人しかいない。口に出すのも恐ろしいが、法皇カミッロサンドロ一世だ。

　おそらく目的は、ジェラルドの読み通りだろう。ゴラドを攪乱させておいて、カミッロは一体何をするつもりなのか。

　踏みしめる雪がじゃりっと力なく崩れるのを感じ、アディスはふと足を止めた。日々暖かくなる日差しが、冷たく凍った雪を解かしつつある。くすんだ雲の向こうには青空が広がっていた。もうゴラドを守っていた雪の季節は終わろうとしているのだ。

　黙り込むアディスを見下ろし、ジェラルドは少しだけ苦笑した。

「ご不安なのは判るが、あまり難しいことは考えなさるな。あなたの務めはあくまで世継ぎを産むことだ。ラウルは明日イレネーに戻る。しっかりと励んでこられるといい」

「……ラウル？」

部屋に入ったアディスは、規則正しい呼吸の音に足を止めた。

窓際の長椅子で、片腕に頭を乗せたラウルは、足を投げ出すようにして眠っていた。

窓から入り込んだ午後の日差しが、彼の端正な顔に光と影を落としている。薄く開いた唇。耳にかかった闇色の髪。引きしまった腰はいかにも男らしいのに、どことなく艶めいて見える。

なんだか夢でも見ているようだ。この美しい人が、私の夫なのだ。――

「ラウル……。そんな所で寝たら、風邪を引きます」

歩み寄ったアディスは、そっとラウルの肩に手をかけて揺さぶった。よほど疲れているのか、彼は眉筋一つ動かさない。

――どうしたんだろう。いつもは気配だけで目が覚めてしまう人なのに。

ふとアディスは眉を寄せた。気のせいだろうか、以前より顔の輪郭が鋭敏になった気がする。そういえば最近は、あまり食欲もないようで、たまに食事をしても殆ど手をつけていない。

その時、不意に日差しが陰った。太陽が雲に覆われ、彼の顔にみるみる暗い影を広げていく。それが生から死への変化のようで、アディスは蒼白になって立ちすくんだ。

「――、どうされた」

いきなりラウルの目が開いた。息が止まるほど驚いた途端に手首を摑まれ、へなへなと膝をつく。

「何があった。まるで死に人のようなお顔だぞ」

心臓が早鐘のように鳴っている。私、一体どうしたんだろう。たかが日差しが陰ったくらいで、どうしてこんなに不安な気持ちになるんだろう。

「気分が悪いなら休むといい。――すぐにこちらに戻らずに悪かった。時間があったので、父上の見舞いに行っていたのだ」

「……い、いえ、私は大丈夫です。お義父様は、いかがでしたか？」

「変わりない」

あっさりと言ったラウルは、アディスを軽々と抱き上げて、自分の膝の上に座らせた。腿の硬さと弾力にドキドキしながら、アディスは戸惑って顔を上げる。

「な、なんですか？」

「だから、休んだらいいと言っただろう」

「気分も悪くないし、こんな所で休めません。――やだ、どこを触ってるんですか」

「いや、随分と変わったお召し物だと思って」

腰紐に手をかけた彼の目が笑っている。その表情にようやく安堵したアディスは、我に返って頬を染めた。そうだった。急いで来たから着替えるのを忘れていた。

「さ、先ほどまで槍の稽古をしていたんです。それを、ジェラルドに呼ばれて」

「なるほど、ではこれが女兵士に交じって槍を振るわれている時のお姿か」

「ごめんなさい、着替えてきます。汗も沢山かいていますし、」

「だめだ。それを待っている時間が惜しい」

逃げようとした腰を抱き寄せられ、アディスは閉口しながら俯いた。

とはいえ、ラウルがそう言うのも無理はない。国王代理となった彼は、気の毒になるほど多忙な日々を送っている。戦の準備、それに加えて粉砕されたハミル砦の修復。

ここ数日、城内には新たな兵士がぞくぞくと集まり、武具や馬具も連日のように運び込まれていた。アディスの護衛には、ザバからやってきた女兵士達が新たに就き、戦が近いということが、否応なしに感じられる。

今日もザバの女達が噂をしていた。フォティアには十万を超える聖十字軍が集まり、海を越えた異国からも、多数の軍船が集まりつつあると。

不意に、今日踏みしめた雪の頼りなさが思い出される。アディスはラウルの首に両手を回して頬を寄せた。驚いたように動きを止めたラウルが、ややあって肩を抱いてくれる。

「……母上が、あなたに謝りたいと言っていた」

「……ラウル、私ならいつでも、お義母様にお会いします」

「そう言っていただけると思っていたが、今はまだ難しい。――時が経てば母上も少しは冷静になるはずだ。それまで、待ってくださるか」

アディスは頷き、いっそう強くラウルの身体を抱きしめた。

ラウルの母、王妃イザベッラは、表向きは国外に追放されたことになっている。アディスも当初はそう信じていたが、実際はそうではなかった。彼女は今、王宮の北の外れにある塔――国王ハンニバルが養生している部屋に隠れ住んでいるのだ。

それはラウルとジェラルドが二人で図って決めたことらしい。というより、ラウルが国王代理に就くにあたり、唯一ジェラルドに突きつけた条件がそれだったのだ。

ハンニバルの病状について、ラウルは多くを語らない。しかしこれだけは察しがついた。おそらくは伝染病――しかも死病だ。だからハンニバルが療養している塔には誰も近づけず、王妃をそこに隠すことも可能だったのだ。

「身体に変わりは？」

不意に彼の口調が明るくなり、耳に軽い口づけが落とされた。

「と、特に変わりはありませんけど」

「月のものは？」

「――、ちゃんと来ています」

「そうか、なかなか思うようには孕まぬものだな」

「もうっ、そのようなあけすけな物言いはおやめください」

閉口したが、耳に何度も唇を当てられている内に身体から力が抜けていく。大きな手に広い胸。こうして彼に抱かれていると、自分がすごく儚い存在に思えてくる。

彼を知る以前は、女としての肉体の脆さが悔しくて虚しかった。でも今は、――ラウルとこうしている時だけは、それがとても幸福なことのように思えてしまう。

おとがいを持ち上げられ、そっと唇を塞がれる。アディスは声もないままに、全身から力を抜いた。いつもそうだが、どうして彼とキスをするだけで、こんなに苦しいような、切ないような、心の全てを持って行かれるような気持ちになるのだろう。

「……ん、……ん」

数日ぶりに触れる唇は、最初から危険な熱を帯びていた。我に返った時には腰の縛めを解かれ、上衣の衿を開かれている。

「――あ、待って」

「大丈夫だ、誰もこない」

「そ、そうじゃなくて、私……、んっ、着替えさせて、お願い」

身をよじって逃げようとすると、背中から上衣を脱がされる。肌に着けているのは、防御用の下着だ。薄い銅板を編み込んだもので、急所を隠すように身体の前側を覆っているが、背中はそれを紐で結んだだけになっている。

彼は手を止め、殆ど裸も同然のアディスの背をしげしげと見つめた。

「……驚いたな、このような衣服を初めて見た」

「いや……、み、見ないでください」

恥ずかしさのあまり前屈みになると、両脇の下から、するっと彼の手が忍び込んでくる。

温かい手で双方の膨らみを包まれて、アディスは驚いて目を瞠った。

「あっ、嘘っ、だめ……っ」

もがいた身体はあっけなく抱き寄せられ、首筋に唇を押し当てられる。耳やうなじに繰り返される甘いキス。両胸を揉まれている内に、抵抗する気持ちが溶けていく。

「ラウル、ここでは……」

アディスは弱々しく首を横に振った。

一体いつから、自分の身体はこんな風になってしまったのだろう。彼に触れられると、意思がなくなったように、何をされても抵抗できなくなる。それどころか……。

「ん……ぁん、……ン」

剝き出しになった背に何度も唇を落とされて、指で巧みに乳首を弄られる。チリチリとした快感が緩やかに下腹部の熱を上昇させて、アディスは自分から腰を浮かせた。蕾が開くように起ち上がった両胸の先端を弄りながら、ラウルが耳元に唇を寄せる。

「……衣装のせいか、俺が非道な真似をしているような気持ちになるな」

「ん、……お、おかしなことを言わないで」

「これから、この衣装を見るだけで欲情しそうだ」

顔を引き寄せられ、唇を甘く塞がれる。そのまま両手指で蕾をこりこりと弄られて、膝立ちになったアディスはびくんっ、びくんっと下肢を震わせた。

「ア……、あ、……あ……」

甘くとろけてくずおれた身体を、立ち上がったラウルに抱え上げられる。

「寝台に行こう」

見下ろされた目の暗さに、胸の奥がズキリと疼いた。


——私、何をしてるの。こんな昼間に、……こんな……。

部屋の外には何人もの侍女や騎士が待機している。きっと皆が王太子夫婦がしていることを察しているに違いない。

「あ、アン、……あ、っ、あ」

室内には自分の声とラウルの息、そしてぬかるみを穿つような淫らな音が響いている。

荒い息を吐いたラウルが、半身を起こして体位を変えた。

それまでは正面から彼の欲望の証を受け入れていたのに、今度は背後から、片方の足だけを持ち上げられる。恥ずかしさに目をつむった途端、下腹部全てを埋めるほどの質量を持つものが、再びアディスの中に入ってきた。

「ア、……、あ、あ」

散々穿たれ、敏感になった場所を陰茎で擦られて、強烈な快感に目の前がちかちかした。

奥まで突き入れられたものが引き抜かれ、再びズブズブと動き出す。耳元で響く荒い息、緩急をつけてかき回され、太い肉槍に奥を突かれるたびに、頭がおかしくなりそうになる。

「あん……、やっ、あんっ、あん」

堪えても堪えても、鼻に抜けるような甘い声が漏れる。

思えば最初は辛いだけの行為だった。あまりの痛みに気持ちが悪くなって、二度と嫌だとさえ思った。けれど二度目は時間をかけて丁寧に愛されて、最後は快感の海に沈められた。

あれから何度、彼とこんな風になったのだろう。共に夜を過ごしたのはほんの数度だが、その短い逢瀬で、ラウルは幾つもの快感の在処《ありか》をアディスの身体に教え込んだ。

そのめくるめくような記憶は、甘く脳髄に染み込んで、今では彼の香りに包まれただけで、胸がきゅっと疼き出すほどだ。

「ん……、っ、あんっ、あ……」

下腹部で急速に高まった官能が、その時が近いことを予感させた。

アディスの中から自分のものを引き抜いたラウルが、今度は正面から身体を組み敷き、腿の間に自分の腰を割り込ませる。獰猛にそそり立つ肉茎で、半ばとろけた媚肉をぬるぬるとかき回され、一気に奥まで突き入れられた。

「あ……ッ、あ、……っ」

細くしなるアディスの腰をしっかりと抱き留めると、ラウルは容赦のない抽送を始めた。角度を変えた熱塊は弾けそうな快感の膜をいとも簡単に突き破り、いっそうアディスを悶《もだ》えさせる。たちまち頭の中が白く濁り、頭から足の先まで耐えがたい快感に支配された。

「ラウル、あ……、あん、ラウル、ラウル」

「……アディス、……っは、……っ」

苦しげに息を吐いたラウルの動きが荒々しくなる。何度も突き上げられ、殆ど息も絶え絶えになりながら、アディスは薄目を開けて夫を見上げた。

苦悶に歪む顔はなまめかしく、瞳は情欲で濡れていた。美しく引きしまった胸にも腹にも薄く汗が浮いている。浮き上がる筋肉の一筋一筋が愛おしかった。

「ラウル……、好き……好き……」

彼の肌に手で触れながら、アディスは譫言のように囁いた。屈み込んだラウルが我を忘れたように唇を重ねてくる。口を塞がれたままで荒々しく突き上げられ、暗くなった視界の中で白い火花が弾け散る。

「……っ、……っ、っ、……」

次の瞬間、びくびくっと腰を浮かせ、声もないままにアディスは果てた。強烈な快感の反動で重く沈む身体の中に、彼から放出されたものが躍動と共に注ぎ込まれる。

——なんか……今日……、いつもより……。

深すぎる快感の余韻に、言葉がすぐには出てこない。息を吐いたラウルは、倒れ込むように寝具に背を預けると、アディスの肩に腕を回した。

「すごく、よかった」

女と違って風情がないのか、こういう時の彼の感想はいつも素直だ。いつものことながら、アディスは耳を熱くする。

「服のせいかな」

「……絶対に違うと思います」

「次は何か、別の衣装を……」

「絶対にいやです」

むきになって唇を尖らせると、ラウルは笑いながら、アディスを自分の胸に抱き寄せた。

「でも、よかった」

「もうっ、しつこい」

ぱちんと胸を叩くと、ますますおかしそうに笑う彼に引き寄せられる。

「もっと、一緒にいたいな」

ドキッとした。不意に子供っぽいことを言う彼に、くすぐったいような気持ちになる。

普段は年齢以上に大人びて見えるラウルだが、二人になると、年齢相応の素顔を見せる。

アディスが話す南部の話に、素直に驚いたり感心したり、何が面白いの？　というところで、笑いが止まらなくなったり――今みたいに、甘えたことを言うのもそうだ。

そういう時は、二つ年下のこの人が可愛くて堪らなくなる。

今のアディスにとって、ラウルは夫であると同時に、兄であり弟であり、大切な友人のようなものだった。一緒にいると楽しくて、時が経つのも忘れてしまう。

「じゃあ、私と一緒に城を出て、どこか遠くに逃げますか？」

「いいな。どこへ行こう」

冗談めかして問うアディスに、ラウルも軽い口調で応える。

「中大陸に――フレメル、ギリス、海を渡ってトンヤンなどは？」

「おいおい、最初にトンヤンのことを知った時、眉を顰めていたのはどなただ」

アディスは目を輝かせて、ラウルの上に身体を重ねた。

「中大陸の果てには西国《サイ》という国があるそうです。行ってみたいと思いませんか？」

「さすがにちょっと遠いな」

「ものの本によると、西国には羽のある馬がいるのだとか。――本当でしょうか？」

答えずにアディスを見ていたラウルが、唇にふっと淡い微笑を浮かべた。どこか寂しげなその笑い方に、アディスは戸惑って瞬きをする。

「――さて、そろそろ行かねばな」

ラウルは気持ちを切り替えたように、アディスから身を離して半身を起こした。アディスも我に返り、衣装をかき合わせながら身体を起こす。

「待ってください、せめて服……、髪だけでも直さないと」

「別にいい。子作りも立派な仕事だろう」

アディスの肩口にキスをすると、ラウルは上着を羽織りながら立ち上がった。

その背を見守るアディスの中で、先ほど見た寂しそうな彼の微笑が消えなかった。

どうしてだか、ナギのことが思い出された。どんな時でも冷静で、滅多に笑顔を見せなかったナギ。希に見せる微笑みはいつも寂しそうで、何かを諦めているようにも思えた。

そのナギとラウルが、どうしてこうも重なって見えるのだろう。

あまり考えたくないが、私自身が彼との別れをどこかで予感しているのだろうか。

この雪が解ければ、かつてない規模の戦がこの国を舞台に繰り広げられる。手に入れた幸福も安らいだ暮らしも、その時を境に一変してしまうかもしれないのだ——


「——フォティアの軍船が、キサの港に向かっている？」

ジェラルドの声に、アディスは驚いて足を止めた。

ラウルが再びイレネーに戻ってから五日後。午後にはラウルが帰城するとのことで、アディスは侍女達に交じって彼の好物を作ったりと、穏やかな時間を過ごしていた。

そんな時、ジェラルドから相談があると言われ、本殿の彼の館に呼び出されたのである。

珍しく動揺を滲ませたジェラルドの声が続いた。

「どういうことだ、フォティアはゴラドに戦争をふっかけるつもりなのか！」

「いずれ書状が届くと思いますが、トンヤンとの交易を阻止するのが目的のようです。

——入船を許さなければ、ゴラドを異教国とみなす。法皇はそう仰っておいでです」

知らぬ男の声がそれに答える。

「軍船の数は」

「十隻あまり。キサから内陸を攻められれば、ゴラドはひとたまりもありません」

「……あの狐め……。いよいよ本性を剝き出しにしやがったな」

呆然と立ち尽くしたアディスは、我に返って室内に足を踏み入れた。恐れていたことがいよいよ現実になりつつある。兄が、ゴラドにその毒牙を向けようとしているのだ。

「――アディス様」

入ってきたアディスを見て、一瞬狼狽したジェラルドは、すぐに苦く嘆息した。彼の前には旅装束の男が一人、おそらくはフォティアに送り込んでいた密偵だろう。

「そうか。俺が呼んだのだったな。――おかけくだされ。そんなにお時間は取らせない」

ジェラルドは手を振って、旅装束の男を追い払った。

「ジェラルド、今の話は本当なのですか」

「悪い話をお耳に入れてしまったが、そのようだ。ラウルは以前から、フォティアはゴラドの弱点を摑んでいると主張していたが、その通りだったということだな」

「どう、なるのですか」

「港は明け渡すしかないが、内陸に攻め込ませないよう備えを固める必要がある。こうなると、内陸の民全てをフォティアに人質に取られたようなものだが……」

ジェラルドの重苦しい口調が、そのまま事態の深刻さを物語っているようだった。

それでもアディスは、今一つ釈然としなかった。兄が、いずれゴラドに報復する気なのは間違いないが、何故東国との戦を前に、このような真似をするのだろう。

「ジェラルド、聖戦では、フォティアはゴラドの助力を必要としているのですよね？」

「その通りだ。――聞いている限り、フォティアに集結した聖十字軍は十万。ゴラド軍と合わせても十三万がやっと。片や東国の軍勢は二十万を軽く超えている」

さっと顔から血の気が引いた。いくら地の利があり、イレネーという巨大な壁があるとはいえ、その絶望的な差を、兄はどうやって埋める気なのだろうか。

「ますます判らなくなりました。兄は目的を達成するまでは相手をとことん騙し抜く男です。その兄が、東国との戦を前に、こんな真似をする必要があるのでしょうか」

「まぁ……俺達が土壇場で裏切らないよう、睨みをきかせるつもりなのではないか？」

そうかもしれない。けれどどうしても、棘が刺さったような違和感が拭えない。兄は何か別の目的のために、軍船をゴラドに送り込んだのではないだろうか……？

「ご懐妊の兆しは？」

不意に話が思わぬ方向に飛んだので、アディスは面食らって顎を引いた。しかしジェラルドは不思議と真面目な顔をしている。

「ま、まだだと思いますが」

「最後の月のものは？　いや、そのご予定はいつ頃だ？」

呆れて絶句したアディスを見やり、ジェラルドは我に返ったように居住まいを正した。

「全く俺らしくないだろうが、真面目にお聞きしているのだ。実は昨夜、ギデオン大公から進言された。ラウルに、一刻も早く公妾をつけた方がいいのではないかと」

胸の裡がすっと冷たくなった。公妾とは、つまり第二夫人のことだ。……しかしラウルの持つ
「まだご結婚されて二カ月あまり、時期が早すぎるのは判っている。しかし

血が特別なものだというのはお判りだろう。——東国との戦がなくとも、人はいつ何時命を落とすか判らない。俺の兄上、ハンニバルにしてもそうだ」

嘆息し、ジェラルドは苦く眉を寄せた。

「まさか東国との開戦前に病に倒れられるとは、兄上も思っていなかったに違いない。今になって、ラウル以外に子をもうけておけばよかったと後悔しておられるはずなのだ」

アディスは、心音が高くなるのを感じながら顔を伏せた。そうなることを覚悟していないわけではなかったが、ジェラルドの言葉は、二重の意味でアディスをひどく動揺させた。

こうも急いで世継ぎを求められているのは、むろん東国との戦が近いからだ。それによってラウルが死ぬ——その可能性を、ギデオンは暗に示唆しているのだ。

そして何より辛いのが、彼が自分以外の女性と交合するということだ。あの何にも代えがたい一時を、彼が別の誰かと共有する……。

「すまんな。せめて俺がヴァレンの血を引いていれば、ラウルも楽だったんだろうが」

ジェラルドが気まずげに頭をかく。アディスが眉を寄せると、彼は驚いたように瞬いた。

「なんだ。ラウルから何も聞いていないのか。俺は前王の血を引いていない。正確には王妃と別の男の間にできた不義の子なのだ」

——え……？

驚きで声も出ないアディスの前で、ジェラルドは彼らしい快活な笑みを浮かべた。

「フォティアの神童にしては、勉強不足だな。『キャサリン妃の悲劇』と言えば、北部では子供でも知っている。たった一度の不貞を働いたばかりに、獄中死した悲劇の王妃だ」

キャサリン妃の悲劇――確かギデオンがそんなことを言っていた。ゴラドでは不貞は絶対に許されない。一度その烙印を押されると、終生地下牢で暮らすようになると。

「俺と兄上は、そのキャサリン妃の子供なのだ。尤も兄は前王の血を引き、俺は馬番の血を引いている。――だから俺は、結婚しないし子も作らない。こういう不名誉な血は、俺の代で断つべきだからな」


その日も、その翌日も、結局ラウルは戻ってこなかった。

何一つ連絡がないというのは初めてのことで、キサの港に軍船が迫っているとの噂が広まる中、侍女達も不安を隠せないでいる。

「聞いた？　ラウル様に第二夫人をつけるという話があるそうよ」

「諸侯が次々と娘を城に送り込んでいるとか。それでラウル様は戻ってこないのかしら」

そんな囁きを耳にした四日目の夜。一人寝台に腰かけたアディスは、こんな時にエスミがいたら……と、心細いような気持ちで考えていた。

あれ以来一度も姿を見せないエスミは、一体何をしているのだろう。傷も癒え、今はセロの集落で暮らしていると聞いたが、どうして城に戻ってこないのだろう。

それとも、親しみを感じていたのは私一人で、エスミは違ったのだろうか――

「奥方様、王太子様がお戻りに」

その時、忙しない足音がして、侍女達の騒ぐ声がした。それがひどく困惑している風だったので、アディスは驚いて夜着のまま外に出る。目に飛び込んできたのは、ラウルではなくジェラルドだった。彼はその肩で、ぐったりとなったラウルを支えて立っている。

青ざめて立ちすくむアディスを見て、ジェラルドは慌てて片手を振った。

「心配しなくても酔ってるだけだ。——ラウル、着いたぞ。お前の愛する奥方様の館だ」

「……判ってる。あまり大きな声で喋らないでくれ」

ジェラルドの腕から逃れたラウルが、ふらふらっと歩いて、傍らの長椅子に倒れ込んだ。

その姿を見て、アディスは驚きで息をのむ。髪も衣服も乱れ、目もどこか力がない。顔には珍しく朱の色が浮かび、全身から強い酒の匂いを放っている。

「——誰か、ラウル様に水を」

侍女に命じたアディスは、思わず責めるような目でジェラルドを見上げていた。

驚いたように肩をすくめたジェラルドは、彼自身も酔っているのかへらっと笑う。

「いやいや、そう怒りなさんな。何も俺が無理に飲ませたわけじゃないぞ？　——男にはたまにそういう日もある。いよいよラウルも大人になったってことだ」

「……アディス、叔父上の言う通りだ」

長椅子で半身を起こしたラウルが、水の入った杯を唇に当てながら呟いた。その目はぼんやりと空を見たまま、一度もアディスには向けられない。

「叔父上は俺につきあってくださったのだ。悪い顔をせずに、見送ってくれ」

とんっと杯を卓に置くと、ラウルは足をふらつかせながら立ち上がった。

「寝る」

よろめいた彼の身体を、駆けつけた従者が慌てて支える。ただただ、アディスには驚きしかなかった。いつも折り目正しいラウルのこんな姿を見たのは初めてだ。あれほどお酒に強い人がこんな風に酔うなんて、一体何があったのだろう。

ラウルの姿が消えると、ジェラルドは、疲れたようにソファに座り込んだ。

「……いずれ噂になると思うが、実は二日ほど、あいつは行方をくらましていたんだ」

「えっ……？」

「昨日の夜、宿場町で酔い潰れていたのを俺が見つけて拾って帰った。――もう少しまともにしてから城に連れ帰るつもりだったが、少し目を離したらあの様だ」

アディスは眉を寄せて、ラウルが入っていった部屋に目を向けた。そこは夫婦の寝室ではなく、護衛に詰めている騎士達が仮眠を取るために使っている部屋だ。

「一体、どうしてそのようなことに？」

「城にいるあなたは知らなかったろうが、最近は夜も眠れず、深酒をしていたようだ。あいつは女遊びも博打もしないから、他に気持ちを発散する術を知らないんだろう」

「そうではなく、一体、どうしてそうなったのかと聞いているのです！」

激しい口調で言ったアディスは、はっとして口をつぐんだ。

これはただの八つ当たりだ。自分が今怒っているのは、ラウルの全てを知った気になって、安堵していた自分自身の迂闊《うかつ》さにだ。彼が痩せたことを気にしていたのではなかったのか。時折見せる、何かを諦めたような眼差しに、不安をかき立てられていたのではなかったのか。なのに――なのに私は、一体何をしていたんだろう。

「ごめんなさい。……ジェラルドにはいつも助けてもらっているのに」

「……構わんよ。公妾の話を出してラウルを追い詰めたのは、実際のところ俺だしな」

「では、そのことで、彼は悩んでいたのですか」

それには答えず、ジェラルドは長い息を吐いた。

「まぁ、それを含めて色々悩んでいるんだろう。ヴァレンの血を引くのはラウル一人。その重責はアディス様が想像している以上に重いんだ。たまには息を抜きたくなることもある。――そう思って、許してやってくれないか」


アディスが寝台に歩み寄ると、ラウルは片腕を後ろに回し、天井を見上げていた。

「……お休みにならないのですか？」

そう聞くと、ラウルは目だけでアディスを見て、口元に淡い微笑を浮かべる。

「本当を言えば、さほど酔ってはいないんだ。いくら飲んでも酔えない体質のようでな」

「……酔い潰れていたと、ジェラルドから聞きましたが」

「ただ眠っていただけだ。全く叔父上も大げさだな」

苦笑したラウルは、半身を起こして卓に置いてあった杯を取り上げた。それが酒だと判ったアディスは、驚いて止めようとする。

「構わないでくれ。今夜は疲れた。――眠りたいんだ」

再び寝台に横になったラウルは、腕枕をして目を閉じた。

「心配をおかけして悪かった。でも騒ぐようなことではない。窮屈な暮らしをしていると、たまに逃げ出したくなることがある。――まぁ、俺の悪い癖だな」

「……このようなことは、初めてではないのですか？」

「んー……まぁ、一度か二度はあったかな」

寝返りを打って背を向けたラウルを、アディスはどこか途方に暮れた気持ちで見た。

彼が抱いているものはなんだろう。それをどうして、私には言ってくれないのだろう。

「……ラウル、部屋に戻りましょう。いつまでもここにいては皆が困ります」

「別に誰も困らない。それより、酒臭い俺が隣にいる方が迷惑だろう」

振り返らない背中に、これ以上なんと声をかけていいか判らない。アディスは俯き、ぎゅっと拳を握りしめた。

「……ラウル、私なら大丈夫です」

「ん？」

「……、こ、公妾の話なら私も承知しています。私達の代で千年続いた軍神ルキアの血を絶やすことはできません。どうぞ、私のことはお気遣いなさいませんよう」

不意にラウルが、続きを遮るように跳ね起きた。

「何の話だ。その話なら、俺ははっきり断っている」

——え……？

「血を残せ残せと、皆馬鹿のように言うが、俺は都合のいい種馬じゃない。だいたい千年前の血に一体なんの意味がある。こんなもの、とっとと途絶えてしまえばいいんだ！」

「ラウル、」

「血がなんだ。それよりも大切なのは人ではないか。俺の前で、その話は二度とするな」

彼の激しい口調に、アディスは呆気に取られていた。別に私が無理に公妾を勧めたわけじゃない。ラウルがそのことで苦しんでいると思ったから——

不意に腕を引かれ、強い力で抱き寄せられた。寝台の上に倒れ伏したアディスを、ラウルは力いっぱい抱きしめる。

「暴れるな。酔っているから、何をするか判らないぞ」

「あ、暴れていません。それに、さっき酔ってないって言ったじゃないですか」

「——本当は酔っている。……だからしばらく、大人しくしていろ」

——ラウル……？

強い酒の匂いの中に、愛おしい彼の香りがする。アディスは目を閉じ、彼の広い背に両腕を回した。やっぱり今夜の彼はどうかしている。公妾のこと？　それとも何か別のこと？　——私……私は、どうしてあげればいいんだろう。

しばらくの間、無言でアディスを抱きしめていたラウルは、不意に何かをふっきったように、腕を放して仰向けになった。

「いい話がある。実は五日間ほど、休暇をもらった」

「休暇？　このような時にですか？」

「うん。そうだ。そこで婚礼の儀式の続きをするんだ。この城とは別の場所でな」

驚くアディスを楽しそうに見下ろすと、ラウルは片腕で自分の頭を支えた。

「最近はずっと働き詰めだったし、休んでも誰にも文句は言わせない。そもそも婚礼の儀式も途中で取りやめになっているしな」

「――でも、さすがに、今のような折に」

フォティアの軍船がキサの港に迫っていることは、ラウルも耳にしているはずだ。こんな時に、二人して五日間も城を空けるなど、いくらなんでも考えられない。

「行き先は、以前あなたに教えた温かい湯の出る場所だ。行ってみたいと思わないか？」

一瞬目を瞠ったアディスは、戸惑ってラウルを見た。

「もちろん行ってみたいです。でもそれは、東国との戦が終わってからでも、――ん」

組み伏せられ、唇を甘く塞がれる。口腔から伝わる酒の香りに、頭の芯がくらっとした。

「……や、ラウル」

「たった五日だが二人きりだ。誰の目も気にしなくていい」

熱を帯びたキスと、彼の全身から漂う酒の匂いに、酔ったように身体が痺れていく。彼の呼吸は最初から荒く、腿に触れる下肢からは、張り詰めていく熱の感触が伝わってくる。

「いや、……、だめ、ラウル、部屋に戻って、……から」

痛いほどの口づけが、肌に、幾つもの赤い染みを刻んでいった。腰紐を解かれ、下着の紐が解かれる。アディスは、半ば本気で抗ったが、ラウルの腕はびくともしない。

「――奥方様、ラウル様のご様子は」

その時、扉の向こうから若い従者の声がした。はっとした時、声はそこで途切れ、バタンと扉が閉められる。

扉が開いていたことも、この場を見られたこともショックだった。なのにラウルは一向に臆することなくアディスの足を開かせる。

「――い、いやっ、ラウル、離して」

逃げる顎を摑まれて顔を上向かせられる。唇を塞がれたアディスは、自分の口に流し込まれた火のように熱い液体に愕然とした。

――なに？　お酒……？

胸が燃えるように熱くなる。強い酩酊感が前後の感覚を失わせ、手足から力が抜ける。

ラウルは、そんなアディスの腰を両手で抱えると、天を向く胸の先端を唇で包み込んだ。

「あ……、ア……、あ」

いや、どうしたんだろう。私、おかしい。

彼の身体が熱いせいだろうか。舌に搦め捕られた乳首がみるみる硬くしこって疼き出す。

舌で濡らされ、指で転がされているだけで、痺れるような快感で何も考えられなくなる。

「あん……、あ、あん」

おかしい――やだ……やだ、こんなの、いやだ。

いくら理性を保とうと努めても、甘く切ない声が、溢れる水のようにこぼれ落ちる。獣のような息づかい、腰を摑む手の凶暴なまでの荒々しさ。ラウルもいつもの彼ではなかったし、アディスもいつもの自分ではなかった。

――だめ……、だめ、いや、いや。

頭ではいくら抗っても、肉体は狂おしいほど敏感になっている。痙攣でもするように断続的に下肢は震え、甘く疼いた肉の狭間からは、ぬるついた愛液がとろりとこぼれる。

理性の奥底に眠る何かが、さらなる快感を求めて悶えている。だめ、こんなの私じゃない、私じゃない。――淫らな水音。そこに自分の、泣きそうな声が交じる。

その刹那、不意に彼が前屈みになり、硬い腿が、芽吹き始めた蕾にすりつけられる。

たったそれだけの刺激で、アディスの頭は電流が走ったように真っ白になっていた。

「ああ、やっ、……ン、……ンッ――、――」

抱えられた腰を弓なりにして達したアディスを、ラウルは狂おしく抱きしめる。そして休むことなく滑らかな腹に唇を当て、臍に当て、薄桃色に濡れた肉の割れ目に押し当てた。

「――ああ……っ」

歓喜とも羞恥とも言えない悲鳴を上げ、アディスは両手で顔を覆った。

彼にそうされるのは初めてではないが、あまりに淫らで恥ずかしいので、いつもは軽く唇を当てさせる程度で拒否していた。

普段の彼なら、アディスが本気で嫌がることは絶対にしない。なのに今は、躊躇いもなく押し開いた狭間に舌を這わせ、潤みを帯びた真珠の粒を、根元から包んで舐め上げる。

「あ、や、……あ、……あ」

頭がおかしくなりそうな快感に、アディスは自ら腰を突き上げるようにして喘ぎ、悶えた。その腰をしっかりと抱え込み、ラウルはさらに舌を奥に侵入させる。

「やぁ、だめ、いや、……いや、いやぁ」

弾力のあるざらついた小さな熱塊が、自分の肉襞の中で蠢いている。彼の熱い息づかいが、痺れるほど疼く花芯に降りかかる。

跳ね上がった腰がビクンと揺れる。ガクガクと痙攣するアディスの両足を押し開くと、ラウルは再度敏感な尖りを唇で吸い上げた。

「んん――っ、――っ」

そのまま舌先で転がされて、頭の芯がちかちかとした。もう、だめ。もう――もう……

「あ、……っ、あ、い、いく、…あんっ、あん、あんっ、あ――……」

刹那、真っ白な光に貫かれるように、体内で凝縮したものが弾け、たちまちぐったりとなった身体が闇の中に沈み込む。

朦朧とした意識の片隅で、両足が抱え上げられるのが判った。すぐに彼の昂ぶりが奥深くまで突き入れられ、無理矢理呼び覚まされた快感に、アディスは喘ぎながらすすり泣く。

その夜の彼の行為は、まるで心を伴わない獣か嵐のようだった。荒々しく揺さぶられ、次々と体位を変えて穿たれながら、快感と恐怖が交互に襲いかかってくる。

そして何度目かの絶頂を強いられた後、アディスは途切れるように意識を失っていた。


「……まだ、怒っておいでなのか」

アディスはぷっと横を向いた。怒っているかですって？　そう聞かれるだけで腹が立つ。

三日後。二人を乗せた馬車は、休暇を過ごすための館に向かって走っていた。

アディスは、斜め前に座るラウルを睨み、きゅっと唇を噛みしめる。

「はっきり言って失望しました。二度とあんな真似をしたら許さない」

片やラウルは、本当に悪いと思っているのか、いつもと同じ涼しげな顔をしている。

「――悪かった。あれから何度も謝ったのに、あなたもほとほと強情な人だな」

「絶対、悪いと思ってないですよね？」

「もちろん思っている。なにしろ、二日もあなたに口をきいてもらえなかった」

楽しそうに微笑され、ますますアディスの苛立ちは募った。二日も――とラウルは言ったが、アディスにしてみればたったの二日だ。

あの翌朝、目覚めた時の消え入りたいほどの気恥ずかしさ。朝の入浴の際、一斉に逸らされた侍女達の目。身体中に染みついた愛の印に、アディスは耳まで真っ赤になった。

それでも許してしまったのは、ラウルが、すっかり以前の快活さを取り戻していたからだ。昨夜のことなど何もなかったような顔をして――それは許せなかったが、食欲も元通りになったようで、何より目に見えて表情に明るさが戻っている。

そうなると、改めて国王代理になってからの彼が、いかに疲弊し、重責に苦しんでいたのかを思い知らされる。そのことに気づかなかったのは、素直に反省しなければいけない……と思いつつも、窓の外を呑気に眺めている彼を見ると、やはりむっとしてしまう。

「最初に言っておきますが、お休みの間は、お酒もああいうことも一切だめですからね」

「ああいうこと？」

「――っ、こ、……合です。この休暇は会話を中心に、お茶でも飲んで過ごしましょう」

「――そうだな」

逆らわずに余裕で笑う彼にむっとして、アディスはぷぃっと顔を逸らした。


やがて馬車は、小高い丘にある、木立に囲まれた石造りの館に着いた。

木立の間からは海が見える。空気は城の周辺よりも幾分か暖かく、時折細かな雪は降るものの、あまり寒さを感じない。

ラウルと共に用意された部屋に入ったアディスは、室内に目をやった途端身をすくめた。部屋の半分以上は、豪奢な寝台が占めている。後は食事をするための卓と椅子が二つ。部屋自体がとても狭く、他に家具らしいものは何もない。

「……、この部屋で、五日間過ごすのですか？」

「そんな怯えた顔をしなくても」

怖じ気づくアディスを見て、ラウルは呆れたように眉を上げた。

「まぁ、仕方ない。ここは本来、婚礼の儀式をするための部屋なのだ」

「……え？」

「父上の代までは、この部屋で七日間の儀式を行っていた。——こっちへ来てみろ」

寝台に上がったラウルは、動かないアディスを見て苦笑する。

「案じられずとも、約束通りお茶と会話しかしない。これを見てみろと言っているんだ」

不審を覚えつつ、アディスは恐る恐る彼の隣に腰かける。そして小さな声を上げた。

寝台から見上げる天井には、見事な絵画が描かれていた。白馬に乗り、白銀の鎧を纏った軍神ルキア。赤く短い髪が日差しに燦々《さんさん》と映えている。

「——まるで昔のあなたのようだろう」

言葉に詰まって視線を下げる。正直言えば、当時の話はあまり蒸し返して欲しくない。自分がいかに下手な猿芝居をしていたか思い知らされるからだ。

「この絵がどうして寝台から見える所に描かれていると思う。ここで寝る男女に、何が何でも軍神ルキアの血を残せと訴えるためだ」

驚くアディスを尻目に、天井を見上げながら、ラウルは続けた。

「本来の儀式では、扉の外に見張りがついて、七日間部屋から出られないんだそうだ。食べて寝て、交合するだけ。それを聞いたのは十二の時だが、さすがにぞっとしたな」

「……ぞっとした？」

「俺は、子を作るための道具じゃない。そんな結婚は死んでもごめんだ」

彼の目の暗さに不安を覚えた時、ふっと笑ったラウルが仰向けに寝転がる。

「と、子供の頃はそう思っていた。叔父上を産んだ人の話を聞いたことがあるか」

「……キャサリン妃の悲劇、ですか？」

「俺にとってはお祖母上《おばうえ》に当たる人だが、そう呼ぶことは許されない。その人は、既にヴァレン家の歴史から抹消されているからだ」

天井を見たまま、ラウルは長いため息をついた。

「俺が叔父上の存在を初めて知ったのは五歳の時だ。当時の叔父上は二十歳過ぎ。俺は最初、その人のことを新しく来た騎士なのだと思っていた」

遠い目になった彼は、当時のことを思い出しているようだった。

「聞けば、叔父上は獄中で生まれ、キャサリン妃がお亡くなりになる十の年まで地下牢で育てられたという。それから二十歳を過ぎるまで国外を転々として過ごされ、ようやくゴラドに戻ってきたのがその時だ。以来俺を、実の弟のように愛してくださった」

ふっとあり得ない既視感を覚え、アディスは慌ててそれを打ち消した。

境遇が似ている――と思ったのだ。父に疎まれ、国外に追いやられていたカミッロと。

「一体誰が、叔父上が不義の子だと証明できるというのだ。叔父上は紛れもなくヴァレンの血を引いている。けれどたった一度の王妃の不貞を理由に、それを認められなかった」

——そんな……。

「この国では、それだけルキアの血に純血と神聖を求めている。馬鹿げているとは思わないか。だからこんなことは、俺の代で終わりにしてもいいと思っているんだ」

言葉も出ないアディスの肩を叩き、ラウルは少しだけ苦笑した。

「だから子供のことは深刻に考えるな。誰に何を言われても負担に思う必要はない」

多分この休暇は、ジェラルドが私にくれた最後の機会だ。このまま私に子ができなければ、ジェラルドは強引にでもラウルに公妾をつけるつもりでいるはずだ。

軍神ルキアの血を残す。ラウルは子供の頃からその期待を一人で背負ってきた。

それを捨て去るのは、きっと想像以上の葛藤があるはずだ。——そして、それ以上に。

(——俺の子を産んでくださるか)

あの夜、告白でもされるようにそっと問われ、頷くと心から嬉しそうに微笑んだ。

たった十八歳で、国の命運を背負って戦場に立つ。そんな彼自身が、本心では、自分の命を残したいと切実に願っているのではないだろうか……。

「さて、食事をしたら少し外を歩いてみるか」

そういった何もかもを一人で背負い込んでいるラウルが、不意に哀しく、愛おしくなる。

アディスは身体をせり上げるようにして、ラウルの首に両腕を回して、頰を寄せた。

「……ごめんなさい」

「どうされた」

「先日怒ったことは取り消します。たまには、羽目を外されても構いません」

少し黙ったラウルが、アディスの肩を摑んで引き離そうとする。アディスは首を横に振り、彼にしっかりと抱きついた。

「本当にどうされたのだ。このままでは、あなたとの約束を守れなくなるぞ」

「……ふ、負担ではありません」

彼の頰の冷たさを感じながら、アディスは振り絞るような声で言った。

「どうぞこの五日で、私に子をお授けください。必ず、立派な世継ぎを産んでみせます」

「………………」

固まったように動かなくなったラウルが、アディスの背を抱き、耳元に唇を寄せる。

「俺を煽っているのか？　奥方様」

「ええ。挑発に乗ってくださいますか、旦那様」

この人の子供が欲しい。この人と私がこの世に生きた証を残したい。

心からそんな風に思えるようになった自分が不思議だし、まだどこか信じられない。

性急な愛撫の後、互いの衣服もそのままに、ラウルのものがアディスの中に入ってくる。

アディスは腰を浮かせるようにしてそれを受け入れ、甘美な快感に身を震わせた。

奥まで自身を埋め込んだラウルは、余裕のない目でアディスを見下ろし、熱っぽく口づける。繫がったままで交わす深いキスは、どこか淫らで情熱的で、アディスはあっという間に忘我の淵に追いやられた。

「ん……、あっ……ンッ」

やがて動き始めたラウルに揺さぶられ、みるみる快感の波が体内に広がっていく。

「何度でも……、アディス……」

腰を打ちつけながら、ラウルは掠れた声で囁いた。

「何度でも俺をあなたにやろう。五夜でも七夜でも、足りないくらいだ」

頭が白くなり、霞んだ視界が潤み始める。二人きりの時間はまだ始まったばかりだった。


「……すごい、これでは前が見えません」

立ち上る膨大な蒸気に、アディスは顔を守るように手をかざした。

翌日の午後、ラウルと一緒に部屋を出たアディスは、館の庭から続く回廊を渡り、木々に囲われた見晴らしのいい場所に出た。

そこには岩に囲まれた手狭な池があり、もうもうとした白煙が立ち上っている。

ここが、ラウルが以前教えてくれた、身体までつかれる温かな池なのだ。つくづく不思議だが、一体どうやったら火もない場所に湯が湧き出るのだろう。

前に立つラウルが上衣を脱いで帯を解いたので、アディスはびっくりして身をすくめた。

「な、何をするのですか」

「湯に入るのだ。あなたも早く服を脱ぐといい」

——いや、待って。それはちょっと……、いくらなんでも……。

「ここは外です。ラウル」

「だから何だ、誰も来ないと言っただろう」

「寒いし、私にはとても無理です。それにこんなに明るいんですよ？」

ラウルは苦笑したが、それ以上誘うこともなく自身の衣服を脱ぎ捨てた。淡い日差しの下で見るしなやかな裸体に、アディスは慌てて面を伏せる。

「だったら足だけでもつかられるといい」

恥ずかしがる素振りもなく、彼は堂々とアディスの前を通り過ぎ、湯気の中に身を沈めた。アディスは渋々上着だけを脱ぎ、そっと湯の端の方に歩み寄る。

躊躇いながら膝まで湯に足を沈めると、少し笑ったラウルが、膝に頭を預けてきた。甘えるようなその仕草に、胸の奥がきゅっとなる。艶やかに濡れた髪。弾けそうな肩の筋肉で、湯の滴が光っている。

昨日、この館に着いてから今まで、殆ど休む間もなく二人は愛し合った。衣服を着たまま性急に身体を繋げた後は、互いに一糸纏わぬ姿になって、それぞれの肉体を味わうように時間をかけて交歓した。

そこでいったん深い眠りに落ちたアディスは、ぬるま湯の中でたゆたうような快感の中で目を覚ました。彼は半分眠るアディスの身体を背後から緩く抱きしめ、指だけで快感の在処を切なく目覚めさせると、背中からゆったりと貫いて揺さぶった。

後は、まるで終わらない夢を見ているような感覚だった。彼の欲望は尽きることなく、アディスの中で果てては蘇り、その都度硬く脈打って、力強く奥を穿ち続けた。――ちゅっとラウルの唇が膝頭に触れる。アディスは、驚いて膝を合わせた。

「な、何をなさいます」

顔を上げた彼は微笑むと、アディスの腰を抱くようにして湯の中に引きずり込む。

驚く間もなく胸元まで湯につかり、着ていた衣服が花のように広がった。アディスは唖然とし、ついで慌ててラウルを押しやる。

「ちょっ、やだっ、これ……、ど、どうするつもりなんですか！」

「あはは、こうでもしないと、あなたはいつまでも岩の上ではないか」

笑うラウルが、憎たらしいのに可愛くて、言葉が何も出なくなる。尖らせた唇に彼の熱い唇が触れた。

甘いキス――。体温がみるみる上がり、自然に呼吸も上がってくる。

帯が解け、はだけた肩口に唇が押し当てられる。衣服が緩やかに身体から離れ、湯の底に沈んでいく。ラウルは自分の膝の上にアディスを跨がらせると、湯から半ば覗く薄桃色の乳首に口づけた。

「あ……、っ、だめ、いや……」

儚い抵抗はあえなくとろけ、細い腰を抱えられたまま、アディスは唇に指を当てて声を堪えた。彼の舌と唇が、主張し始めた蕾を濡れた音を立てて扱《しご》いている。湯の中では、開かされた足の間に後ろから彼の指が入り込み、ぬるぬると蜜口への抽送を始めている。

「ぁ……ぁっ、……ゃ」

体温の上がった身体への愛撫に、完全に収まっていた欲情がより敏感になって目を覚ます。あまりの気持ちよさに、アディスは唇を開き、薄く涙を滲ませた。

──あ、あ……、気持ちいい……

身体中に広がった快感が、みるみる一点に収束していく。アディスは我を忘れてラウルの肩にしがみついた。

「っ、んっ、……ゃぁ、あ、……あ」

淫らに腰をひくつかせ、ぐったりと崩れたアディスを深く抱き寄せると、ラウルは下から自分の肉塊をあてがった。

──だ、だめ……。

まだ身体が快感を消化できずに震えているのに、そんな真似をされたら。──

「あ──あああっ」

あられもない声を上げたアディスを、ラウルは両腕で抱きしめてから、容赦なく突き上げ始めた。湯が弾けて踊り、身体の熱さに意識が霞むように遠くなる。

──あ、だめ、さっきおかしくなったばかりなのに、また、また……。

苦しいほどの快感に、目の前が白くなって束の間意識が飛んでいた。いっそう深くアディスを抱きしめたラウルが、やみくもに口づけてくる。

「あ、ラウル……、ラウル……」

「アディス……、ん、アディス……」

譫言のように名を呼び合い囁き合い、やがて吐き出すように声を上げると、二人は声もなく忘我の果てに落ちていった。


白い蒸気が風に浚《さら》われ、きらきらと輝く水面に、寄り添う二人の裸体が映っている。

「ご気分は、よくなられたか」

彼の肩に頭を預けたまま、アディスはどこか恥ずかしいような気持ちで頷いた。

蒸気が晴れると、二人が生まれたままの姿で、まだ明るい内から外にいることを思い知らされる。時折吹きつける風は冷たかったが、この岩場は、それでも十分に暖かい。

「今夜は雪になりそうだな」

空を見上げたラウルが呟いた。

「そうですね。帰ったら何か温かいものでも作りましょうか」

「うん。いいな」

もし古の美の神が今もいるなら、その祝福の全てはこの人に与えられたに違いないと、アディスは思った。滑らかに躍動する肩と胸の筋肉、弾かれそうに締まった腹、ふと見下ろされた眼差しは純真さと憧憬を滲ませて、どこか眩しそうにアディスを見つめている。

「……あなたは、綺麗だな」

やがて囁いたラウルが、アディスの頬を抱き、鼻をすり合わせるようにした。

「俺は今でも、時折、夢でも見ているのではないかと思う時がある」

彼の前髪からこぼれた水滴が、アディスの頬を濡らした。

「……今も、夢かな」

胸の奥がきゅっとなった。それは、私の言うことだ。私だって、ずっと夢を見ているようだった。この人があまりに愛しくて……、宝物のように大切で。

「好きだ……」

少し冷えた唇がそっと触れた。

「あなたが好きだ。……愛している」

暮れ始めた空には群青色の雲がかかっていた。風は少し冷たく、午後の緩い日差しが水面に反射して揺れている。

これから何があっても、この瞬間を二度と忘れないだろうとアディスは思った。

この泣きたいほど幸福で、夢のような儚い瞬間を、私は死ぬまで忘れないだろう。それが明日でも何年か先でも、いずれ別れてしまうこの人の、一番美しい瞬間に愛された。

この夢のように幸福な瞬間を――

「以前、父上がなんのために始の書を解読しようとしているのかと、お聞きになったな」

まどろみの中で目を覚ますと、隣ではラウルが腕を枕にして天井を見上げている。

夜は更け、外には雪が降り積っていた。二人の休暇は今夜までで、明日の朝には迎えの馬車に乗って城に帰ることになっている。

最後の一日は、とても穏やかな時間だった。時折抱きしめ合って唇を重ねながら、二人は互いの幼い日のことをとりとめもなく語り合った。アディスは初めてナギのことを打ち明けて泣き、彼はそんなアディスをずっと抱きしめてくれた。

幸せだった。この五日間の記憶があれば、この先何があっても耐えられると思うほどに。

「いずれあなたにお伝えするつもりだったが、父上は、ヴァレン家に代々伝わる盟約の真偽を確かめようとしておられたのだ」

――盟約……？

「それは、軍神ルキアの死によって起きた奇跡が元になっていると言われている。――ルキアが、どのようにして亡くなったのかはご存じか」

「……聖戦で、半島に攻めてきた異教徒相手に戦って亡くなったと聞きました」

フォティアの軍勢一万に対して異教徒は十万。圧倒的な差がある中、たった数百の兵を率いてルキアは出陣し、鬼神のごとき勢いで敵陣に迫った。そして、敵の王の首を取る直前で、飛来した槍に貫かれて絶命したのだ。

その悲劇的な光景は、数多の高名な画家達が絵画に残している。

「ルキアの死は、敗走寸前だったフォティア軍の士気を蘇らせ、信者の心を奮い立たせた。そして十万の異教徒相手に、一万のフォティア軍は神がかり的な勝利を収めたのだ」

言葉を切ったラウルは、どこか遠い目を、淡く照らし出された天井の絵画に向けた。

「それが本当なら、確かにその瞬間、フォティア軍にはある種の奇跡が起きていたのかもしれない。そのようなものが、本当にこの世にあるとしたらだが」

「……どうでしょう。千年も前の話ですから」

アディスはそっと瞼を伏せた。過去の辛い経験から、奇跡など起こるはずはないという冷めた気持ちがどこかにある。ラウルは続けた。

「聖戦が終わり、デュオンが没してから十数年の後、ルキアの子が生き延びてゴラド王になっているとの噂が、時の法皇の耳に入った。法皇は、戒を犯したルキアの秘密が漏れることを警戒し、何人もの刺客をゴラドに送り込んだ」

ふと、アンセル騎士団の物語が頭をよぎった。父の話が本当なら――それが本当に山の民のことを指すなら、彼らは確かにルキアの子を守るために存在していたのかもしれない。

「しかし、数多の犠牲を出しながらもルキアの子は生き延び、法皇も軍神の血を引く末裔を殺すことが恐ろしくなった。――そこで、妥協案として出てきたのが血の盟約なのだ」

――……血の、盟約?

「それは、時の法皇とゴラド王との間で交わされた永久かつ絶対的な盟約だ。ルキアの血を後世に残す代わりに、再び聖戦が起きた時、必ず命を捧げるという契約なのだ」

(こたびフォティアに立ち寄ったのは、件の調査のためか)

(はい。血の盟約が絵空事ではなくなった今、どうしてもそれを確かめたいのです)

亡き父とハンニバルの会話。黒雲のような嫌な予感が胸底から湧き上がる。

「それは――それは、聖戦が起きれば、必ずゴラド王が戦うという約束ですか」

「そうではない」

ラウルは静かな眼差しで首を横に振った。

「聖戦が始まれば必ず死ぬという約束だ。――これは千年前にルキアが起こした奇跡を、その子孫が再現するという約束なのだ」

一瞬愕然としながらも、アディスは懸命に自分を立て直した。

「判りません。何故死ぬ必要があるのですか。た、戦うだけで十分じゃないですか」

「ルキアは、その死によって奇跡を起こし、伝説になった。法皇が望むのはその再現で、それこそが血の盟約なのだ」

頭の中で、割れ鐘のような警鐘が鳴っている。ラウルが何を言っているのか、まるで頭に入ってこない。

「父上は、始の書に、この盟約を無効にする何かがあると期待していたのだと思う。東国が力を増し、フォティアでは異教徒との戦いを望む聖十字会が台頭していた。血の盟約が現実のものになろうとしているのを、父上は肌で感じていたのだ」

眉を寄せるようにして、ラウルは苦く嘆息した。

「今にして思えば、母上のなされたあり得ない所業の理由も、得心がいくのだ。父上の死が迫る中、母上は俺を定めから解放しようとされていたに違いない。だから法皇と手を切り、東国と手を結ぶなどという愚かな手段に出られたのだ」

アディスは遮るようにラウルの手を摑んでいた。自分の手が微かに震えている。

「……定めとは、……なんなのですか」

「アディス、俺は、生まれながらに法皇の盾となる定めを負っている。もし聖戦が再び起これば、真っ先にその命を捧げなければならない」

雷に打たれたように、アディスは身動きできなくなった。

(アディス、あの者達は『法皇の盾』なのだ)

血の盟約、法皇の盾。幼い頃に聞いた不思議な言葉の数々が、今、ぴたりと一つの絵の中に収まった。

「父上がいくらフォティアに盾突こうと、カミッロが本気で攻めてこなかったのはそのためだ。奴が奇跡を信じるようなタマとは到底思えないが、現実にはどんな手を使っても、俺に血の盟約を実現させるつもりでいる」

混乱するアディスとは裏腹に、ラウルはどこまでも落ち着いていた。

「むろん、父上もそれを承知の上で、カミッロに一つの条件をつきつけた。あなたを、この国に嫁がせることだ」

「私、を……?」

「父上が語らないので、真意までは判らない。しかし父上は、何年も前から停戦の条件として、あなたをゴラドに寄越すよう要求しておられた。言ってみれば父上がフォティアに無謀な戦いを挑んだのは、カミッロにあなたをやすやすと殺させないためでもあったのだ」

呆然としたまま、アディスはしばらく動けなかった。

どうして？　どうしてたった一度会っただけの国王が、そうまでして私を——？

「この六年、カミッロはあらゆる手を使ってゴラドのことを調べ尽くしたはずだ」

アディスははっとして顔を上げた。

「カミッロは、最早この国の何もかもを知っている。キサの港が弱点であることも、トンヤンを通じて東国と交易があることも、父上が長くないこともだ」

ようやく自分の中で、違和感があった兄の行動の答えが出た。兄は内陸に暮らすゴラドの民を人質にし、交易という経済の生命線を断った。それは全て、ラウルに血の盟約を実行させるためだったのだ。——

「むろん、母上が東国と通じていたことも承知しているだろう。そう仕向けたのがカミッロの策略なら大したものだ。——判るだろう。あの男が本気になれば、ゴラドを異教国とみなし、真っ先に攻め滅ぼすのはあまりにたやすい話なのだ」

「——ハンニバル様は……」

最後の望みにすがるようにアディスは言った。残酷な考えだと判っていても、そこに望みを託してしまった。けれどラウルは微かに笑って首を振る。

「先日俺が訪ねた時には、もう意識がおありではなかった。あと数日も持たないだろう」

足下に暗い穴が開き、そこから奈落に落ちていくような気持ちだった。

ラウルにはもう逃げ場がない。彼はそれを悟ったから、あの一時、現実から逃げるように自暴自棄になっていたのだ――

動けないアディスの肩を、起き上がったラウルはそっと抱いた。

「俺が何年もかけて受け入れてきたことを、異国から来たあなたにすぐに判っていただけるとは思わない。しかし、少しずつでいいから受け入れていただけないか」

「何を、ですか」

「俺が、あなたの前からいなくなるということだ」

すうっと目の前の景色の何もかもが遠ざかった。

――何を、言っているの?

あまりにも馬鹿げている。千年近く前の盟約のために、自ら命を絶つなんて。

そんなことをしても意味なんてない。奇跡など、現実には絶対に起こらないのだ。

アディスは唇を震わせながら、ラウルの手を振りほどいた。

「あなたはそのために、私をここに連れてきたのですね？　その話をするために！」

「最初の日に話すか今夜にするか、最後まで迷ったがな」

「ふざけないで！」

振り上げた拳で、アディスはラウルの胸を叩いた。

「そんなの、絶対に許さない。あまりにも勝手です。馬鹿げてる！　そんな……そんなの、ただの犬死にじゃないですか！」

「判っていただけないか」

ラウルの声はどこまでも静かだった。

「俺とて葛藤したし抗ってもみた。あなたと結婚した頃は、己の力で戦を回避しようという意気込みもあった。でも、もうそのようなことを言っている場合ではなくなったのだ」

「いやです、絶対に認めない」

「今の聖十字軍の数では、東国とは戦えない。千年前と同じある種の奇跡が必要なのだ」

「聞きたくない！　それがラウルにどう関係していると言うのですか！」

「ではどうする。この国の民が東国に虐殺されるのを黙って見ているのか」

「…………」

「それとも異教国と決めつけられ、聖十字軍に焼き払われるか。いくら聖十字軍の数が少なくてもゴラド軍の数倍だ。しかもキサの港を押さえられていてはどうしようもない」

彼の衣服を摑む拳が震え、俯いた鼻に涙が一筋伝って落ちた。

「俺が死に、もし聖十字軍が勝利しても、カミッロがゴラドをそのままにしておくとは思えない。できる限りの備えをしたが、それでもまだ十分とは言えない。後のことは全て叔父上に任せてある。あなたは、……この国を出て、どこか遠くで生きるのだ」

第七章　私の人生、私の命

灰色の空に、騎馬が行進する音が絶えることなく響いている。

その音で目覚めたアディスは、のろのろと寝台から起き上がった。

ぼんやりと窓辺に立つと、半分土色になった雪解けの景色が飛び込んでくる。空は曇天だが、もう雪は何日も降っていない。

窓から離れたアディスは、肘掛け椅子に腰かけると、手の動くままに本を取ってみた。

(この本は、俺が昔夢中になって読んだものでな)

はっと目をつむり、本を閉じて、両手で顔を覆う。

目覚めるたびに、昨日までのことが全て夢だったような感覚になる。でも違う。こうやって彼の思い出に触れるたびに、現実を思い知らされる。苦しくて、息もできなくなる。

扉が外からノックされ、年配の侍女がそっと顔を出した。

「――王妃様、今日は、ジェラルド様とのお約束がありますが」

「……すぐに行くわ。食事はいらないから支度をお願い」

笑顔で答えたつもりなのに、何故だか侍女は辛そうな顔で目を逸らした。そんな態度を取るのは彼女だけではない。今では城中の誰もが、腫れ物に触るようにアディスに接する。

ラウルと二人で休暇を過ごしてから、一カ月あまりが過ぎていた。

季節だけでなく、その間、二人を取り巻く状況も大きく変わった。国王ハンニバルの死。そしてラウルの戴冠式。彼は国王となり、アディスは王妃と呼ばれるようになったのだ。

ラウルは宮殿の本殿に住処を移し、今は、アディス一人が元の館に住み続けている。

二人の別居――顔を合わせもしない不仲ぶりは、今や城の誰もが知るところで、ラウルに公妾がついたと耳にしたのは、彼と一切の交流を断って十日が過ぎた頃だった。

一体どこから連れてきたのか、貴族の出でもない無名の娘を、ラウルはとても大切にして、どこに行くにも同行させているという。

アディスは耳を塞ぎ、目を閉じるようにして、何も考えないようにした。ラウルが自分と距離を置こうと決めているのは、全てを告白された夜から判っている。二人はある意味、あの夜に別れたのだ。――

侍女達を連れて館を出たアディスは、目に映る景色にふと足を止めた。

雪が解けたせいもあるのだろうが、城内の全てがひどく殺伐として荒《すさ》んで見える。庭園は荒れ果て、泥で汚れ、目に入ってくるのは騎馬隊と兵士ばかりだ。

そこに、大勢の人間が騒ぎ立てる声が聞こえてきて、アディスは背後を振り返った。

「あの騒ぎはなんなのですか」

「あれは、住処を失った村の者達が、城の中に入れろと騒いでいるのです」

答えた侍女は、眉を顰めて面を伏せた。

「行き場をなくし、連日城に押し寄せてきます。けれども、開放できるだけの蓄えも場所もなく、また、間諜が入り込むのを防ぐためもあって、中に入れられないのです」

「……、彼らは、どうして住処を？」

その時、不意に腕を引かれ、後方の侍女がアディスを隠すように前に出た。何事かと思ったが、理由はすぐに判った。城門に向かう回廊を、騎士の一団が歩いている。その中央に、黒っぽい紗で顔を隠した女の姿がある。

アディスは思わず顔を背けた。心臓が重苦しく鳴り始める。

「腹立たしゅうございます。どこの馬の骨か知りませんが、あのような大げさな護衛をつけて、まるで王妃様気取りではありませんか」

侍女の言葉には応えず、アディスは目と耳を塞ぐようにして、回廊を通り抜けた。

ラウルを連想させるものは、それがなんであれ、もう目にも耳にもしたくはない。

現実から逃げるようにして館に閉じこもり、公務にも出ない私が、このまま城にいてはいけないことも判っている。今の私は、この国でなんの役にも立っていないのだ。――

「……お久しぶりだな。食事はちゃんと取っておられるのか？」

アディスを出迎えたジェラルドは、開口一番そう言って眉を顰めた。表情を翳らせたのはアディスもまた同じだった。いつも粋で身なりにも気を配るジェラルドが、髪も伸び、顎には髭までたくわえている。何より顔に、明らかな疲労と憔悴を滲ませている。

「ジェラルドこそ……、ちゃんと眠れているのですか」

「さすがにぐっすりとはいかないがな。ラウルの奴、俺に面倒事の全部を押しつけるつもりでいるぞ。俺を国王にでもする気かな」

笑えなかったし、ジェラルドもすぐに気まずそうに頭をかいた。

「……悪かった。疲れて、頭が回らないんだ」

表情を改めたジェラルドは、アディスと向かい合うようにして椅子に腰を下ろした。

「話というのは他でもない。――アディス様、この国を出てはいただけないか」

目に映る世界が、さっと色を変えたのが判った。覚悟はしていたし、いずれそう勧告されることも判っていた。それなのに、気持ちが動転してすぐには言葉が出てこない。

「ご存じないだろうが、既に聖十字軍はキサの港から侵入し、至る所を占領している」

驚きで固まるアディスの前で、ジェラルドは重苦しい息を吐いた。

「陸路、海路、イレネー山、東軍が侵攻してくる可能性のある経路は、全て聖十字軍に押さえられている。そこで暮らす民は家も土地も奪われて、今度は別の村で略奪を繰り返す悪循環だ……もはやこの国は、亡国の様相を呈しているのだ」

外で耳にした騒ぎが蘇る。それで民は、城に逃げ場を求めていたのだ。

「……ラウルや諸侯は、……山の民は、今どうしているのですか」

「ラウルも諸侯も、表向き聖十字軍に従いながらゴラドの軍事拠点を守っている。山の民は散り散りに身を隠し、老人や女子供はザバの村に身を潜めている。ただ、昨日フォティアから書状が届いた。法皇がゴラド入りする前に、山の民を皆殺しにせよとな」

「そんな――、」

「一体俺達は、どこと戦をしているんだろうな」

暗い目で笑ったジェラルドは、立ち上がって窓辺に立った。

「ラウルは山の民を、密かに海路から中大陸に逃がすつもりでいる。アディス様、あなたもその船に乗ってこの国を離れるのだ」

振り返ったジェラルドの表情は厳しかった。

「これが本当に最後の機会だ。今、ゴラド軍が押さえている港は一つ。それもいずれは聖十字軍に占拠される。そうなればもうどこへも逃げられない」

これが最後。――二度とゴラドには戻れない。二度とラウルに会うことはできない。

「残酷なことを言うようだが、この戦でラウルは死ぬ。俺だけでも生き残れば、あなたをお守りすることもできるだろうが、そうもいくまい。そうなれば、あなたの処遇はギデオン大公が決めることになる」

思わず両手で耳を塞いでいた。聞きたくない。考えたくない。

「東国に捕らえられれば王の戦利品、カミッロに捕らえられれば政治の道具だ。――判っていただけないか。ラウルも俺も、あなたをお助けしたいのだ」

　顔を背けたままのアディスを、ジェラルドはどこか辛そうな目で見てから、口を開いた。

「ラウルの第二夫人の噂は聞いただろう。公にすれば諸侯から横槍が入るから、ああして隠すようにして守らせているが、あれは、……あなたもよく知っている女なのだ」

　眉を顰めて振り返ったアディスから顔を背け、苦しげな声でジェラルドは続けた。

「エスミだ。ラウルが自分で決めて連れてきた。むろん侍女としてではなく公妾として」

　頭の中が真っ白になった。今、――今、ジェラルドはなんと言ったの？

「エスミは、既にラウルの子を身ごもっている。……アディス様、あなたがこの国に残る必要は、もう何もないのだ」


「アディス様、お手を」

　声をかけられ、ぼんやりとしていたアディスは、扉の前で手を差し出している若い騎士の姿にようやく気がついた。

　城を出る時、改めてセルジオと名乗った生真面目そうな青年は、山の民にアディスが捕らえられた時、最後までラウルを守ってくれた騎士だった。

「船が出るのは聖十字軍が休息を取る明け方です。それまでここで身を潜めてください」

　城からついてきたのは、年配の侍女とこの青年の二人だけだった。二人は共に、生まれ育った国を捨て、アディスに同行すると志願してくれたのだ。

ジェラルドと別れてから今まで、まるで自分ではない他人の時間を過ごしているようだった。館では既に出立の支度が済まされており、アディスはすぐに馬車に乗せられ、逃げるように裏門から城を脱出した。そうして、この港町に着いたのだ。

キサの港の反対側に位置する山間の港は、ゴラド軍が守りを固め、物々しい限りだった。アディスは髪を固く結わえ、それを帽子で覆い隠していた。服装は三人とも市井の旅人のそれで、ジェラルドがしたためた書を見せると、全ての門は開かれた。ジェラルドの勅命を受けた密偵――その建前で、三人はゴラドを脱出する筋書きとなっているのだ。

「この館で、中大陸に詳しい者と落ち合うことになっております。その者がこの先の道案内人となると、ジェラルド様からお聞きしております」

セルジオが、旅宿のような建物を差して説明した時、すぐ近くで大きな鬨の声が響いた。

「いいか、我々は聖十字軍などに断じて屈しない。軍神ラウル様が必ずやこの国をお守りくださる。東軍を蹴散らし、そして聖十字軍を一人残らずこの国から追い払うのだ！」

見れば背後では、ゴラド軍が集結し、諸侯の一人がその先頭に立っている。

「今の法皇は、その名を冠しただけの悪魔の手先。屈する必要もなければ、従う必要もない。正義は軍神の血を引くラウル様にあるのだ！」

「――このような機運は、国中で高まっています」

そう言ったセルジオが立ちすくむアディスを促した。

「ラウル様がいる限り奇跡は必ず起こります。この国の者は誰も絶望しておりません」

そうかもしれない。けれどその奇跡は、ラウルの死によってもたらされる筋書きになっている。そうなった時、この国はどこへ向かうのだろうか。——

「ジェラルド様の使いの方々ですか」

その時、すぐ背後で声がした。それがあり得ない人の声によく似ていたから、アディスは眉を顰めて振り返る。

立っていたのは、黒のクロークに身を包んだ長身の男だった。

怜悧な眼差しと、湖水のように静かな佇まい。細く切れ上がった目に薄い唇。

長い前髪が顔の半分を覆い、後ろに垂らしたそれが一房、胸の辺りにまで垂れている。

一瞬、夢でも見ているのかと思ったアディスは、次の瞬間、雷に打たれたように立ちすくんだ。

——ナ……、ナギ……？

「お久しぶりです。アディス様」

八年前と何一つ変わらない声で言うと、ナギは切れ長の目を伏せ、静かに頭を下げた。

「ゴラドに来るのは二度目ですが、ここも随分と様子が変わってしまいましたね。以前は静かで、過ごしやすい国でしたが」

穏やかな口調でそう言うナギを、アディスは数歩下がった所から見つめた。

館の裏手にある小高い丘。木々に囲まれたそこからは、中大陸に続く海が一望できる。

アディスは何も言えなかった。まだ頭の中は、混乱と疑念が溢れかえっている。

振り返ったナギがこちらを見た。さっと思わず後ずさる。

「どうしました。そんなに恐ろしい顔をして」

「……本当にナギなの？」

「私です」

にこりともせずに生真面目に答えるところが、記憶の中のナギそのものだ。それでもアディスは、動揺しながら背を向けた。違う。この人はナギのようだけどナギじゃない。

セルジオから説明は受けた。ジェラルドが見つけてきた中大陸に詳しい旅人。セルジオが知っているのはそれだけだったが、むろんジェラルドはナギの経歴を全て承知で、ここに呼び寄せたに違いない。

でも、そもそもナギが生きているわけがないのだ。あんなに沢山の刃に貫かれて、あんなに——あんなに血を流して——……。

「あの夜のことを覚えていますか」

背後から聞こえる声に、アディスはびくっと肩を震わせた。

「雨が降っていましたね。とても冷たく、寒い夜で、あなたが濡れてしまうのが心配だった」

——ナギ……

「あの夜お守りできなかったことは、何年も私の心残りでした。今でも時々、後悔と共にあの夜の夢を見ます。あなたには、随分とお辛い思いをさせてしまった」

唇がわななき、力を入れた目から、一筋、二筋涙が落ちた。

ナギ、ナギ、ナギ、ナギ――

振り返ったアディスは、ナギの胸を力いっぱい叩いた。

「――ナギ！　ばか、生きているなら、なんですぐに会いに来てくれなかったの⁉」

「申し訳ありません。土地の者の助けで九死に一生を得たものの、なかなか身体が元に戻らなかったのです」

「わ、私がどれだけ泣いたと思ってるの！　ばか、ばか、ばか！」

涙が、後から後から溢れてくる。悔しさと嬉しさが入り交じった温かな涙は、冷えきっていたアディスの頬と心を優しく濡らした。

やがて泣き濡れた顔を上げたアディスは、その実体を確かめるように、ナギの顔を両手で抱いた。

「……本当にナギなの？」

「私です」

「もう、どこにも行かないわよね？　ずっと私のそばにいてくれるわよね？」

少しだけ目を細くしたナギが、そっとアディスを押しやった。

――ナギ……？

ナギは前に向き直り、眼下に広がる凪いだ海に視線を向ける。

「アディス様は、セトルキアン元枢機卿をご記憶ですか」

「え……？」

「私の命を救い、何年も匿《かくま》ってくださったのは、実はそのセトルキアン様なのです」

目を瞠るアディスを静かに見つめてから、ナギは続けた。

「セトルキアン様は亡きお父上と対立していたと噂されていますが、本質的なところでは二人の志は一緒でした。異教徒への寛容と融和。ゆえにお二人とも、聖十字会から命を狙われていたのです」

「そう……だったの？」

「今、セトルキアン様は半島を離れた遠い場所で、隠居生活を送っております。私達は、そのセトルキアン様の元を目指すのです」

アディスは呆然とナギを見上げた。むろん、それは、ラウルもジェラルドも承知しているに違いない。ジェラルドはずっとセトルキアンの行方は判らないと言っていたが、その実密かに行方をつきとめてくれていたのだ。

「セトルキアン様は、あなたが一人の女性として自由に生きることを望んでいます。何をされても構わない。ご幼少の頃目を輝かせて話されていたように、世界中を旅されても」

「…………」

「私は、生涯あなたをお守りします。片時もおそばから離れずに」

「…………」

「けれどそれを、本当に今のあなたはお望みですか」

どうしてだか、瞬きさえできない双眸から、堪えきれずに涙がこぼれた。

それがかつての私の夢だった。フォティアを捨て、ナギと二人で自由気ままな旅に出る。

自分が永遠に子供で、ナギが永遠に従者だと思い込んでいた頃の、幼くて愚かな夢――

でも、今はゴラドにいたい。滅びに向かうこの国を離れたくない。――何より、ラウルと離れたくない……。

今になって、痛切に込み上げてくる。ずっと見ないようにしていた本当の心が剝き出しになって襲いかかる。ラウルのそばにいたい。離れたくない。彼を――愛している。

「どうしたらいいの……」

「どうするとは？」

歯を食いしばるようにして泣くアディスを、ナギはそっと抱き寄せた。

「この国を、出たくない」

「……アディス様なら、そう仰られると思っておりました」

「でも、この国にいても、私にできることは何もないの。彼の心だって変えられない。ただ……ただ……死に向かっていくのを見ているだけなんて……」

泣きむせぶアディスを抱きしめ、ナギはしばらくなだめるように無言でいてくれた。

風が少し冷たくなる。ようやく嗚咽《おえつ》が収まった時、ナギの静かな声がした。

「――八年前、私達は二人で各地を転々として逃げ回りましたね。その折私が、何度もアディス様の判断に助けられたのをご存じですか」

――私の、判断……？

「地理、気候、馬や武具に関する知識。人の心理を見越しての先の先までのご判断。ご幼少の頃から、賢者と名高いアンキティオ様に薫陶《くんとう》を受けられたのです。その知識と経験は、このような戦時下だからこそ役に立つとは思いませんか」

アディスは、泣き腫らした目を上げてナギを見た。

「今のこの国は、まるで政変後のフォティアのようです。皆が恐怖と不安に怯え、それが一人歩きして余計に事態を悪くしている」

肩を抱いてくれるナギが、少し優しい目でアディスを見下ろした。

「あなたが何もできないというのは、あまりに馬鹿げた思い込みです。あの地獄を知るアディス様だからこそ、できることはいくらでもあるのではないのですか」

――私に……できること……。

その時、背後で草を踏む音がした。振り返ったアディスは、言葉もなく息をのんだ。すぐ背後の木立の中に、二頭の馬の姿がある。黒のマントに身を包んだラウルは、しかし少しも動揺することなく馬から降りると、背後の馬を振り返った。

「エスミ、お前は先に行っていろ。この客人と話がある」

帽子を被り、さらに黒の紗で顔を覆う女は、馬上で声もなく固まっている。

――エスミ……。

咄嗟にナギの腕にすがって自分を支えたが、それでも膝が細かに震えていた。

頭では理解していたつもりでも、現実に二人を見るのは想像以上の衝撃だった。

二人の話は館の中で行われることになったが、そこにはアディスも同席した。

本当は退席したかったが、ナギがそれを許さなかった。今もナギは、隣に座るアディスの腕に手を添え、無言で席を立つなと言っている。

ラウルは、眉を顰めるようにしてあらぬ方向を睨んでいた。

彼は明らかにこの状況を嫌がっている。それが判るだけに、余計に今の空気が耐えられない。それでも気がつくと無意識に、アディスは彼の横顔を目で追っていた。

最後に会った時より随分痩せた。髪は幾分か伸びて肩を覆い、頬は鋭角に削がれている。鋭い目はまるで手負いの獣のようで、見ているだけで胸が痛く、苦しくなる。

顔を背けたままでラウルは苦々しげに嘆息し、そしてようやく口を開いた。

「まずは呼び出した方から、何か話されたらどうだ。俺に話があるのではないのか」

何も知らなかったアディスは驚いたが、ナギは悪びれずに「そうですね」と頷いた。

「実は、以前聞かれた私の経歴について、申し上げなかったことが一つございます。私はこの二年、セトルキアン様の命で、東国のムタフィム三世に仕えていました」

殆ど同時に顔を上げたアディスとラウルは、はからずも空でぶつかった互いの視線に狼狽えて顔を背けた。一息ついてから、ラウルが口を開く。

「とうにフォティアを離れた元枢機卿が、どうしてそんなことをするのだ？」

「たとえ離れても、あの方のフォティアを案じるお気持ちに変わりはございません。私が内々に申し上げたかったのは、ラウル様ご自身が王太子時代に東国に送られた親書が、カミッロサンドロ一世に渡っているという事実です」

今度こそアディスは愕然とし、ラウルもまた表情を強張らせた。

「ラウル様とムタフィム三世に親交があったことは、特段不思議なことではございません。お二人はほぼ同年、しかもフォティアで顔を合わせ、政変の際には助けられてもいます。――アディス様、八年前、フォティアで行われた馬上槍試合を覚えておいでですか」

アディスは眉を顰めて顔を上げた。まさか今、その話が出てくるとは思わなかった。

「アディス様とラウル様が槍を交えられた時、客席から一本の槍が放たれました。あの槍を放った者こそ、即位前のムタフィム三世だったのです」

驚きで声も出ないアディスを尻目に、ナギは淡々とした口調で続けた。

「あの集団は、若きムタフィムに諸国を巡らせるための東国王家の一団でした。当時、ムタフィムはまだ十一歳。年の違わぬお二人の戦いに強い刺激を受けられ、激しい恋に落ちたとも言われています。ラウル様はご存じでしょうが、槍は求愛の証でもあるのです」

ラウルは険しい目で床を見つめたまま、何も言わない。

「そのような因縁もあり、ラウル様とムタフィム三世には文のやりとりがあったのです。即位したムタフィムが半島に向けて侵攻を始めてからは交流も途絶えましたが、カミッロ

にはゴラド攻めのよい口実となりました。——事実、その親書の存在を知った前王妃のイザベッラ様は、それで東国と手を組む覚悟を決められたとお聞きしています」

　ラウルは何も言わず、微動だにもしない。それだけで今のナギの言葉が真実で、ラウルもそれを知っていたことが理解できた。だから彼は母親を罰することなく匿っていたのだ。

「ムタフィムはアディス様に焦がれるあまり、後宮全ての女の髪を桃色に染めさせたという逸話もございます。そういえばラウル様も、ご自身の愛妾の髪を染めさせたそうですね」

　いきなり、感情の糸が切れたようにラウルが立ち上がった。

「——もういい、下がれ」

「先ほど件の女を見ましたが、妊娠初期にしては少々腹が出すぎている。潔くお認めになられたらいかがですか。随分以前から、あの女と関係を持っていたと」

　ナギを止めようとしたアディスは、その言葉で視界が暗くなるのが判った。そんなはずはない。そんなわけはない。彼は——彼は……そんな人では……。

「どうぞあなたご自身で、アディス様の未練を断ち切ってください。己の不誠実さを認め、アディス様を最初から裏切っていたことを、この場で認めていただきたいのです」

　ラウルが、歯軋りでもするように唇を震わせる。俯いた彼の唇が何かを口にしかけた時だった。

　いきなり扉が開いて、飛び込んできた女が、ナギめがけて剣を振り下ろした。その時にはナギは背に負った短槍を引き抜き、素早く手元で構えている。

「エスミ、よせ！」

「ナギ、やめて！」

剣と槍がぶつかり、女の顔を覆う紗が取れた。薄桃色のブロンドが空に広がる。

「この痴《し》れ者め、ラウル様をこれ以上侮辱すること、断じて許さぬ！」

エスミが再び剣を構える。咄嗟に立ち上がったアディスの視界が、不意に闇に包まれた。

――やめて……、ナギ、エスミ……。

力強い腕に支えられるのを感じながら、アディスは意識を失っていた。

頬が、温かくて大きな手に包まれている。

「……、あなたを、愛している……」

ラウル――ラウルの声だ。彼の苦悩、そして愛情を痛いほどに感じる。

手が離れ、影が音もなく遠ざかる。ふっと瞬きをすると、燭台の灯りの下で、二つの顔が並んでいた。

「お目覚めになられたようですな」

現実に聞こえた声に、アディスは驚いて目を瞠った。セロだ。山の民の長、セロ。

「たまたま居合わせたばかりに、今度はあなたを診る羽目になりました。お久しぶりです。アディス様」

動揺しながらアディスは室内を見回した。ここは港町の館だろうか。周囲は暗く、ただ燭台の焔だけが頼りなく揺れている。

「奥方様、どうか……どうかお許しくださいませ」

エスミが震える手で、アディスの手を握りしめた。その唇はわななき、泣き腫らした目からは涙がとめどなく溢れている。

「もう我慢できません。何もかも嘘で偽りです。私は公妾ではなく、ラウル様の子も孕んでおりません。私――私が言い出したのです。私が奥方様の身代わりになると！」

――エスミ……

「お、奥方様に、生きていただきたかった。ご無事にこの国を出ていただきたかったし、東国からもフォティアからもお守りしたかった。だから……」

アディスは半身を起こし、自分と同じ髪の色になったエスミをしっかりと抱きしめた。目の奥が熱くなり、涙が静かに溢れてくる。

「もう、私には、お二人を見ているのが辛すぎます。今日のラウル様が、どれほど悲痛なお気持ちだったか。どんなお気持ちで、昔の従者との再会を喜ぶ奥方様を見ておられたか。それなのに何も言わず……ただの一言も言い訳をせず……」

泣きじゃくるエスミを、アディスはしばらく、言葉もないままに抱きしめていた。

「……ラウルは？」

「い、いましがた城に戻られました。先ほどまで、奥方様のおそばにおられたのですが」

(――あなたを、愛している)

あれは夢ではなかった。彼は確かに私にそう囁いてくれたのだ。——

「奥方様、後生ですからあのような男と行かないでください。素性は聞いていますが、本当に今もお味方だと言えるのですか？」

エスミが、泣き濡れた顔を上げて訴えた。

「あんな無礼な……何を考えているのか判らないような男、とても信じられませぬ。もっともらしいことを言いますが、この六年何をしていたのかも判らないのですよ」

「エスミ、ナギは信用しても大丈夫よ。それに、ナギは多分……」

わざとラウルを怒らせたのだ。ラウルかエスミの口から真実を聞き出そうとして。そうでなければ、冷静なナギが、あれほど感情的なことを言い募るはずがない。

それまで黙って二人を見ていたセロが、エスミの肩をそっと叩いた。

「アディス様が目覚められたと皆に伝えてきなさい。私は、アディス様と少し話がある」

「エスミは、あと半年もすれば子を産みます。大怪我を負うまで、エスミ自身も気づかなかった。ゆえに城を辞し、私の元で匿っていたのです」

館の外に出ると、セロは静かに口を開いた。夜の帳《とばり》が下り始めた海に、無数の星屑が煌めいている。

「あれが長年思いを寄せていた男の子供です。奇しくもエスミはアディス様と似た髪を持っている。きっと生まれる子は、ヴァレンの血筋と見紛う容貌をしているでしょう」

アディスは思わずセロを見上げた。それだけで、エスミの腹の子の父親が判った。可能性があるのは二人だが、その一人はここ半年病に臥していたはずだ。だとすれば——

「ジェ、ジェラルドは、知っているのですか」

「知っているのか知らないのか。それとも認めようとしないのか。——あれも可哀想な男です。己の血を恥じ、生涯独り身でいると決めている。負の感情を面に出さない者ほど、内に秘めた業は深いのです」

負の感情を面に出さない——。そこでまた、何故だかカミッロの顔が浮かんだ。

兄は、困窮した家に生まれ、父からも疎まれていた。長く国外で暮らし、随分辛い思いもしただろうに、苦労など知らぬ人のように微笑んでいた。

気づかなかったし、気づこうともしなかった。その優美な微笑みの下で、カミッロが何を思っていたのかなど。——

「アディス様。エスミはその子ごと、己の人生をアディス様に捧げようとしたのです。それは、判ってやっていただけますか」

「はい……、よく、判っています」

アディスは暗い海に視線を向けた。不思議なくらい、心の中は穏やかだった。

天地の境をなくしたような夜と海。一体自分は何者だろうとふと思った。法皇の娘であり妹。亡国に向かう国の王妃——そういったことに、何か意味があったのだろうかと。

多分、何もない。この広い世界の中で、私は一個の、やがて死にゆく無力な生き物にすぎないのだ。

「セロは、これからどうするのですか」

「戦います」

「誰とですか」

「私の大切なものを壊そうとする者と。私が守るべきものを壊そうとする者と」

言葉を切り、セロは静かに微笑んだ。

「ラウル様は逃げよと仰いましたが、戦う意志を持つ者は、皆、イレネーの洞窟内に潜んでその時を待っています。私もまたその一人。今夜は去りゆく者を見送りにきたのです」

眼下の海には、二艘の帆船が浮かんでいる。この国を去り、二度と戻ってこられない者達が、夜明けを待ってあの船に乗り込むのだ。

「アディス様は、どうなさるおつもりですか」

もう答えは決まっているような気がしたが、アディスは黙って微笑んだ。セロもまた、何も言わずに静かな眼差しを夜空に向けた。


「エスミ、もう二度とここには戻るなと言ったはずだ」

燭台の灯りが揺れる薄暗い部屋の中、ラウルは一人で杯を傾けているようだった。

「……頼むから、一度くらいは俺の言うことを聞いてくれ。船に乗って国を出ろ。叔父上も本心では、そうして欲しいと願っているはずなのだ」

自棄と悲痛の入り交じった声に、胸の奥が重苦しく痛んだ。顔を覆う紗を取ったアディスは、静かに彼のそばに歩み寄る。

「ラウル、エスミなら今日から私の館で暮らします」

跳ね起きたラウルが、目に驚愕を宿したままで立ち上がった。

「今日から、私があなたのそばにいます。どうかお許しくださいませ」

口を開いたラウルが、言葉をのむように顔を背ける。そしてアディスの腕を摑んだ。

「——行くんだ。今ならまだ、出航に間に合う」

「いやです、行きません」

「馬鹿なことを言うな！　残れば死か囚われの身だ。それがまだ判らないのか！」

「では船が異国に着くまで私を縛りつけておきますか。それでも縄が解ければ、私はどのような手段を使ってもあなたの元に戻ります」

「…………」

「人の心に鎖はつけられない。そう言ったのはラウルです」

手を放したラウルが、よろめくようにして長椅子に腰を下ろした。

「……判ってくれ。……あなたがいると、俺が駄目なんだ」

振り絞るような声に、胸が引き絞られるように鋭く痛んだ。

「俺が、怖くなる。俺がいなくなることも、俺がいなくなった世界であなたが生きていくことも。——あなたを、失ってしまうことも」

「……ラウル」

「……俺が、……俺がもう、耐えられないんだ」

額を押さえてうなだれる彼の足下に、アディスはそっと膝をついた。

この人の孤独と苦悩を何も判っていなかった。失うことが怖くて、ずっと目を逸らし続けてきた。私が自分の中に閉じこもっている間、彼は一人で現実に向き合っていたのだ。

「……ラウル、以前あなたが教えてくれました。あなたの苦難はあなただけのもので、私の苦難は私だけのものだと」

あの時胸に刺さり、いつしか消えてしまった言葉の意味が、今なら痛いほどによく判る。

「私にはあなたを救えないし、あなたには私を救えない。別々の身体に生まれた以上、私達は決して一つになれない。ただ、命ある時に寄り添うことしかできないんです」

あなたが、傷ついた私に寄り添ってくれたように。たったそれだけで私の闇を取り払ってくれたように。

「あなたのそばにいさせてください。ラウル……私のそばにいてください」

目元を手で隠したまま、ラウルはただ唇だけを震わせる。

「それが明日でも数十年後でも、人は必ずいつか別れる定めです。だったらその時まで、せめて笑って過ごしませんか」

精いっぱいの思いを伝えた途端、堪えていた涙がこぼれ落ちる。その涙が嗚咽に変わる前に、膝をついたラウルが、アディスを力いっぱい抱きしめた。

「本当にいいのか」

「はい」

「……俺が耐えられないと思ったことに、あなたは耐えてくださるのか」

「……はい」

——愛おしい。この人が愛おしくて堪らない。

死なせたくない。できることなら、私の命をあなたに捧げてしまいたい。この人を失う怖さに比べれば、カミッロもムタフィムも怖くない。まだ諦めたくないし、諦めない。私
——私は今、覚悟を決めた。私の人生を、命の全てを、この人のために捧げるのだ。

アディスが涙を拭って顔を上げると、ラウルは少しだけ寂しそうな苦笑を浮かべた。

そして片手で、そっとアディスの頬を抱いた。夢現《ゆめうつつ》で感じたのと同じように。

「……痩せられたな。きちんと食べておられるのか」

「あなたこそ……夜はちゃんと眠れていますか」

「正直言えば、あまり寝ていない。——でも、今夜から眠れるかな」

そっとおとがいを上げ、アディスはラウルの唇に、自分の唇を押し当てた。

「はい……。お眠りになるまで、私がずっとそばにいます」

唇を合わせるだけの優しいキスを続けながら、二人は互いを労るように抱きしめ合った。

温かな褥の中、彼の身体に包まれているだけで、幸福で胸が詰まりそうになる。

淡く唇を重ねていく内に、次第に言葉はなくなり、吐息と衣ずれの音だけが全てになる。ラウルは、アディスの喉に唇を押し当てながら、頬やうなじを愛おしげに撫でた。アディスは微かに息を喘がせながら、そのラウルの肩や背中に手を這わせる。

彼の肩――逞しくて硬くて、力強い。

二の腕に浮かぶ筋肉の隆起、背中に浮き出す肩甲骨、肌の滑らかさと温かさ。

この確かな感触が、あと何十日か――何日かで、いずれ消えてなくなるかもしれないのだ。その切ないまでの人の命の儚さが、余計に今の時間の愛しさをかき立てる。

「あなたの腕……」

ラウルの腕を手のひらで辿りながら、アディスは喘ぐように囁いた。

「いつか私にくださると仰いました。それを、覚えておいでですか」

「覚えている」

うなじを抱き上げ、耳に唇を当てながらラウルもまた囁いた。

「もう何もかもあなたのものだが、今夜、腕を切っていかれるか」

できることなら本当にそうしたい。いずれ失う温もりなら、その一片であっても永遠に止めたい。この狂おしいまでの感情の正体はなんだろう。彼を失う時を想像しただけで胸が引き裂かれそうになる。目の前にある肉体が、ただいじらしく、愛おしくて堪らない。

ラウルもその気持ちは同じなのか、どこかもの狂おしげにアディスの肌に手を這わせ、唇の痕を刻んでいく。

――あなたが好き……

唇を重ねながら、アディスは彼の厚い胸を撫でた。隆起する腹を撫で、硬く引きしまった臀部に触れる。肩に口づけ、蜜色の胸の突起にそっと唇を這わせた。

彼の全てに触れ、味わいたかった。この人の全てを、自分の中に刻みたかった。

彼の腹部に滑らせた指が、熱を帯びた塊に触れる。少し驚いて手を引いたが、すぐにもう一度指で触れ、感触を確かめるように手のひらで包み込んだ。

それは手のひらに収まりきらないほどに大きく、硬く屹立し、微かに脈打っている。

「……アディス、」

掠れた声を上げたラウルが、苦しげな息を吐いた。

自分と彼の肉体を繋げるもの。今まで、それに触れたこともなければ、いつも目を逸らしていたことが、ひどく不思議に思える。

触れてみればそれは大きく、滑らかで、優しい温かみがある。

彼の身体を下にして起き上がると、アディスは身体の位置をずらして、薄闇に屹立する彼の逞しい雄を見つめた。

これほど綺麗で愛おしいものに、どうして今まで触れることができなかったのだろう。

そっと口づけると、彼が膝を微かに震わせた。その膝に手を添えると、彼が自分の同じ場所にそうしてくれるように、舌を当てて愛おしむように唇で愛撫する。

「……、は、……、アディス、……、」

彼の漏らす吐息が、胸を昂ぶらせ、それが悦びとなって、自分自身も潤ってくる。

堪りかねたように抱え起こされ、膝の上に引き寄せられる。彼の昂ぶりが疼き始めた花芯に触れた。細い腰を抱えられ、彼の熱が花弁の中にのみ込まれていく。

「あ……、ア……」

満たされた内奥が悦びに震え、身悶えるようにしてアディスは軽い絶頂を迎えた。

ゆったりと揺さぶられ、やがて荒々しく突き上げられながら、何度も唇が重ねられる。彼を少しでも悦ばせようと、アディスはその律動に合わせて腰を浮かせ、そして沈めた。

次第に息が上がり、頭の中が白くなる。彼の生命の証が自分の中で荒々しく跳ね、躍動する。吐き出された全てをのみ込み、それでも足りずに、アディスは彼を抱きしめた。

「……、死なないで」

「……ん？」

「死なないで……、死なないで、ラウル」

答えない彼に向けて、何度もそう囁きながら、汗ばんだ肌に口づける。この命をどうにかして私の腕の中に止めたい。切ないほどにそう願いながら、アディスは忘我の淵に沈んでいった。

最終章　聖戦

晴れ渡った空の下、シュベルク城の門前に一万の大軍が隊列をなして並んでいる。

今日の午《ひる》にも、カミッロサンドロ一世が、五万の聖十字軍と共に国境に到着するとの報せを受け、その出迎えに向かうためだ。合流した両軍は、そのまま聖戦の舞台となるイレネーの麓に向かう予定になっている。

とはいえ、その両軍の間には開戦前から不穏な空気が漂っていた。

すでに聖十字軍は、ゴラド国内の主要拠点をことごとく占拠し、イレネーの山裾に巨大な陣を構えている。その陣中にゴラド軍は一歩も入れず、一体聖十字軍が何をしているのかも判らない状況だ。

当然、ゴラド軍は反発し、両軍の反目と緊張は一触即発なところにまで高まっている。

その最中にあって、イレネーの山向こうに陣を構える東軍の数は、噂を遙かに超えた約二十五万。巨大軍船がキサの港に迫っているとの情報も入っている。

「——ラウル」

聖堂に足を踏み入れたアディスは、息をのむようにして歩みを止めた。

天井に描かれた軍神ルキアが見下ろす祭壇で、ラウルは司祭らと共に、出陣前の祈りを捧げていた。目映いほどに輝く白銀の鎧は、一目でルキアの鎧を模したものだと判る。

肩に落ちた艶やかな黒髪と、凛々しい横顔。燃え立つようなオーラが彼の全身を包み込んでいる。まるで絵物語に出てくる神話の英雄のようだった。——いや、彼の命はまさにこの日、最後の輝きを放とうとしているのだ。

やがて顔を上げたラウルは、穏やかな視線をこちらに向ける。

「来られていたのか」

「はい。そろそろお出になられると聞いて」

彼は手甲を外し、歩み寄ったアディスを抱き寄せると、そっと冷たい頬を寄せた。

「——出かけてくる。帰りはいつになるか判らない」

「……はい。ラウルの好きなものを用意して、待っています」

十日前に降った季節外れの大雪が、二人に思わぬ至福の時間を与えてくれた。最後の一カ月、アディスの戻ったシュベルク城には、寄り添うように集まった人達の優しい思いだけが、結晶のように煌めいていた。

その穏やかで愛情に満ちた時間は、幸福というものの本当の意味を、まだ夫婦としては幼い二人に、ようやく教えてくれたのかもしれない。夜、共に眠り、朝起きて最初の一言を交わし合う。たわいのないことを言って笑い合い、出かける夫を笑顔で見送る。――その些細な日々の繰り返しにこそ人の幸せがあるのだと。

「――ラウル、そろそろ時間だ」

背後で、ジェラルドの申し訳なさそうな声がした。アディスのこめかみに口づけたラウルは、礼服を纏ったジェラルドの方に歩み寄る。城を発つラウルに代わり、今日からジェラルドが国王の座に就くのだ。

俯くジェラルドの表情は、明らかに精彩を欠いていた。その面やつれのひどさと、一気に増えた白髪が、彼の苦悩の深さを物語っているようでもある。

アディスの帰還と共に賑やかさを取り戻した城の中にあって、ジェラルド一人が、まるで別の時間を生きているようだった。部屋に閉じこもって人を避け、ラウルとも距離を置いている。食事を取らない代わりに酒量だけが増えているようだ。

それは、国政を担う重責からかもしれないし、表向きラウルの子を身ごもったことにされているエスミが原因なのかもしれない。その変貌ぶりについて、ラウルには心当たりがあるようだったが、アディスはあえて聞かないことにした。そんな状況にあっても、ラウルがなおジェラルドに全幅の信頼を置いていることが判っていたからだ。

ジェラルドを抱き寄せたラウルは、その肩に額を押し当てるようにして、しばらくの間黙っていた。

「――では、叔父上、行ってまいります」

やがて晴れ晴れとした顔を上げたラウルは、従者を呼んで外へ出た。もう別れの時間は終わったのだ。それを悟ったアディスもまた、ジェラルドと共に部屋を出る。

「アディス様、バルコニーにイザベッラ様がお着きです」

部屋の外にはエスミがいて、身重であることを感じさせない俊敏さで駆け寄ってきた。ジェラルドを見ても、エスミは眉筋一つ動かさないし、ジェラルドもまた何も言わない。もしセロの話を聞いていなければ、二人の間に関係があったなど想像もできないだろう。

「外では、大勢の民がアディス様を待っています。——どうぞ、バルコニーの方へ」

この一カ月、アディスは、あらゆる場所に赴いて民を励まし、祈りを捧げ、混乱の極みにあった城下を少しずつ収束させていった。住処を失った民のために城の地下を開放し、入りきらない者は西の古城に避難させた。

そして元王妃イザベッラを、太后として再び公務に復活させた。イザベッラは、女ながらに軍を率いてフォティアと戦った英雄だ。その元王妃の復活に、民が元気づけられたのは言うまでもない。

アディスは誰もが認める王妃であり、全ての民の拠り所だった。望まれればどこにでも行き、誰とでも話し、どんな知恵でも貸した。アディスが開く祭礼には、時に聖十字軍までもが姿を見せ、熱心に祈りを捧げるようになった。

今ではゴラドの誰もが、敬愛を込めて『フォティアの神童』とアディスを呼ぶ。

バルコニーには、軍の出立を見送るために、城中の女達が集まっていた。

「アディス様！　アディス様！　アディス様！」

門前に集まった群衆と一万の軍が、顔を出したアディスに大歓声を浴びせかける。

やがて騎乗したラウルが姿を現すと、その興奮は最高潮を迎えた。

「我らの軍神、ラウル様！」

「軍神ラウル様がいる限り、ゴラドは無敵だ！」

不意に胸が詰まるような気持ちになった。彼の運命を知る者も知らない者も、今日戦いに赴く全ての者達にとって、ラウルは唯一の拠り所で、まさに軍神そのものなのだ。

「よく聞け！　イレネーより南に、東軍を一歩も入れてはならぬ」

そのラウルの声がした。もう彼の顔は白銀の兜に覆われて見ることはできない。

「我らの家族を、祖先から伝わる大切な土地を、我らのこの手で守るのだ。ひるむな、決して恐れるな！　デュオンの加護は我らにある！」

凄まじい鬨の声が響き渡る。幾つもの旗が掲げられ、一万の軍が行軍を始める。

その足音が少しずつ遠ざかり始めた時、隣に立つイザベッラが口を開いた。

「アディス様、罪を犯した私にかような厚遇、感謝の言葉もございません」

アディスは驚いて顔を上げた。イザベッラの眼差しは、なおも息子が去った方に向けられている。

「こうして息子の出立を見送ることができたのも、アディス様のお口添えがあったからこそ。――心から感謝申し上げます」

太后の座に就いたイザベッラは、以前ほど露骨ではなかったが、やはりアディスにはよそよそしかった。こうして話しかけられたのも、婚礼の宴以来初めてだ。

「いえ、私の方こそ、お義母様にお詫び申し上げなければと思っておりました」

アディスは胸に手を当てた。ずっと謝らなければならないと思っていた。この人が東国と手を組もうとしたのは、ムタフィムに親書を出したラウルを守るためだったのだ。

「……お義母様のなされたことは、私もラウルも存じています。当時は知らぬこととはゆえ、一言のねぎらいもなかった私を、どうぞお許しくださいませ」

イザベッラは灰色の目でアディスを見つめていたが、やがてゆっくりと視線を巡らせた。

「――ジェラルド、エスミもこちらへ」

ジェラルドが眉を寄せ、エスミが戸惑いながらアディスの方を見る。

「二人の前でアディス様にお伝えしたいことがございます。私の部屋においでください」


「まずはギデオン大公の件で、お詫びをさせてくださいませ」

席に着くと、イザベッラは静かな口調で語り始めた。

「当時、アディス様には様々な思いを抱いておりましたが、それでもあの男のしでかしたことは言語道断。同じ女として決して許してはならぬことでした」

肩からふっと力が抜けた。信じてはいたが、あの件にイザベッラは無関係だったのだ。

「ただ、裁定はああする他ありませんでした。厳しい罰を科せば、ギデオンが何を言い広めるか判ったものではなかったからです。──キャサリン妃の悲劇を知っていますね？」

アディスは頷き、隣のジェラルドをそっと見上げた。ジェラルドはこの部屋に入ってから一言も口をきかず、じっと床の方を見つめている。

「キャサリン様は私の伯母に当たる血筋の方で、ご幼少の頃から美しく聡明な女性でした。けれど最初の王子が生まれた幸福の最中、あの方は正妃の座を狙う一派から汚い罠にはめられたのです。不義の烙印を押されたキャサリン様が身ごもった子は、どう抗弁しようと嫡子とは認められません。あの悲劇を、私は二度と繰り返したくなかったのです」

言葉を切り、イザベッラは眉根に微かな力を入れた。

「ゆえにあなたを攫った時、私はギデオンを失脚させるべく罠を張りましたが、失敗しました。けれど今は、あれでよかったのだと思っています。──ジェラルド」

ジェラルドが、びくっと肩を震わせる。

「キャサリン様の子であるあなたは、誰が何と言おうとこの国の正統な後継者です。ゆえに命じます。アディス様とエスミを連れて逃げなさい。ラウルもそれを望んでいます」

「──太后様！　私はどこへも行きません」

エスミが抗議の声を上げる。イザベッラは、ジェラルドをひたと見つめた。

「ジェラルド、あなたが今生きているのは、皮肉にもキャサリン妃の悲劇があったこそゆえ。そうでなければ、今頃あなたも夫と同じ運命を辿っていたでしょう。──これはラウルにも言っていませんが、夫はフォティアで毒を盛られていたのです」

ジェラルドが、初めて顔を上げた。驚愕に見開かれた目が、微かに震えている。

「……う、嘘だ。兄上は、黒死病だと……」

「だとしたら共に寝起きした私がどうして無事でいられますか？　——黒死病と似た症状でしたが、医術師は明らかに違うと言いました。なにより夫自身が帰国した際、自分はもう長くないと私に告げたのです。日々出された食事に毒が入っていたようだと」

きっぱりと言い切ったイザベッラは、その目をアディスの方に向けた。

「アディス様、お許しください。あなたには罪のないこととはいえ、私は、カミッロサンドロ一世の妹など、決して家に迎えたくなかったのです」

動揺で、すぐに言葉が出てこなかった。その事実をもしラウルが知っていたら、彼とて結婚を受け入れはしなかったろう。彼の父は——私の兄に殺されたも同然なのだ。

「そして、あなたが今日までになされたことは全て存じています。民の心を静めただけでなく、各国に手紙をお出しになられましたね。東国との戦をやめ、軍を引くようにと。そのような手紙を、もしやあなたは東国にも出されたのではないですか？」

息をのんだアディスは、覚悟を決めて立ち上がった。いつか耳に入るとは思っていたが、もう知られていたとは思わなかった。

「申し訳ございません。けれどこれは前法皇の娘としてしたこと。ゴラドには一切関係ありません」

イザベッラの言うように、アディスは聖十字軍に軍を出した全ての国に書状を送った。

カミッロは異教徒への憎しみをあおり立て、教会と自身の権力を拡大しようとしているのだと。それに決して利用されてはならないと。――そして東国のムタフィム三世に宛てた書状を、かつて東国にいたナギに託したのだ。

末だどこからも反応はないが、今はナギが返書を持って戻ってくることが、唯一の希望である。そしてナギが戻ってきたら――いや、戻ってこなくとも、覚悟を決めていたことが一つある。

護身用の短刀を引き抜くと、アディスは自身の髪を片手で摑み、根元から切り落とした。

イザベッラが蒼白になり、エスミが手で口を覆って悲鳴を上げる。

「イザベッラ様、私は大罪を犯しました。東国と通じた私を離縁し、どうぞカミッロの所へお引き立てください。ゴラドは私と一切無関係だと申し立てください」

その場の全員が、雷にでも打たれたように動かなくなった。身分ある女性の断髪は罪人の証でもある。やがてイザベッラが、掠れた声で呟いた。

「……あなたは、ご自身が犠牲になって、反カミッロ派の象徴になろうとしているのですね。今、ラウルが聖戦の象徴として命を散らそうとしているように」

「――もう遅い！」

不意にジェラルドが、堪りかねたような声を上げた。立ち上がった彼は髪をかきむしり、充血して潤んだ目をアディスに向けた。

「遅い……遅い、何もかも手遅れだ。すぐにこの城は聖十字軍の手に落ちる。アディス様を逃がすことも、カミッロに届けることもできない。もう——どうにもならないんだ！」

口を開きかけたイザベッラを遮るように、ジェラルドは続けた。

「最初に勝ち目のない戦いに挑まれたのは兄上だ。フォティアに刃向かってなんとする。相手は百万の信者を持つ宗教の総本山だ。そんな中で東国までもが攻めてくる。何故誰も現実を見ないのだ。最初から、……ゴラドが滅びるのは判りきった未来だったのに！」

彼の目から、初めて薄い涙が頬に伝った。

「俺は……なんとかしようとした。だからカミッロにも会いに行ったし、あの男の誘いにも乗った。奴は、聖戦を起こさずに東国を倒す秘策があると言ったのだ。代わりにゴラドは法皇の直轄地になるが、俺はそれでもいいと思った。……いや」

言葉を切り、ジェラルドは唇を震わせた。

「俺はどこかで、ヴァレン家を恨んでいた。……どこかで、この結末を望んでいたのだ」

「……では、あなたはずっとカミッロと通じていたのですか」

青ざめたイザベッラが、呻くような声で言った。

「ああ、そうだ！　義姉上の裏をかき、アディス様を東国にやる計画をギデオンに教えたのも俺だ。義姉上を国政の場から追放するのが、カミッロの出した条件だったからだ。カミッロにとってみれば、賢い義姉上が誰よりも邪魔だったからだ！」

「……愚かなことを。あのカミッロが、それでこの国を許すとでも思ったのですか！」

アディスは言葉も出てこなかった。驚きしかないはずなのに、こうなることが判っていたような気もした。ジェラルドの生い立ちやここ数日の異常なまでの憔悴ぶり――それ以前に、彼の経歴のひだに、時折カミッロが重なって見えていたせいかもしれない。

「……ホウは、……なんのために起こされたのですか」

初めてエスミが、震える声で口を挟んだ。

「アディス様が嫁いでこられた夜のことです。破壊されたハミル砦で、異国の旅人が死んでいましたが、その者とジェラルド様が何度も会っているのを、ザバの山の民が見ていたのです。それは……それはラウル様にも知らせてあります」

わずかに目を瞠ったジェラルドは、しかし諦めたように椅子に腰を落とす。

「……そうか。しかしラウルは、俺には何も言わなかった」

「ジェラルド様を信じていたからです！　ラウル様は最初から、ご自分がいなくなった後のことをジェラルド様に託すおつもりだったからです！」

エスミの目から、幾筋もの涙が伝う。ジェラルドは憔悴したように額を抱えた。

「確かにあれは、カミッロの命令で俺が手配したものだ。……しかし、何もアディス様を陥れるためにしたんじゃない。あれは……、あれこそが、カミッロの」

その時、階下から大勢が騒ぐ声が聞こえてきた。全員が異変を覚えて身構えた時、扉が外から開かれる。

「――お静かに。この城はたった今、我が聖十字軍が占拠しました」

——ナギ……？

ナギが纏う聖十字軍の証が刻まれたマントを見ても、その背後に居並ぶ十字紋の盾を持つ騎士の姿を見ても、アディスにはしばらく、何が起きているのか判らなかった。

階下から聞こえる騒ぎはますます大きくなり、時折そこに「上の階に決して行かせるな！」「聖十字軍だ！」との声も聞こえてくる。

「抵抗なさらなければ、決して手荒な真似はいたしません。——この城と、城に住む者達は、できれば無傷でカミッロ様にお渡ししたいのです」

手に持つ槍は血色に染まっているのに、ナギの表情は水のように静かだった。何を言っているの？　と思った。なのにその言葉は喉に引っかかったように出てこない。——何を言っているの、ナギ？

「アディス様、この男はカミッロの手下だ。今だけじゃない、法皇宮にいた時からだ」

吐き捨てるように、ジェラルドが声を上げた。

「そもそもおかしいとは思わなかったか？　六年前、あれだけの敵に囲まれてどうしてこの男は生き延びられたと思う。何故六年、一度も便りを寄越さなかったと思う」

それは、胸底に沈んでいた小さな疑問を揺り起こすような言葉だった。

「法皇宮への侵入路、その抜け道の全てをこの男はカミッロに教えていた。だからあの政変は一夜で成功した。アンキティオ法皇には、最初から逃げ場などなかったのだ」

「——やめて！」

アディスは、耳を塞ぐようにして首を振った。そんなことはない、絶対にない。

「おかしなことを言わないで。ナギは、二年も私を命がけで守ってくれたわ。その後に何があったのかは知らないけれど、少なくともあの時のナギは、――」

「あの時の私は、あなたを囮《おとり》に、セトルキアンが接触してくるのを待っていたのです」

表情を微塵も変えず、ナギは静かに口を開いた。

「カミッロ様は、政変前に行方をくらましたセトルキアン元枢機卿をずっと気がかりに思っていました。あの者がアンキティオ様と反目してフォティアを去ったというのは真っ赤な偽り。あの者は、アンキティオ様から何かを託され、あえてその身を隠したのです」

「……何か、って？」

「判りません。――それは八年たった今でも、判らぬままです」

平然と語るナギの顔が、人ではない別の生き物のように見えた。

「いずれにせよ、セトルキアンは、必ずあなたに接触してくると思い、私は何度も網を張りました。ゴラドに来られる際、修道院のあなたに宛てて手紙を渡したのは私です」

足下が不意に真っ暗になった。

嘘だった――。再会したナギの語った何もかもが。ナギは最初からカミッロと通じていて、父と私を騙し続けていた。そして今も、カミッロの配下としてここにいるのだ。

東国に宛てた手紙は、そのままカミッロの手に渡っただろう。思えばナギが、ひどく饒舌にムタフィム三世のことを語ったのも妙だった。あれもまた罠だったのか。私に、ムタフィム三世に宛てて停戦を願う手紙を書かせるための——

「逆らってはなりません！　今は時を待つのです！」

不意にイザベッラが大きな声を上げた。気づけば背後の扉からゴラドの騎士達が駆けつけて、ナギ率いる聖十字軍と今にも切り結びそうになっている。

イザベッラは、エスミを庇うようにしてその前に立ちはだかる。それで騎士達も、何かを察したように動きを止めた。

「法皇の指示があるまで誰一人として傷つけるな。——エスミはその身にゴラドの未来を宿している。アディス様は法皇の元にお連れする」

冷淡に言ったナギが、アディスのそばに歩み寄り、足下に散った髪の一束をすくい上げた。

「なるほど。反省の意を示すには断髪はいい知恵です。きっとカミッロ様の心証もよいでしょう。六年前と同じように服従を誓えば、あるいは命だけは助かるかもしれませんね」

握りしめた拳が反射的に跳ね上がった。しかしその手は、あえなくナギに捉えられる。

「どうぞ賢明なお振る舞いを。あなたの行動にこの城の者達の命がかかっているのです」

涙が溢れそうだった。信じていたのに——この六年ナギを忘れたことなどなかったのに。

「……太后様、ジェラルド。皆様をお救いできるよう、私が兄と話をしてまいります」

それでもナギの手を振りほどいたアディスは、努めて平静にそう言って歩き始めた。

ここは冷静になるしかない。ナギはエスミをカミッロに引き渡すつもりまではないようだ。私が時を稼げば、きっとイザベッラ様がエスミを逃がしてくれるはずだ。

「アディス様、許してくれ。――俺はそれでも、この男の良心に最後の望みをかけたのだ。あるいはあなたを、無事に逃がしてくれるのではないかと」

背後で、ジェラルドの悲痛な声がした。

「信じてもらえないだろうが、ラウルを裏切ろうと思ったことは一度もない。……俺はただ、俺の可愛い甥を守りたかった。ゆえに聖戦など起こさずに東国を倒せるという、カミッロの嘘にすがってしまったのだ」

その刹那脳裏をよぎったのは、別れ際、まるで祈るようにジェラルドの肩に額を寄せていたラウルの姿だった。

「ジェラルド、それはラウルもきっと判っています。エスミを――どうか幸せに」

「ホウが、どうして起こるかご存じですか」

聖十字軍の騎馬に包囲された馬車が、まだ雪の残る山沿いの路を進んでいく。閉ざされた暗い車内で、アディスはナギと向かい合って座っていた。

答えないアディスに構わず、ナギは続けた。

「カミッロ様の命を受け、私は雪が多く降る地域を巡り、似たような現象がないかを調べていました。そして中大陸の北の果てで、ついに雪崩に詳しい地学者と出会ったのです」

アディスは顔を上げていた。一体何故、ナギはこのような話をするのだろう。

「その地方では、ホウを新雪雪崩と呼んでいます。解けかけた積雪が落下するのが底雪崩なら、新雪雪崩は、積もったばかりの雪の表層が滑り落ちるのです。舞い上がる新雪の粒の間に空気が閉じ込められ、その空気が何かと激突した時に大爆発を起こすのだと」

「……それが、ホウなの？」

「天罰でも凶事の先触れでもない。突き詰めれば理屈の立つ現象です。けれど常夏の地で育ったムタフィム三世にとって雪山は未知の世界。いかにも神秘的な現象に映るでしょう。そこに、カミッロ様は目をつけたのです」

――どういう、こと……？

「ジェラルド様が仰ったことは嘘ではありません。カミッロ様は、聖戦を起こさずにこの戦に勝利するつもりなのです。ホウと似た現象を、火薬を使って起こすことによって」

そこで言葉を切ったナギが、窓を薄く開ける。騎馬の駆ける音に交じって、遠くで飛び交う声が、断片的に聞こえてきた。

「軍神が逃げたぞ！　ゴラド王が、ゴラドを捨てて逃走したぞ！」

「敵を前にして、ゴラド王ラウルが敗走した！　見ろ！　これが証拠の鎧だ！」

驚いて身を乗り出そうとしたアディスを遮るように、ナギの腕が差し出された。

「お聞きの通りです。ラウル様は戦場には現れない」

「……どういう、ことなの」

「これもカミッロ様の計画通り。ラウル様は進軍の途中で逃走し、主をなくした鎧だけが、逃走の証としてお味方の陣営に届けられる手筈です」

「そんな――、そんな馬鹿なこと絶対にあり得ないわ！　ラウルは逃げたりなんか、」

そこまで言ったアディスは、愕然として言葉をのんだ。たとえ何があってもラウルは決して逃げはしない。けれどカミッロの計画では、彼は逃走したことにされてしまうのだ。

「どうやって……？　……ラウルを、殺したの……？」

「死体から素性が割れないよう、その場で火をつけて燃やすと聞いています」

足下が闇にのまれ、目の前が真っ暗になった。――これは現実――それとも夢？

「精神的支柱だった軍神を失い、ゴラド軍は一気に力を失うでしょう。アディス様、カミッロ様は元々本気で東国と戦をするつもりなどないのです。イレネーでホウを起こせば東軍は恐れ戦いて引き返します。それを見越して、後に和睦するつもりなのです」

ぐらりと崩れた身体を、ナギが抱き支えた。

「カミッロ様の真の目的は、広大な北部の領土と、トンヤンと東国との交易です。さらに、東国に勝利することで、ご自身の存在をより神格化させようとしています。東軍を撃退するのはカミッロ様であり、そこに軍神の力などむしろ必要ないのです」

血の涙が頬を伝った。憤怒《ふんぬ》で胸が戦慄《わなな》くようだった。

これで判った。兄の策略の何もかもが。ラウルは軍神として死ぬために戦場に連れ出されたのではない。ゴラド軍から最後の士気を奪い、壊滅させるために利用されたのだ。

行かなければ。ラウルは逃げたわけではないと、せめて私が皆に伝えなければ。

アディスは、ナギの腰から短剣を引き抜いた。素早く彼の胸に突き立てる。しかし、ナギの手が一瞬早く、柄を握るアディスの手を、その柄ごと摑み止めた。

「私を殺しますか」

涙で霞む目をナギに向けた。憎さと愛おしさが胸をかき乱し、頭の中は真っ白だった。

「あなた一人で、どうやってここから逃げますか。どうやって戦場であるイレネーの麓まで向かいますか。——あなたを殺そうとする者達を、あなたはその手で殺せますか」

唇が戦慄き、柄を握りしめる指が震える。ナギが憎い、なのに愛しい。

「生きるために、守るために、誰かを傷つける勇気がありますか」

「い、今——、今、そうしようとしているわ！」

ふっと目元を優しくさせたナギが、不意に柄を握る手を放した。はっとした時には、剣にこもる力が解放され、何かの弾みのように刃がナギの胸に吸い込まれる。

声にならない悲鳴を上げて、アディスはナギから身体を離した。

ナギは顔色一つ変えず、みぞおち辺りに刺さった剣をずるりと引き抜くと、飛び散る鮮血にも構わず、馬車の扉を押し開けた。

不審などよめきと共に馬車が停まり、「何事ですか」と騎士が馬を寄せてくる。ナギは馬車の中に立てかけてあった槍を摑むと、ものも言わずに騎士の首に突き立てた。

「なっ、何をするっ」

ひらりと馬車を飛び降りたナギが、鬼神のごとき凄まじさで槍を旋回させた。

槍は、向かってくる騎士の首をなぎ、頭を砕き、足を叩き折る。それは八年前、幾度となく追い詰められながらもアディスを守り抜いた、ナギの姿そのものだった。

　やがて動く者がいなくなった山道に、細かな雪が降り始める。

　呆然と立ちすくむアディスの前に、主を無《な》くした馬が駆けてきた。

　別の馬に飛び乗ったナギは、血飛沫に濡れた青白い顔でアディスを見下ろした。

「アディス様、これが、今生の別れです」

　――ナギ……。

「東国には確かに手紙を届けました。ただしムタフィム三世はあなたが思うほど甘い男ではない。カミッロの思惑を知ったところで今さら引き返しはしないでしょう」

　よろめいた足がもつれ、アディスはその場に膝をついた。まだ、何が起きたか判らなかった。ナギが跨がる灰色の馬の腹を、真っ赤な血が伝っている。

「……ナ、ナギ……血が……」

「気にしないでください。あなたは父親を殺した男に、当然の報いを与えたまでのこと」

　そうかもしれない。けれどナギは私を助けてくれた――八年前も今も、やっぱり私を助けてくれた。どうして忘れていたのだろう。最後の夜、瀕死の傷を負いながらも抱きしめてくれた腕の冷たさを。たとえカミッロの意を汲んで父を陥れたとしても、あの夜のナギを知っているのは私だけだったのに――

　喉元から何かが溢れそうなのに声が出ない。視界がぼやけ、もうナギの顔を見ることもできない。雪が次第に激しくなる。イレネーの上空を振り仰いだナギは、再会して初めて淡い笑みを口元に浮かべた。

「行ってください。私にはまだすることがある。――カミッロ様もムタフィム三世同様、雪山のことをご存じない。あの方の作戦には、致命的な欠陥があるのです」


「アディス様？　ど、どうしてこのような場所に？」

馬から飛び降りたアディスは、駆けつけた騎士達を押しのけるようにして前線に出た。

イレネー山麓前の広場。ゴラド軍の陣営は既に混乱の極みに達していた。

もうもうと土煙が上がる中、陣を囲む小高い丘には、無数の人馬が折り重なるようにして倒れている。逃げる者、恐怖で怯えて動けない者、跪いて祈りを捧げる者。無傷な者は一人もおらず、全員が行き場に迷い、右往左往しているように見えた。

「ギデオン大公が戦死された！　西の町が聖十字軍に奪われた！」

目の前を、伝令の旗を持つ騎士が声を張り上げながら駆けていく。思わず前に出ようとしたアディスの腕を、背後から誰かが摑んだ。

「奥方様、ここは危険です！」

それは、かつて共に山の民に捕らえられたセルジオだった。目をやられたのか、彼の顔の半分は血で汚れた包帯で覆われている。

「セルジオ、今はどういう状況なの。もう東軍との戦が始まっているの？」

「東軍は、まだ山を下りていません。攻撃してきたのは聖十字軍なのです」

自身の身を盾にしてアディスを守りながら、セルジオは主力部隊の後方にある、天幕で囲まれた陣営に入った。そこに集まった連隊長らが、アディスを見て驚きの声を上げる。

アディスもまた、青ざめて立ちすくんでいた。陣営の真ん中には、今朝、ラウルが身に着けていた鎧が、傷もなく真新しいままで置かれていたからだ。

「……ラ、ラウル様の行方が知れず」

背後でセルジオが、振り絞るような声を上げた。

「聖十字軍から鎧が届けられ、ゴラド軍は大混乱に陥りました。聖十字軍が、ラウル様逃亡と触れ回ったこともあり、もはや、……もはや如何ともしようがなく」

「ラウルの軍は？　あれだけの軍の、誰もここへは着いていないの？」

その時、大地を揺るがすような凄まじい爆音が鳴り響いた。思わずよろめいた身体を、セルジオが抱き支える。

「奥方様、あれは黒色火薬が爆発する音です」

「……黒色火薬？」

「黒い火を放って爆発する、恐ろしい兵器です。聖十字軍は投石機を使い、それを次々とイレネー山に投げ込んでいるのです」

アディスはナギの話を思い出した。――その目的は、イレネーにホウを起こすことだ。

「奥方様、黒色火薬は我が陣地にも飛んでまいります。ここにいては危険です！」

その時、ひゅうっと空を切る音がして、凄まじい轟音と共に猛烈な土埃が舞い上がった。

セルジオの制止を振り切り、アディスは天幕の外に飛び出した。

爆風と泥土が顔を叩いた。黒く禍々《まがまが》しい塊が、次々と逃げ惑うゴラド軍に襲いかかる。

轟音と土煙、真っ黒な火柱と人の悲鳴。これはもはや戦いではない、一方的な虐殺だ。

今、初めて、軍神の定めを受け入れたラウルの気持ちがアディスにも理解できた。この惨状を彼は最初から予測していたのだ。軍神神話を信じるゴラド国にあって、その血を継ぐ自分がいなくなればどうなるか——彼はそれを、誰よりもよく知っていたのだ。

気づけば幾筋もの涙が、アディスの頬を濡らしていた。自分が今何をすべきか、それがようやく判ったような気がしていた。


降り始めた雪が、一瞬遠のいた意識を現実に引き戻した。

——もうすぐ……もうすぐだ。

激しい頭痛と目眩に耐えながら、ラウルは馬を走らせ続けた。灰色の夕暮れに季節外れの雪が降っている。時折敗走中の自軍と行き交うが、ラウルに気づく者は誰もいない。

国境へ向かう行軍の途中、ラウルは不意に意識を失った。凄まじい頭痛と吐き気で目覚めた時、目の前に広がっていたのは、身の毛もよだつような光景だった。

共に城を出たゴラドの騎士や兵士達が、口から泡を吹いて死んでいる。山道は馬と人の死体で埋め尽くされ、一部で火の手も上がっている。

ようやくラウルは、自分一人がその惨劇の場から逃れ、茂みの奥に引き入れられていることに気がついた。そこに、水を手にしたセロが戻ってくる。

(――お目覚めになられましたか。間に合ってよかったと言いたいところですが、我々の手勢では、ラウル様始め、数人をお助けするのが精いっぱいでした)

何が起きたのか判らなかった。ただ、率いていた隊がほぼ全滅し、自分の身体が明らかに異常をきたしていることだけは判った。

(実は、先刻、ナギという者から密書が届いたのです。国境に向けて進軍しているラウル様の軍勢を、毒草をいぶした煙で皆殺しにする計画があると――毒煙となれば、うかつに手勢を集めることもできません。襲撃場所を特定することも難しく、なんとか追いついてラウル様をお救いできたのは、まさに僥倖でした)

――ナギ？　あの男が俺を……？

アディスに関しては裏表はないだろうが、あの男がどうして俺を助けるのだ？

それ以上頭が回らず、ラウルは何度か意識を失い、激しい嘔吐と共に目を覚ました。

使われたのは、東国に生息する、致死性の強い毒草だろうとセロが言った。助かったのは十数名で、まともに動ける者は一人もいない。しかし四度目に目覚めた時、ラウルは無理に身体を起こして馬に乗った。

鎧がなくなっているのが気がかりだった。ラウルが身に着けていた鎧は、検分にやってきた聖十字軍を欺くべく、死んでいた他の騎士に着せたとセロは言った。しかしその騎士は無残に焼かれ、鎧はどこかに持ち去られている。

ひどく嫌な予感がした。死体ではなく鎧が持ち去られたのは何故だろう。戦を前に主をなくした鎧を見せられれば、自軍は間違いなく動揺する。もし、それが目的なら――

「ラウル様、もうすぐイレネーの麓です」

そのセロが、背後で馬を走らせながら声を上げた。惨劇の場からただ一人ついてきた男は、戦場に向かうと言うラウルに、それでは命の保証はできないと断言した。

やがて地上から立ち上る黒煙と焔が見え始める。いつの間には雪は止んでいた。敗走兵は最初こそ多く見かけたが、次第に誰とも行き交わなくなった。

――アディス……。

母上は、あの方を説得できただろうか。エスミと叔父上は無事に逃げられただろうか。どこでもいい。どこか遠くで三人が幸福に生きてくれるなら、もう何も望みはしない。

毒のせいか手足は痺れ、時々意識が遠くなる。今見ているものが、現実か譫妄《せんもう》かさえ判らない。遠くで味方の勝ち鬨が聞こえ、これも幻聴かと、ラウルは思わず苦く笑った。

それでもどうせ死ぬなら、せめて皆が望む軍神として戦場で死にたい。

不意に風が吹いて視界が開けた。馬を止めたラウルは、イレネーの山裾に広がる光景に目を瞠った。右にゴラド軍、左に聖十字軍。中央で入り交じった両軍が激突している。

ラウルは微かに目を細めた。幻覚でなければ、ゴラド軍が明らかに優勢だ。兵数に圧倒的な差があるのに、どうしたわけか聖十字軍の大半は沈黙したまま動こうとしない。

その時、群青色に染まった雲が割れ、夕暮れの光が地上に一筋降りてきた。光は、まるで天意のように、ゴラド軍の先頭に立つ一人の騎士を照らし出す。

隣でセロが感嘆の声を上げ、ラウルもまた、打たれたように固まっていた。

その騎士は、美しい白馬に跨がり、光り輝く白銀の鎧を身に着けていた。槍を持ち、味方を鼓舞し、陣頭に立って、敵の騎馬をなぎ払っている。

「――軍神、ルキア……？」

呆然と呟いたラウルは、すぐに我に返って首を振った。

違う。あの鎧は自分が身に着けていたものだ。何者かが自分に代わり、ゴラド軍を指揮しているのだ。叔父上だろうか？　いや、それにしては随分と華奢だ。しかしその所作には、忘れようのない面影がある。馬を駆る見事な技。槍を操る正確無比な手さばき。八年前にロドリコ大聖堂の広場で見た、軍神ルキアの生まれ変わり――

――まさか……。

そこに、戦場の方から山の民の一団が馬で駆けつけてくる。セロが即座に前に出た。

「今、どういう状況だ！」

「東軍はまだ姿を見せません。聖十字軍はイレネーに黒色火薬を投げ込み、そのため、各所で大規模な雪崩が起きています」

「それで？」

「皮肉なことに、その雪崩で聖十字軍の陣が押し流され、投石機も全滅しました。南部の連中は、雪山の怖さも雪崩の怖さも、まるで判っていないのです」

その時新たな雪崩が起きたのか、不気味な地響きと共に、阿鼻叫喚の悲鳴が起きた。

「ゴラド軍も、軍神の登場で息を吹き返しました。法皇は全聖十字軍に攻撃を命じましたが、どうしたわけか半分近い軍勢が動かず、左右に陣取って様子見を決め込んでいます」

悪い夢でも見ているような心持ちで、ラウルは斜面を駆け下りた。あの鎧の中に誰がいるのか。誰が軍神を演じているのか。夢だと思いたかった。ただの、自分の妄想だと。

沸き立つ兵士達をかき分けて進むラウルの視界に、業を煮やしたように前進してきた聖十字軍の大軍が飛び込んでくる。

先頭に立つのは、銀の鎧と紫のマントに身を包んだ法皇カミッロサンドロ一世だ。それを迎え撃つように、『軍神』が槍を構えて前に出る。

「どけ！　どかぬか！」

馬を飛び降りたラウルは人混みをかき分けるようにして前に出た。

その面前で、両軍が真っ向から激突する。聖十字軍の狙いはただ一人、白銀の鎧に身を包んだ軍神だ。槍と矢が一斉に軍神目がけて飛んでくる。周囲の騎馬が軍神を守るように、それらを剣でなぎ払う。

槍を構えた軍神は、混雑を抜け、ぐんぐんと馬足を速める。その目の前にはカミッロがいる。不意に軍神は己の兜に手をかけると、もどかしくそれを脱ぎ捨てた。

夕暮れの赤みを帯びた日差しが、空に舞う彼女の髪を、一瞬鮮やかな緋色に見せた。

戦場が水を打ったように静まり返る。ラウルもまた動けなかった。——軍神ルキア。そ

れは、誰もが一度は目にしたことのある、神話の中の光景だった。

「あぁッ」

誰かが悲痛な声を上げた。

刹那、飛んできた一筋の光芒が、軍神の胸を鮮やかに貫いて背後の地面に突き刺さる。まるで夢の中の光景のように、優雅に空に浮いた軍神は、次の瞬間、転がるように地面に叩きつけられた。

雄叫びのような怒声が上がった。凍りついた空気が一斉に爆発する。

「我らの軍神をお助けしろ！」

「ルキア様をここで死なせてはならぬ！」

怒濤のように押し寄せた騎馬の群れが交錯する。土埃が舞い上がる中、騎士達に担ぎ上げられた軍神が、後退するゴラド軍と共に後方に運ばれてくる。

兵士達をかき分け、ラウルはその前に出た。セルジオが半狂乱になって叫んでいる。数人の手によって素早く脱がされた鎧の下から、血に染まった白い胸元が見えた。

よろめくように膝をついたラウルは、力なく投げ出された妻の手を握りしめた。

「――アディス、俺だ、しっかりしろ」

「……ラウル？」

虚ろに目を開いたアディスは、その目にわずかな光を宿し、微かに笑った。

「そうだ、俺だ」

「では、……ここはもう地獄ですか？」

言葉もないままに、ラウルは妻を抱きしめた。身体中の血が逆流しているのに、心だけが氷に閉じ込められているようだった。これは夢か？　頼むから、誰か夢だと言ってくれ。

溢れる血がみるみるラウルの膝を濡らし地面に滴る。それを懸命に手で押さえながら、ラウルはアディスの耳元で囁いた。

「……死ぬな」

「ラウル……」

「頼む、死ぬな、……俺のために死なないでくれ」

薄く目を開いたアディスが、睫毛に浮かんだ涙を震わせ、嬉しそうに微笑んだ。彼女はまだこれを夢だと思っているのだ。

「……ではラウルも、そう約束してください」

ラウルは頷き、彼女の血に濡れた唇に口づけた。その願いに、自分は一度も応えてはやらなかった。今ならそう訴えたアディスの気持ちが、もの狂おしいほどによく判る。

「――約束する。あなたの兄を倒し、必ずここに戻ってくる」

安堵したように目を閉じたアディスの指に口づけると、ラウルは傍らの馬に飛び乗った。

絶対に戻ってくる。死ぬものか、這いつくばってでも生きてやる。

馬腹を蹴り、ぐんぐん聖十字軍との距離を詰める。たちまち味方の数十騎がその後に続き、口々に怒りの声を上げる。

「アディス様の敵討ちだ！　死んでも法皇の首をとれ！」

「あれは法皇でもなく、人でもない！　もはや外道に堕ちた魔物と知れ！」

矢と槍が雨あられのようにラウルめがけて降り注ぐ。背後から駆けてきた数騎の騎馬がその矢を刃でなぎ払う。併走するセルジオが驚愕したような声で叫んだ。

「ラウル様、左右に陣取る聖十字軍が、十字紋の旗を捨てていきます！」

見れば、それまで静観を決め込んでいた聖十字軍が、十字紋の旗の代わりに自国の国旗を掲げていた。フレメル、ギリス、イプサ。その旗は一斉にラウルの後を追って、カミッロサンドロ一世の陣に向かって突撃する。

「東軍が海からゴラドに上陸したぞ！」

その時、聖十字軍の陣地から伝令の声が響き渡った。

「イレネー山は偽情報だ。東軍が上陸した！　海から二十五万の大軍がやってくるぞ！」

それがとどめのように、カミッロの陣営が色めき立った。隊列が崩れ、まるで蜘蛛の子を散らすように四方八方に霧散する。その中で、カミッロ一人が必死の形相で叫んでいる。

「何をやっている、戦え！　戦え！　こやつらは全員異教徒だ！　人ではないのだ！」

胸と脇に弓矢が刺さるのを感じながら、ラウルはカミッロの前に飛び出した。

美しく、なのにその造形全てに歪さを感じる男だった。剣の構えもでたらめで、恐怖に怯えた目と肉体の非力さには憐れさすら覚えた。

けれどこの男が、今日一万近い兵士を殺し、その何倍もの命を奪おうとしているのだ。

馬同士がすれ違う刹那、一閃したラウルの刃が、法皇の首を切り裂いた。

転がるように落馬したカミッロは、首から血を噴きこぼしながら泣き叫ぶ。そこに、駆けてきた騎馬兵が、次々に槍や剣を突き立てた。

「ああ父上！　父上！　どうして私を認めてはくださらないのですか！」

最期の悲痛な叫びが灰色に翳った天を突いた。

勝ち鬨があがる中、ラウルは苦い気持ちで殺戮の場を離れた。敗者も勝者もないこの戦いに、一体なんの意味があったのだろうか。

もはや聖十字軍は、完全に戦意をなくしていた。東軍の襲来前に逃げる隊、踏みとどまる隊と、統率さえ失っている。その中をかき分け、ようやく辿り着いた後方で馬を降りたラウルは、目の前が暗くなるのを感じて片膝をついた。今なお手足に残る痺れを、今さらのように意識する。矢傷を負った脇と胸には、火がついたような痛みがある。

「ラ、ラウル様、傷の手当てを――」

「俺に構うな」

「生き残った諸侯が、今後東軍とどう戦うかについて、急ぎ話し合いをしたいと」

「ゴラドからは一切兵を出さぬと伝えよ。代わりに和睦の使者を東国に送る。セロを……俺の所に連れてきてくれ」

ふらつく足取りでアディスのいる天幕に入ると、その場にいる全員がすすり泣いていた。

何が起きたのかは、考えるまでもなかった。ラウルは自分を見失わないよう、目を閉じ、息を吸ってから、多くの者に囲まれているアディスのそばにかしずいた。

「ラウル様、た、たった今、奥方様の心臓が……き、聞こえなくなり……」

「判った。――しばらく二人にしてくれないか」

急きょ作られた簡易な寝台で、アディスは胸の上で指を組んで眠っていた。

（――ラウル、お帰りなさい）

まるで今にもそう言って、起き上がってくれそうなほど、安らいだ寝顔だった。幸福な夢の中で眠り、その中でまた幸福な夢を見ているようだった。

――そこに、俺はいるのか、奥方様。

――俺はあなたにとって、いい夫だったのか？

自分が泣いているのにも気がつかないまま、ラウルは、彼女の静謐を妨げないよう、冷えた髪をそっと撫で、もう息をしていない唇に口づけた。

「……愛している……」

もう二度と離れない。約束する、今度は最期まであなたと一緒だ。

アディスを抱き上げて外に出ても、誰も何も言わなかった。戦場となった草原では、入り交じる両軍の兵士達が呆然と東の方角を仰いでいる。そこにはキサの港があり、ラウルにも大地を覆いつくす蟻の群れのような大軍が見えた。太陽の沈みかけた空には、再び雪が舞い始めている。

「……ラウル様、お呼びでしょうか」

背後で、セロが膝をつくのが判った。アディスの死を知らされたのか、その声には初めて耳にするような悲嘆の響きがある。

「セロ、和睦の使者をあなたに頼みたい。難しい役目だが引き受けていただけないか」

「喜んでお引き受けいたします。――なれどこれは、そもそもカミッロサンドロ一世がしかけた戦。当の本人が死んだとはいえ、東国が今さら和睦に応じるとは思えません」

「判っている」

それでも、いずれ滅びる定めなら、二度と無益な血は流したくない。

「ラウル様――今しばし、……しばしお時間をいただけませぬか」

立ち上がったセロが、祈るような目をイレネーに向けた。

「ここ数日、不意に寒さが戻り、イレネーの山頂近くは昨日から吹雪いています。その雪こそが奇跡だと、ある者が私にそう申したのです」

「……、ある者？」

「一度、港で会っただけなので、素性まで判りません。ただナギとだけ名乗り――あなたを助けるべく、私に密書を寄越した男です」

その時、何かが弾けるような乾いた音が、灰色の空に響いた。山頂から一斉に鳥が羽ばたき、空に散る。次の瞬間、世界を破壊するような音が天空に響き渡った。

エピローグ

秋の穏やかな陽光が、ロドリコ大聖堂を柔らかく照らし出している。

荘厳な柱廊に囲まれた大聖堂前の広場には、黒山の人だかりができていた。

「セトルキアン様、万歳！」

「セトルキアン様、万歳！」

真紅の日除け幕がはためく大聖堂のバルコニーから、法皇セトルキアン一世が顔を出す。

一年前、急死した前法皇に代わってフォティアの長となった老人は、穏やかな笑みを浮かべて片手を振った。その背後には、十二人の枢機卿が緋の法衣を纏って並んでいる。

今日、フォティアでは、十年ぶりに法皇主催の馬上槍試合が行われるのだ。

開会時刻を目前にして、観覧席には見物客達が押し寄せ、貴賓席には各国貴族や聖職者達が絢爛豪華な装いで座っている。——その中で、一際注目を集めているのが、今日の主役とも言える、北部の王族の一団だった。

「――見ろ。アディス様だ」

「長らく法皇宮で療養中だったと聞いたが、すっかりよくなられたのだな」

「そもそもあの方が南部と北部の架け橋となられた。――かつてアンキティオ様が仰られていた通り、アディス様こそがフォティアの救世主だったのだ」

法皇の姿に熱狂する歓声の中で、アディスを称える声もあちらこちらで上がり始める。

肩までの髪をヘッドドレスで覆い、飾り気のない白の衣装に身を包んだアディスは、その歓声に応えるでもなく、ただ静かな微笑みを浮かべたままで佇んでいる。

彼女の隣には、絹に包まれた幼子を抱いたプラチナブロンドの女性と、いかにも北部人らしい長身の男性。秋空を焦がすような熱狂の中、彼らの周囲だけが、北部という地方をそのまま持ってきたかのように、涼しげに静まり返っている。

「――ここに、開会を記念した御前試合を執《と》り行う」

楽隊の演奏の後、枢機卿の一人が声を張り上げた。

「あの悪夢の戦争を終結させ、デュオン教の歴史に新たな奇跡を誕生させた。法皇の盾、軍神ルキアの正統なる後継者、フォティアの軍神にして英雄、――ラウル・ヴァレン！」

割れんばかりの拍手と轟音にも似た歓声が沸き起こった。やがて広場に、絹糸のようなたてがみを持つ白馬に跨がる、白銀の騎士が現れる。

数多の絵画や絵物語で、それが昨年の『聖戦』で戦った『軍神』そのものの姿だと知っている群衆達は、いっそう沸き立ち、喝采を送り、ひれ伏して感動の涙を流した。

広場の中央に進み出たラウルは、兜を取って顔を上げた。艶めく黒髪、絵画よりなお精悍な美貌に、場内の興奮は最高潮となる。

彼は作法通りに視線を巡らせると、その熱狂に応えるように片手を上げる。

そんな夫の姿を、アディスはどこか寂しいような不思議な気持ちで見つめていた。


東国との戦が終結して、一年が過ぎようとしていた。

もし奇跡というものが本当に起こったのなら、それは、あのホウを契機に起きた一連の出来事を言うのかもしれない。

あの日、イレネーの山頂で起きた小さな爆発が、大規模な新雪雪崩を引き起こした。降り積もったばかりの新雪は、一気に麓まで落下し、地上で凄まじい空気爆発を起こしたのだ。

それは東軍が押し寄せていたキサの港を直撃し、風圧が人馬を木の葉のように舞い上げた。衝撃はゴラド軍の陣営にまで押し寄せ、木々をへし折って天幕を吹き飛ばし、その場の誰もが、足下を失って地面に叩きつけられた。

その衝撃で、ラウルもまた、抱えていたアディスごと吹き飛ばされた。ラウルは、すぐに妻を抱き起こそうとし、その時に気がついた。——止まっていた妻の心臓が、微かな脈を奏でていることを。

爆発か転倒の衝撃が、一度は機能を失った心臓に命を呼び戻したのか。むろん瀕死の重傷を負っていることには変わりなかったが、そうしてアディスは一命を取り留めたのである。

それでも意識が戻るまで三日、命の危険がなくなるまで一カ月——寝台から起き上がれるようになるまで、ほぼ半年の月日が必要だった。

その間に、ムタフィム三世はゴラドからの撤退を決めた。法皇の死から続く一連の奇跡に恐れ戦いた東軍は、すっかり士気をなくし、旧フレメル領からも撤退してしまった。

そして、主をなくしたフォティアには、長年行方をくらましていたセトルキアン元枢機卿が帰還した。その図ったような手際のよさは、一部で東国を利用した政変ではないかと囁かれたが、それに反目する者は誰も現れなかった。カミッロサンドロ一世の死と共に聖十字会も消えた。恐怖がフォティアを支配していた時代は終わったのだ。

そのセトルキアンの勧めもあって、アディスは法皇宮でしばらく療養することになった。フォティアには、世界中の知恵と頭脳が集まっている。治療にはもってこいだし、アディス自身が、負傷後に起きた、ある身体の変化の意味を確かめたかったためだ。

最初反対していたラウルは、三カ月の約束でそれを認めてくれた。そして昨日——約束の期限をあとわずかに残して、そのラウルが叔父の家族と共にフォティアに来た。セトルキアンの要請に応じ、『軍神』として今日の馬上槍試合に出るためだ。

「——アディス」

夕刻——。夜通し行われる祝祭の騒ぎが法皇宮にまで届き始めた頃、聖職者達の集まりに呼ばれていたラウルが、アディスの居室を訪ねてきた。

昨夜フォティアに着いたばかりのラウルと、夫婦二人で顔を合わせるのは、この時が初めてになる。二人はこの夜、ある約束をセトルキアンと交わしていた。

「遅くなって済まなかった。セトルキアン様は？」

「部屋で私達をお待ちです。——ラウル、疲れてはいませんか？」

微笑んで首を横に振ったラウルは、アディスの身体を、愛おしむように抱きしめた。

「——お会いしたかった。以前と比べて、随分お顔の色が戻られたようだ」

控えめに頷き、アディスはラウルの背にそっと手を回した。けれど顔は、俯いたままで上げられなかった。心臓が不安な鼓動を奏でている。今夜アディスは、ある真実を夫に告白するつもりでいた。そして——その後のことは、正直、今は判らない。

しかしラウルは屈託のない笑顔で、アディスを見下ろした。

「それはそうと、エスミの子はご覧になられたか」

「はい。とても可愛らしくてびっくりしました。でも目鼻はジェラルドに似ていますね」

今日、初めて赤子を抱き上げた時のことを思い出し、アディスは目を輝かせた。あの甘い匂い、柔らかくて薄い肌。命の息吹とは、あのように愛おしく尊いものだったのか。

「あの子のために、叔父上もゴラドに留まる決心をしてくださったのだ。そうでなければ、終戦後に国を出て行かれていただろう。エスミは、まだ怒っているようだが……」

「ええ、今日も二人が一言も口をきかないので、周りも大層困っていました」

「それでも、内心ではとっくに許している。エスミとはそういう女なのだ」

顔を見合わせて笑い合った後、ラウルがそっと顔を寄せてくる。アディスが反射的に俯くと、彼は特段気にする風もなく、頬に軽く口づけを落とした。

「そろそろ行こう、あまり法皇様をお待たせしても失礼だ」

「……ラウル」

躊躇うアディスを促すように肩を抱くと、ラウルは力強く歩き出した。


「これで、私とアンキティオが守り続けた秘密は、永遠に消えました」

セトルキアンの呟きに、アディスは黙って目を伏せた。セトルキアンの私室――向かい合って座る三人の間では、一通の手紙が焔を上げて燃えている。

慈愛のこもった目でアディスとラウルを見つめ、セトルキアンは淡く微笑した。

「この手紙に書かれていたことは、もはやこの世では、私ども三人の記憶の中にしか存在しません。それもいずれ、時と共に、永遠に消え失せてしまうでしょう」

「……はい、私の父も妻の父も、本心ではそうすることを望んでいたのだと思います」

そう答えたラウルの視線の先で灰になろうとしているのは、アディスの亡き父、アンキティオがしたため、セトルキアンに託した手紙だった。

そこには、かつて法皇宮の地下に収められていた始の書の内容と、アンキティオ自らが調査したことの記録が、ヨラブ語で記されていた。

九年前、カミッロの不穏な動きを察したアンキティオは、始の書を破壊し、手紙を託したセトルキアンを国外に逃がしたのだ。この秘事をカミッロに決して知られないようにするために——そしていつの日か、アディスに必ず真実を伝えるために。

終戦後、ゴラドを訪ねてきたセトルキアンからその手紙を見せられたアディスは、内容のあまりの重さに打ちのめされた。そこには、父が命がけで守り、セトルキアンが職を辞してまでその使命を継承し、ハンニバル国王が自国の滅亡を覚悟してまでカミッロに戦いを挑んだ理由の全てが記されていた。

——千年の昔、軍神ルキアの遺児は、アンセル騎士団に守られて北に向かった。その時、たった五人の騎士団だけが、デュオンから秘密を打ち明けられ、それを後世に受け継いできた。彼らが人と交わることが許されぬ罪人であり続け、子々孫々の代までイレネーに留まると決めたことも、全てはその秘密を守り抜くためだったのだ。

秘密——それは確かに、信仰の根幹を揺るがす、デュオン教最大の禁忌だったろう。

始の書に、それは明確に記されていた。ルキアの産み落とした子の父親は、デュオンその人だったのだ。ゆえにルキアは存在そのものを宗教史から抹殺され、その子もまた消されようとした。デュオンは、そんな我が子をアンセル騎士団に託したのである。

(アンセル騎士団の子孫の一人が、ルキアの子を名乗って初代ゴラド王になったのは、ひとえに本物の子をフォティアの刺客から守るためでした。しかし、時の法皇から血の盟約という重い十字架を背負わされたゴラド王は、入れ替わりの秘密を永遠に封印することに決めたのです。――むろん、その事実も、ルキアの子の行方も、時の法皇は知りません。初代ゴラド王の子孫であるヴァレン家の中ですら、やがて偽りが真実となり、秘密そのものが忘れられていきました)

セトルキアンが語ったその話は、当然始の書にも書かれていない。アンキティオが自ら調べ、確かめたことである。それは手紙の中に、父としての言葉で綴られていた。

〝――アディス。始の書はヨラブ語を知る者にしか読み解けず、そのため、時の法皇が代々その文法を書き記したものを引き継ぐ約定となっていた。しかし私は、まだ二十代だった枢機卿時代、偶然にもその文法の一部を目にし、独学でヨラブ語を研究したのだ。そして始の書を読み、ルキアの子が、デュオンの血を引く事実を知ることとなった。――それを自分の胸一つに収めて忘れるには、私はあまりに若かった。私はゴラドに渡り、自らの目で真実を確かめようとした。始の書は二つあり、その一つをかつてフォティアを追放されたアンセル騎士団の末裔が持っているという噂を聞いたためだ。それを見ないことには、どうしても始の書に書かれてあることが本当だと信じられなかったのだ。

私は、身分を隠してイレネー山に入り、やがて山の民の長と懇意になった。今から二代前のセロで、運悪く、その一団は私の目の前でゴラド軍に襲われた。――虫の息となったセロは、やむを得ず次代のセロに受け継ぐべき真実を、私に打ち明けた。ヴァレン家の祖がアンセル騎士団の子孫であること。そして、真実のルキアの子は、中大陸で密かに暮らしているということ――、そう、山の民が千年にわたって受け継いできた秘密は、その時から私一人が知ることになったのだ。

私は探した。デュオンの子孫である、お前の母親を懸命に探した。ようやく探し当てた彼女はその時七歳。これも聖なる血ゆえなのか、その血を引く者は代々短命で、次の命を産み落とした途端に力尽きてしまうという。――彼女は天涯孤独の身の上で、まるで運命のように、私が救わねば生きることが難しい状況にあった。

いずれ聖職者にするつもりで、ブランディーニ家の養女にさせたお前の母親と、私がこのような関係になってしまったことには言い訳のしようもない。

アディス、お前こそ、現世で唯一、デュオンの血を引く神の子なのだ。この先お前がどのような道を歩もうと、この真実だけは知っておかねばならない――〟

手紙は、ラウルも同じ日に目にしたが、彼は特段驚くこともなくそれを読み切り、「これまで通り、ヴァレン家はルキアの子の身代わりでいたい」と言ってくれた。

そうすべきであることは、アディスにも判っていた。デュオンが子をなしていたことは、未来永劫口にしてはならない禁忌である。また、ヴァレン家の祖がルキアでないことも、公表すれば大変な騒ぎと反発が起こる。さらには、真実の子孫であるアディス一人が、この先フォティアを守る『軍神』としての重責を負うことになるだろう。血の盟約はまだ生きている。この先聖戦が起これば、未来の法皇がどのような決断をするか判らないのだ。

たとえアディスが望んでも、ラウルが絶対にそうさせないことは判っていた。彼は、東国との聖戦の記録から、アディスの存在を取り除き、隠し抜いた。彼はアンセル騎士団の志を、自らの人生をもって全うしようとしているのだ。——

「——セトルキアン様、ナギから、まだ連絡はありませんか」

席から立ち上がったラウルの問いに、セトルキアンは黙って首を横に振った。

「あれには本当に気の毒なことをしました。しかし、あれだけの怪我から蘇った男です。アディス様が再び窮地に陥るようなことがあれば、必ず戻ってくるでしょう」

ナギは、カミッロの生家であるマルゴ家の、代々の家臣の生まれだった。マルゴ家が没落した後は、幼くして法皇宮に僧兵として仕え、やがてアディスの護衛役に任命された。

そこにかつての主人だったカミッロが、枢機卿としてやってきたのだ。

ナギは、カミッロに忠誠を誓ったものの、結局はアディスを連れて逃げた。セトルキアンが言うには、その折の心境だけは、いくら問い質《ただ》しても決して語らなかったという。

幸運にもセトルキアンの領地で命を救われたナギは、二年床に臥した後、セトルキアンの命で、再びカミッロの元に戻ることになった。その思惑を探り、聖戦を止めさせるために、間諜として潜入したのだ。

「ええ。ナギは必ず生きていると、信じています」

自分に言い聞かせるように言って、アディスはセトルキアンの部屋を後にした。胸が詰まりそうだった。実際、ナギのことを思い出すたびに、気持ちは平静ではいられなくなる。

ナギは確かに、父を殺す手助けをしたのだろう。けれど私に対しては、いつも誠実で忠実だった。九年前も昨年も、最後まで私を守ろうとしてくれた。

　東軍をなぎ払ったホウは、本当に偶然起きたものだったのだろうか。結婚した夜に起きたホウが、実は爆薬を使って起こされたものだったという話は、ジェラルドから聞かされた。その話と、ナギの最後の言葉が頭から離れない。

（私には、まだすることがあります）

　あの時ナギは笑っていた。イレネーに降る雪を見て、ナギは確かに笑ったのだ――

　あの時のナギの勇気と潔さの半分でも、自分にあればいいと思う。しかし今こそ、そのナギを見習うべき時なのだ。

「――ラウル、私はやはり、ゴラドに戻ることはできません」

　月明かりに照らされた回廊に出ると、アディスは、先に行く彼の背を見ながら、声を振り絞った。振り返るラウルの顔が見られず、俯いて両手を握りしめる。

「……ち、父の手紙に書かれていることが本当なら、私は長くは生きられません。それどころか、……私は、……私は、あなたの子を産むことができないのです」

　口にした途端、抑えていた苦悩と悲しみが溢れ、自然と唇を震わせた。

「ご存じでしょうが、聖戦以来、私には女としての証がきません。おそらく矢や槍が、子を産む器官を傷つけたのだろうと医術師に言われました。――ラウル、私には、もう」

「それがどうした。それを俺が気にするとでも思ったのか」

　決して泣くまいと決めていた目が潤み出す。近づいてきたラウルに両腕を摑まれる。アディスは顔を背けるように俯き、溢れそうな涙を懸命に堪えた。

「こ、心の弱い私を、どうぞお許しくださいませ。そして、どうか私に、このままフォティアで心安らかに過ごすことをお許しください」

「――アディス……、誤解を恐れずに言うが、あなたのお身体の話を聞いた時、俺はむしろ、それこそが奇跡かもしれないと思ったのだ」

彼の静かな声に、アディスは思わず目を瞠った。

「あなたのことだ。俺がいかに反対しようと、ご自身の命など顧みずに俺の子を産もうとするだろう。――けれど、先の聖戦が、その運命さえ変えたとは思わないか」

「…………」

「デュオンの血があなたの代で途絶えるなら、俺には、それこそがデュオンの意思だという気がするのだ。あなたは幸せにならなければいけない。それこそが、あなたの幸福を願って死んでいった全ての人間への弔いになるのだ」

アディスは黙って唇を震わせた。そこには、ラウルの父親であるハンニバルも含まれる。

血の盟約の真偽を確かめるためにフォティアに渡ったハンニバルは、政変の直後にアンキティオから真実を打ち明けられ、もしアディスがカミッロに捕らえられるようなことになれば、どうにかして助けて欲しいと頼まれていたのだ。

ゆえにゴラドに戻ったハンニバルは、カミッロに反旗を翻し、血の盟約を盾にアディスをゴラドに寄越すよう持ちかけていたのである。いわばハンニバルは、アンセル騎士団の子孫であるという誇りにかけて、デュオンの子孫を守ろうとしたのだ。――

「あなたが俺に言ったのではなかったか。それが明日でも数十年後でも、人は必ずいつか別れる定めだと。だったらその時まで、せめて笑って過ごさないかと」

――ラウル……。

「俺にはあなたが必要なのだ。――頼む……、もう二度と、俺の前からいなくならないでくれ」

ラウルは祈るように、アディスの肩に額を寄せた。愛おしさと切なさが胸に込み上げる。もう無理だ。たとえ神に背いてもこの人を失いたくない。きっと生まれる前から、私は彼の元に帰っていく運命だったのだ。――千年前、愛してはならない人を愛したルキアも、今の自分と同じ気持ちだったのだろうか。

「俺だけでなく、皆があなたの帰りを待っている。――帰ろう、ゴラドに」

「はい。――もう二度と、あなたのそばから離れません」

誓うように言うと、アディスはラウルをしっかりと抱きしめた。

空に祝祭の花火が打ち上げられる。天の祝福のような鮮やかな光に照らされながら、二人はいつまでも抱きしめ合っていた。

あとがき

最後までお読みいただいて、ありがとうございました。

石田累《いしだるい》としては初めて挑むファンタジーになります。ファンタジーは設定の自由度が高いので楽しみにしていましたが、いざ書き始めると高いばかりに迷うことが多く、結果、一年以上この作品にかかりきりになっていました。

ヒロインの性格も、勝ち気↓猫かぶり↓人形みたいに従順↓真面目と、何通りも書き直し、ヒーローについても、暴君↓冷淡↓短気↓真面目と、やはり様々書き直し、結果真面目×真面目のカップリングになりました。

登場人物も初稿時から四人は減らしたでしょうか。いかに自分の頭の中で、物語としてまとまっていなかったかが窺い知れるようです。

あと五ページくらいあれば、是が非でも入れたいエピソードがあったのですが、とにかくタネ明かしのボリュームが多かったので、泣く泣く割愛しました。

幸いなことに、公式ＨＰの方でメルマガ専用のショートショートが書けるそうなので、割愛した部分をそこに持ってこようかと思ってます。ここまで読まれた方はぜひご一読ください。

なお、作中の表層雪崩（ホウ）の記述については、吉村昭《よしむらあきら》先生の『高熱隧道』（新潮社）を参考とさせていただきました。

石田累

Sonya
ソーニャ文庫

この本を読んでのご意見・ご感想をお待ちしております。

◆ あて先 ◆

〒101-0051
東京都千代田区神田神保町2-4-7 久月神田ビル
㈱イースト・プレス　ソーニャ文庫編集部
石田累先生／篁ふみ先生

愛《あい》に堕《お》ちた軍神《ぐんしん》

2019年6月3日　第1刷発行

著　　者　石田累《いしだるい》
イラスト　篁《たかむら》ふみ
編集協力　小野純子
装　　丁　imagejack.inc
D T P　松井和彌
編集・発行人　安本千恵子
発 行 所　株式会社イースト・プレス
〒101-0051
東京都千代田区神田神保町2-4-7 久月神田ビル
TEL 03-5213-4700　FAX 03-5213-4701
印 刷 所　中央精版印刷株式会社

ISBN 978-4-7816-9650-8
定価はカバーに表示してあります。